Inhalt

In der Gruft

Es gibt, meiner Meinung nach, nichts Absurderes, als jene landläufige Assoziation des Deftigen mit dem Bekömmlichen, von der die Mentalität der Menge durchtränkt zu sein scheint. Man erwähne nur eine bukolische Yankee-Kulisse, einen stümperhaften und dickfelligen Leichenbesteller und ein achtloses Mißgeschick in einer Gruft, und kein Durchschnittsleser kann dahin gebracht werden, mehr zu erwarten als ein derbes, obgleich groteskes Stück Komödie. Doch bei Gott, die prosaische Geschichte, die mir George Birchs Tod zu erzählen erlaubt, birgt Aspekte, neben denen sich einige unserer dunkelsten Tragödien licht ausnehmen.

Birch zog sich eine Behinderung zu und wechselte 1881 den Beruf, sprach jedoch nie über den Vorfall, wenn er es vermeiden konnte. Und sein alter Arzt, der vor Jahren verstorbene Doktor Davis, auch nicht. Die allgemeine Erklärung lautete damals, daß das Leiden und der Schock von einem unglücklichen Versehen herrührten, wodurch Birch sich selbst neun Stunden in der Leichenkammer des Peck Valley Friedhofs eingeschlossen hatte, aus der er nur durch krude und verheerende mechanische Hilfsmittel entkam; und wenn soviel auch unzweifelhaft stimmte, gab es doch andere und schwärzere Dinge, die mir der Mann im Säuferdelirium seines nahenden Endes zuflüsterte. Er vertraute sich mir an, weil ich sein Arzt war und weil er wahrscheinlich das Bedürfnis verspürte, sich nach Davis Tod jemand anderem anzuvertrauen. Er war Junggeselle und ohne jede Verwandte.

Birch war vor 1881 der Leichenbesteller des Dorfs Peck Valley gewesen und, wie diese Sorte Mensch nun mal ist, ein recht abgebrühtes und primitives Individuum. Die ihm in meinem Beisein zugeschriebenen Praktiken wären heute, zumindest in einer Stadt, undenkbar; und sogar Peck Valley würde ein wenig geschaudert haben, hätte es um die lockere Moral seines Begräbniskünstlers hinsichtlich solcher Fragen gewußt, wie z. B. des Eigentumsrechts an unter dem Sargdeckel verborgener, teurer »Aufbahrungs«-Garderobe und des zu wahrenden Grads an Würde beim Arrangieren und Einpassen der unsichtbaren Glieder lebloser Inwohner in nicht immer mit höchster Akkuratesse berechnete Behältnisse. Birch war ganz unzweideutig lax, empfindungslos und einschlägig unerwünscht; trotzdem glaube ich noch immer, er war kein schlechter Mensch. Er war bloß grob in Art und Amt – gedankenlos, achtlos und verschnäpselt, wie sein leicht vermeidbarer Unfall beweist, und ohne das Quentlein Phantasie, das den Durchschnittsbürger innerhalb gewisser, vom Takt bestimmter Grenzen hält.

Wo genau ich Birchs Geschichte beginnen soll, vermag ich kaum zu entscheiden, denn ich bin kein versierter Geschichtenerzähler. Man sollte vermutlich im kalten Dezember von 1880 einsetzen, als die Erde gefror und die Grubenschaufler merkten, daß sie bis zum Frühling keine Gräber mehr ausbuddeln konnten. Zum Glück war das Dorf klein und die Sterberate niedrig, so daß es möglich war, allen unbeseelten Schützlingen Birchs eine einstweilige Freistatt in dem einen antiquierten Totenhaus zu gewähren. Angesichts des garstigen Wetters wurde der Leichenbesteller doppelt lethargisch und schien in punkto Achtlosigkeit sogar sich selbst zu übertreffen. Nie zimmerte er fippsigere und plumpere Särge zusammen, und nie mißachtete er flagranter die Erfordernisse des rostigen Schlosses an der Grufttür, die er mit so nonchalanter Ungezwungenheit auf und zu donnerte.

Endlich kam das Frühjahrstauwetter, und unter Mühen wurden für die neun stummen Ernten des grimmen Schnitters, die in der Gruft warteten, Gräber vorbereitet. Wiewohl er die Plackerei des Abtransports und der Beerdigung scheute, machte sich Birch doch eines widerlichen Aprilmorgens an seine Überführungsarbeiten, die er aber wegen eines heftigen Regens, der sein Pferd zu irritieren schien, vor Mittag wieder einstellte, nachdem er zuvor nur einen Leib zur ewigen Ruhe gebettet hatte. Nämlich den von Darius Peck, dem Neunziger, dessen Grab nicht weit von der Gruft lag. Birch beschloß, den kommenden Tag mit dem kleinen alten Matthew Fenner zu beginnen, dessen Grab ebenfalls in der Nähe war; verschob indes die Sache um drei Tage und ging erst am Karfreitag, dem fünfzehnten, ans Werk. Da er nicht abergläubisch war, achtete er den Tag überhaupt nicht; obwohl er sich seitdem immer weigerte, an diesem verhängnisvollen sechsten Tag der Woche irgend etwas von Belang zu tun. Ohne Zweifel, die Ereignisse jenes Abends veränderten George Birch gewaltig.

Am Nachmittag des Freitags, des fünfzehnten Aprils also, machte sich Birch mit Pferd und Wagen zur Gruft auf, um Matthew Fenner zu überführen. Daß er nicht völlig nüchtern war, gab er im nachhinein zu; obwohl er sich damals noch nicht dem großmaßstäblichen Suff ergeben hatte, durch den er später bestimmte Dinge zu vergessen suchte. Er war nur eben so unbesonnen und achtlos, sein reizbares Pferd zu traktieren, das, als er es vor der Gruft wüst zügelte, aufwieherte und auskeilte und den Kopf hin und her warf, so wie schon das vorige Mal, als der Regen es scheinbar verdrossen hatte. Der Tag war klar, doch es hatte sich ein starker Wind erhoben; und als Birch die Eisentür aufriegelte und die in den Abhang gebaute Gruft betrat, war er froh, Unterschlupf zu nehmen. Ein anderer hätte an der klammen, übeldünstenden Kammer mit den acht achtlos plazierten Särgen vielleicht keinen Geschmack gefunden; doch Birch war zu jener Zeit unempfindlich und nur daran interessiert, den richtigen Sarg für das richtige Grab zu holen. Er hatte die Kritik nicht vergessen, die laut geworden war, als Hannah Bixbys Anverwandte, die ihren Leichnam auf den Friedhof der Stadt schaffen wollten, in die sie gezogen waren, unter deren Grabstein die Kiste von Richter Capwell fanden.

Das Licht war trübe, doch Birch hatte gute Augen, und er schnappte sich nicht etwa aus Versehen Asaph Sawyers Sarg, obwohl dieser ganz ähnlich aussah. Er hatte diesen Sarg eigentlich für Matthew Fenner gemacht, ihn letztendlich aber doch als zu plump und läppisch verworfen, als er sich in einem merkwürdigen Anflug von Sentimentalität daran erinnerte, wie nett und großzügig der kleine alte Mann während seiner Pleite vor fünf Jahren zu ihm gewesen war. Er gab dem alten Matt sein bestes, mit aller ihm zu Gebote stehenden Kunst verfertigtes Stück, war jedoch sorglich genug, das verschmähte Exemplar aufzusparen und in Gebrauch zu stellen, als Asaph Sawyer an einem tückischen Fieber dahinstarb. Sawyer war kein liebenswerter Zeitgenosse, und es kursierten viele Geschichten über seine schier unmenschliche Rachgier und sein gußeisernes Gedächtnis für wirklich erlittene oder nur eingebildete Kränkungen. Ihm gegenüber hatte Birch keine Gewissensbisse verspürt, als er ihm den achtlos gezimmerten Sarg zuwies, den er jetzt bei seiner Suche nach Fenners Kiste auf die Seite schob.

Just als er den Sarg des alten Matt ausgemacht hatte, da schlug die Tür im Wind zu und ließ ihn in einem noch tieferen Dämmer zurück als zuvor. Das schmale Querfenster ließ nur die allermattesten Lichtstrahlen ein und der Luftschacht oben buchstäblich gar keine; so daß er auf seinem stockenden Weg zwischen den langen Kisten hin zum Riegel die Erniedrigung erfuhr, profan herumtappen zu müssen. In diesem leichenhaften Zwielicht rüttelte er an den rostigen Griffen, drückte gegen die eiserne Türfüllung und wunderte sich, weshalb das massive Portal so plötzlich widerspenstig geworden war. In diesem Zwielicht dämmerte ihm auch allmählich die Wahrheit, und er begann lauthals zu rufen, als brächte sein Pferd draußen mehr zustande als ein teilnahmsloses Antwortwiehern. Denn der lang vernachlässigte Riegel war offensichtlich gebrochen und hielt den achtlosen Leichenbesteller in der Gruft gefangen als Opfer seiner eigenen Unachtsamkeit.

Die Sache muß so gegen halb vier Uhr nachmittags passiert sein. Birch, vom Temperament her ein Phlegmatiker und Praktiker, rief nicht lange; er schickte sich vielmehr an, nach gewissen Werkzeugen herumzutasten, die er sich erinnerte, in einem Winkel der Gruft gesehen zu haben. Es darf bezweifelt werden, ob ihn das Grauen und die überragende Unheimlichkeit seiner Situation überhaupt in irgendeiner Weise anrührten, doch die nackte Tatsache, so fernab aller Alltagswege der Menschen eingekerkert zu sein, genügte, um ihn nachhaltig zu erbittern. Sein Tagwerk war schmählich unterbrochen, und wenn der Zufall nicht alsbald einen Stromer herführte, würde er wohl die ganze Nacht über oder noch länger hierbleiben müssen. Nachdem er den Werkzeughaufen bald erreicht und einen Hammer und Meißel aussortiert hatte, stieg Birch über die Särge zurück zur Tür. Die Luft wurde allmählich hochgradig ungesund, doch diesem Detail schenkte er keine Beachtung, als er sich halb nach Gefühl an dem schweren und korrodierten Metall des Riegels abplackte. Eine Laterne oder ein Kerzenstumpen wären ihm hochwillkommen gewesen; aber da es ihm daran mangelte, fuhrwerkte er eben nach besten Kräften halb blind herum.

Als er merkte, daß sich der Riegel hoffnungslos sperrte, zumindest gegen so magere Werkzeuge und unter den waltenden finsteren Umständen, sah sich Birch nach anderen möglichen Fluchtwegen um. Man hatte die Gruft in einen Abhang hineingegraben, so daß der enge Luftschacht oben durch mehrere Fuß Erde verlief und damit die Inbetrachtnahme dieser Richtung als absolut unnütz entfiel. Über der Tür jedoch verhieß das hohe, schlitzartige Querfenster in der Ziegelfassade einem emsigen Arbeiter die Aussicht auf mögliche Erweiterung; deshalb ruhte sein Blick lange darauf, während er sich das Hirn über Mittel und Wege zermarterte, es zu erreichen. So etwas wie eine Leiter gab es in der ganzen Gruft nicht, und die Sargnischen an den Seiten und der Rückfront, die zu benutzen sich Birch selten die Mühe machte, gewährten keinen Aufstieg zu der Fläche über der Tür. Als potentielle Schrittsteine blieben also nur die Särge selbst, und als er dies erwog, spekulierte er über die beste Art, sie zu arrangieren. Drei Sarghöhen, so schätzte er, würden es ihm erlauben, das Querfenster zu erreichen; aber mit vieren ginge es besser. Die Kisten waren leidlich eben und konnten wie Blöcke gestapelt werden; so begann er zu kalkulieren, wie er die stabilsten der acht verwenden könnte, um eine vier Kisten hohe, erklimmbare Plattform zu errichten. Beim Planen wünschte er sich nichts sehnlicher, als daß die Einheiten seiner ins Auge gefaßten Treppe verläßlicher gefügt worden wären. Ob er über ausreichend Phantasie verfügte, um sie sich leer zu wünschen, muß stark bezweifelt werden.

Schließlich entschied er sich dafür, parallel zur Wand eine Dreierbasis zu legen, darauf zwei Schichten zu je zwei und darauf dann wieder eine Einzelkiste, die als Plattform dienen sollte. Dieses Arrangement könnte mit einem Minimum an Mißlichkeit bestiegen werden und würde die erwünschte Höhe liefern. Noch besser allerdings wäre es, er würde nur zwei Kisten der Basis benutzen, um den Überbau zu stützen, und eine frei lassen, damit sie noch ganz oben aufgetürmt werden konnte, falls das eigentliche Entkommenskunststück eine noch größere Höhe erforderte. Und so schuftete der Gefangene im Zwielicht und hievte ohne viel Federlesens die unempfänglichen sterblichen Hüllen herum, dieweil sein Miniaturturm zu Babel Glied um Glied emporstieg. Mehrere Särge begannen unter der Belastung der Handhabung zu splittern, und er beabsichtigte, sich den robust gezimmerten Sarg des kleinen Matthew Fenner für den Gipfel aufzusparen, damit seine Füße auf einer möglichst soliden Oberfläche standen. In dem Halbdämmer verlegte er sich beim Aufspüren des richtigen hauptsächlich auf's Fühlen und geriet auch wirklich beinahe zufällig darüber, denn er purzelte ihm wie durch ein unheimliches Wollen in die Hände, nachdem er ihn zuvor unwissentlich neben einem anderen der dritten Schicht plaziert hatte.

Als der Turm zuletzt vollendet war und er seinen schmerzenden Armen eine Erholungspause gegönnt hatte, die er auf der untersten Stufe seiner grimmen Vorrichtung hockend verbrachte, stieg Birch mit seinen Werkzeugen vorsichtig auf und stand dem schmalen Querfenster gegenüber. Die Einfassung der Öffnung war ringsum aus Ziegelstein, und es schien wenig Zweifel daran zu bestehen, daß er binnen kurzem genug davon würde wegmeißeln können, um seinem Körper das Durchschlüpfen zu erlauben. Als seine Hammerschläge zu fallen begannen, wieherte draußen das Pferd in einem Ton, der sowohl aufmunternd wie höhnisch gewesen sein konnte. Gepaßt hätte er in jedem Fall, denn die unerwartete Zähigkeit des nachgiebig wirkenden Mauerwerks war gewiß ein sardonischer Kommentar auf die Eitelkeit menschlichen Hoffens und die Quelle einer Aufgabe, deren Durchführung jeden erdenklichen Ansporn verdiente.

Die Dämmerung brach an und fand Birch noch immer bei seinen Mühen. Er arbeitete jetzt weitgehend nach Gefühl, denn frisch aufgezogene Wolken verbargen die Mondin; und obwohl er nur langsam vorwärtskam, befeuerte ihn das Ausmaß seiner schleichenden Eingriffe ober- und unterhalb des Schlitzes. Er konnte, des war er gewiß, bis Mitternacht herauskommen; wobei es typisch für ihn ist, daß dieser Gedanke nicht von unheimlichen Folgerungen gefärbt war. Unbeängstigt von bedrückenden Betrachtungen über die Zeit, den Ort und die Gesellschaft unter seinen Füßen, meißelte er philosophisch-gleichmütig das steinige Mauerwerk weg, fluchte, wenn ihm ein Bruchstück ins Gesicht spritzte, und lachte, wenn eines das zunehmend erregtere Pferd traf, das nahe der Zypresse auskeilte. Mit der Zeit wurde das Loch so groß, daß er hin und wieder seinen Körper hineinwagte und sich dabei so wand, daß unter ihm die Särge schütterten und kreischten. Er würde, befand er, keinen weiteren mehr auf seine Plattform stapeln müssen, um die richtige Höhe zu schaffen, denn das Loch war auf exakt dem richtigen Niveau, um es zu gebrauchen, sobald seine Größe dies zulassen würde.

Es muß zum wenigsten Mitternacht gewesen sein, als Birch entschied, er käme durch das Querfenster. Müde und schwitzend trotz vieler Ruhepausen stieg er herunter und setzte sich eine Weile auf die unterste Kiste, um Kraft zu sammeln für das entscheidende Winden&Wälzen und den Sprung auf den Boden draußen. Das hungrige Pferd wieherte wiederholt und fast unheimlich, und er wünschte sich vage, es würde damit aufhören. Sein dicht bevorstehendes Entkommen ließ ihn merkwürdig kalt, und er fürchtete beinahe die Anstrengung, denn seine Gestalt hatte die schlaffe Beleibtheit der beginnenden mittleren Lebensjahre. Als er die splitternden Särge wieder bestieg, wurde ihm sein Gewicht bitter bewußt; besonders als er beim Erreichen des allerobersten jenes verschärfte Krachen vernahm, das das bergeweise Bersten von Holz bezeugt. Er hatte scheint's umsonst geplant, als er sich den robustesten Sarg zur Plattform wählte; denn kaum war sein ganzer Wanst wieder obenauf, da gab der morsche Deckel nach und stieß ihn zwei Fuß tief auf eine Oberfläche hinab, die nicht einmal er sich vorstellen mochte. Toll gemacht durch das Geräusch oder den Gestank, der sogar ins Freie hinauswogte, gab das wartende Pferd ein Schreien von sich, das zu wahnsinnig für ein Wiehern war, und sprang wie toll durch die Nacht davon, hinter ihm her ratterte irrwitzig der Wagen.

Birch befand sich in seiner gräßlichen Situation jetzt zu tief für ein müheloses Durchklettern des erweiterten Querfensters, doch er sammelte seine Energien zu einem entschlossenen Versuch. An die Fensterkante geklammert, wollte er sich eben hochziehen, da bemerkte er ein sonderbares Hemmnis in Form eines eindeutigen Zerrens an seinen beiden Fußknöcheln. Im nächsten Moment packte ihn zum ersten Mal in dieser Nacht die Angst; denn sosehr er auch zappelte, er vermochte den unbekannten Griff nicht abzuschütteln, der seine Füße unbarmherzig gefangenhielt. Fürchterliche Schmerzen wie von grausamen Wunden schossen ihm durch die Waden; und in seinem Geist war ein Strudel von Furcht, in die sich ein unausrottbarer Materialismus mischte, der Splitter, lose Nägel oder irgendein anderes Attribut einer einbrechenden Holzkiste suggerierte. Vielleicht schrie er. Auf jeden Fall strampelte und krümmte er sich rasend und unwillkürlich, während sein Bewußtsein in einer halben Ohnmacht beinahe erlosch.

Der Instinkt leitete ihn bei seinem Geschlängel durch das Querfenster und auch bei dem Krauchen, das seinem mißtönenden Aufprall auf der feuchten Erde folgte. Er konnte nicht gehen, stellte sich heraus, und die hervortretende Mondin muß Zeugin eines entsetzlichen Anblicks gewesen sein, als er seine blutenden Knöchel zum Friedhofshäuschen schleppte, seine Finger krallten in hirnloser Hast die schwarze Krume und sein Körper reagierte mit der wahnsinnigmachenden Langsamkeit, an der man leidet, wenn einen die Phantome des Alptraums hetzen.

Es gab jedoch ganz offensichtlich keinen Verfolger; denn er war allein und am Leben, als Armington, der Friedhofswärter, auf sein mattes Scharren an der Tür reagierte.

Armington half Birch auf ein Gästebett und schickte seinen kleinen Sohn Edwin nach Doktor Davis. Der leidende Mann war bei vollem Bewußtsein, wollte aber nichts von Bedeutung sagen und murmelte bloß solches Zeug wie: »Oh, meine Knöchel!« oder »Loslassen!« oder ». . . in der Gruft eingesperrt«. Dann kam der Doktor mit seinem Arztkoffer, stellte forsche Fragen und zog dem Patienten die Oberkleider und Schuhe und Strümpfe aus. Die Wunden – denn beide Fußknöchel waren an den Achillessehnen entsetzlich zerfleischt – schienen den alten Physikus mächtig zu verblüffen und zuletzt beinahe zu schrecken. Seine straffe Befragung ging über das Medizinische hinaus, und seine Hände zitterten, als er die verstümmelten Glieder versorgte und sie so verband, als wolle er die Wunden so schnell wie möglich dem Blick entziehen.

Für einen unpersönlichen Arzt wurde Davis' ominöses und von Scheu ergriffenes Kreuzverhör in der Tat sehr sonderbar, als er sich mühte, aus dem geschwächten Leichenbesteller auch noch die letzte Einzelheit seines grausigen Erlebnisses herauszupressen. Er legte eigentümlichen Wert auf die Beantwortung der Frage, ob sich Birch sicher wäre – absolut sicher – über die Identität jenes obersten Sargs des Stapels, wie er ihn ausgesucht hätte, wie er im Dunkeln hatte gewiß sein können, daß dies der Fenner-Sarg war und wie er ihn von dem minderwertigeren Zwillingssarg des boshaften Asaph Sawyer unterschieden hatte. Wäre der feste Fenner-Sarg so rasch eingebrochen? Als altgedienter Dorfarzt hatte Davis natürlich bei den jeweiligen Begräbnissen alle beide gesehen, wie er auch wirklich sowohl Fenner als auch Sawyer während ihres letzten Darniederliegens betreut hatte. Bei Sawyers Begräbnis hatte er sich sogar noch darüber verwundert, wie es der rachsüchtige Farmer geschafft hatte, sich in einer Kiste lang hinzustrecken, die der des winzigen Fenner wie aufs Haar glich.

Nach geschlagenen zwei Stunden ging Doktor Davis, und er drang in Birch, zu allen Zeiten darauf zu beharren, daß seine Wunden ausschließlich von losen Nägeln und splitterndem Holz herrührten. Was sonst, fügte er hinzu, könnte denn auch jemals bewiesen oder geglaubt werden? Doch wäre es gut, so wenig wie möglich zu sagen und keinen Arzt die Wunden behandeln zu lassen. Birch befolgte diesen Rat für den Rest seines Lebens, bis er mir seine Geschichte erzählte, und als ich die Narben sah – uralt und weiß, wie sie es damals waren – stimmte ich ihm zu, daß es weise war, so zu handeln. Er blieb für immer lahm, denn die großen Sehnen waren durchtrennt worden; doch am meisten, glaube ich, lahmte seine Seele. Seine einst so phlegmatischen und logischen Denkprozesse hatten eine untilgbare Schramme bekommen, und seine Reaktion auf manch zufällig Erwähntes wie z. B. »Freitag«, »Gruft«, »Sarg« und auf Worte von weniger deutlicher Verkettung mitzuerleben, war erbärmlich. Sein verschrecktes Pferd war heimgekehrt, doch seine verschreckten Sinne nie so ganz. Er wechselte den Beruf, doch etwas fraß immer an ihm. Es mag nur einfach Furcht gewesen sein, und es mag Furcht gewesen sein, in die sich eine sonderbar verspätete Art von Reue für vergangene Rohheiten mischte. Sein Trinken verschärfte natürlich nur, was er zu lindern suchte.

Als Doktor Davis Birch in jener Nacht verließ, hatte er eine Laterne genommen und das alte Leichenhaus aufgesucht. Der Mond beschien die verstreuten Ziegelbrocken und die entstellte Fassade, und der Riegel der großen Tür gab einer Berührung von außen bereitwillig nach. Durch alte Zerreißproben in Seziersälen gestählt, trat der Doktor ein und sah sich um und unterdrückte die Übelkeit an Geist und Körper, die der ganze Anblick und Geruch ihm erregte. Einmal schrie er laut auf und gab dann ein wenig später ein Japsen von sich, das schrecklicher war als ein Schrei. Dann floh er zum Wärterhäuschen zurück und brach alle Regeln seines Stands, indem er seinen Patienten wach rüttelte und schüttelte und ihm eine Kette schauriger Zuflüsterungen entgegenschleuderte, die in den bestürzten Ohren sengten wie das Zischen von Vitriol.

»Es war Asaphs Sarg, Birch, genau wie ich es mir dachte! Ich erkannte seine Zähne, im Oberkiefer fehlen die vorderen – laß um Gottes willen nie diese Wunden sehen! Der Körper war ziemlich hinüber, doch wenn ich je Rachsucht auf irgendeinem Gesicht gesehen habe – oder auf einem ehemaligen Gesicht! . . . Du weißt, was für ein Racheteufel er war – wie er den alten Raymond dreißig Jahre nach ihrem Grenzprozeß ruinierte, und wie er auf den jungen Hund trat, der im August vor einem Jahr nach ihm schnappte . . . Er war der Satan in Person, Birch, und ich glaube, seine Auge-um-Auge-Raserei könnte Zeit und Tod überdauern! Bei Gott, seinen Zorn – den möchte ich mir lieber nicht aufhalsen!

Warum hast du es getan, Birch? Er war ein Schurke, und daß du ihm einen Ausschußsarg gegeben hast, werfe ich dir nicht vor, aber du hast's verdammt noch mal immer übertrieben! Schön und gut an dem Ding irgendwie zu knausern, aber du wußtest, was für ein Winzling der alte Fenner war.

Mein Leben lang werde ich das Bild nicht aus dem Kopf kriegen. Du hast mordsmächtig gestrampelt, denn Asaphs Sarg lag auf dem Boden. Sein Kopf war eingedrückt, und alles purzelte durch die Gegend. Ich habe manches gesehen, aber eines war hier zuviel. Auge um Auge! Gütiger Himmel, Birch, aber du hast bekommen, was du verdient hast! Der Schädel drehte mir schon den Magen um, aber das andere war noch schlimmer – *diese fein säuberlich abgeschnittenen Knöchel, damit Matt Fenners Ausschußsarg paßte.*«

Kühle Luft

Sie baten mich zu erklären, weshalb ich mich vor einem kühlen Luftzug ängstige; weshalb ich beim Betreten eines kalten Zimmers mehr als andere erschauere und angeekelt und abgestoßen wirke, wenn der Abendfrost durch die Wärme eines milden Herbsttages kribbelt. Es gibt Leute, die sagen, ich reagiere auf Kälte so wie andere auf einen üblen Geruch, und ich bin der letzte, diese Wirkung zu bestreiten. Ich werde nur eben die grausigsten Umstände schildern, die mir je untergekommen sind, und es dann Ihrem Urteil anheimstellen, ob dies eine angemessene Erklärung für meine Eigenart liefert oder nicht.

Es ist ein Mißgriff, sich das Grauen als untrennbar mit Dunkelheit, Stille und Einsamkeit verwoben vorzustellen. Es begegnete mir am hellichten Nachmittag, im Getöse einer Metropole und inmitten des Gewimmels eines schäbigen und hundsnormalen Logierhauses mit einer prosaischen Hauswirtin und zwei wackeren Männern mir zur Seite. Im Frühjahr 1923 hatte ich mir irgendeine öde und uneinträgliche Arbeit für ein New Yorker Magazin an Land gezogen; und da ich keine gediegene Miete aufbringen konnte, begann ich von einer billigen Pension in die nächste zu ziehen, auf der Suche nach einem Zimmer, das möglichst die Eigenschaften anständiger Reinlichkeit, erträglichen Mobiliars und eines sehr vernünftigen Preises in sich vereinte.

Es zeigte sich bald, daß mir nur die Wahl zwischen verschiedenen Übeln blieb, doch nach einer Weile stieß ich auf ein Haus in der West Fourteenth Street, das mir viel weniger Widerwillen erregte als die anderen, die ich ausprobiert hatte.

Es war ein viergeschossiges herrschaftliches Wohnhaus aus dunkelbraunem Sandstein, augenscheinlich aus den späten Vierzigern datierend und mit Holzwerk und Marmor ausgestattet, dessen fleckige und beschmutzte Pracht den Niedergang einer geschmackvollen Opulenz von hohem Niveau bezeugte. In den großen und luftigen und mit unmöglichen Tapeten und lächerlichen Zierkarniesen aus Stuck geschmückten Räumen siechte eine deprimierende Dumpfigkeit und ein Hauch obskurer Kochkunst; doch die Böden waren sauber, das Leinzeug leidlich passabel, und das Heißwasser nicht über Gebühr oft kalt oder abgestellt, so daß ich darin zumindest einen erträglichen Ort zum Überwintern erblickte, bis man wieder richtig leben könnte. Die Hauswirtin, eine schlumpige, fast bärtige Spanierin namens Herrero lag mir nicht mit Tratsch oder Genörgel wegen des elektrischen Lichts in den Ohren, das in meinem kleinen nach vorne gelegenen Schlafzimmer im 3. Stock bis spät in die Nacht brannte; und meine Mitbewohner waren so still und unkommunikativ wie man es sich nur wünschen mochte, zumeist Spanier, die ein klein wenig über der gröbsten und gemeinsten Sorte standen. Bloß das Geratter der Straßenbahnwagen auf der Hauptverkehrsader unten erwies sich als ernsthafte Belästigung.

Ich hatte dort wohl an die drei Wochen gewohnt, als sich der erste sonderbare Vorfall ereignete. Eines Abends gegen acht Uhr hörte ich, wie es auf dem Fußboden patschte, und merkte plötzlich, daß ich seit geraumer Zeit den stechenden Geruch von Ammoniak in der Nase gehabt hatte. Ich schaute mich um und sah, daß die Zimmerdecke feucht war und tropfte; das Nässen breitete sich eindeutig von einer Ecke an der Seite zur Straße hin aus. Bestrebt, das Übel an der Wurzel zu packen, hastete ich ins Erdgeschoß, um die Hauswirtin zu informieren; und sie versicherte mir, der Mißstand werde schnellstens behoben.

»Doktärr Muñoz«, rief sie, als sie vor mir die Treppe hinaufrauschte, »ärr hat seinä Chämikalien vergeschüttet. Ärr iss zu krank, zu sein seinä eigen Doktärr – wirrt immär kranker und kranker – aber will von anderä Hilfä nix wissen. Tut ganz särr komisch mit seinä Krankheit – nimmt ganzä Tag so komisch riechändä Bäder und kann nicht aufgärägt oder warm sein. Macht allä Hausarrbeit alleinä – sein kleinä Zimmer sein voll mit die Flaschän und Maschinän und arbeit ärr nix als Doktärr. War abärr einmal einä großä – hat meinä Vattär gehörrt in Barcelona von ihm – und hat ärr eben grad heilgemacht den Arm von Klämpner, der sich verlätzte ganz plötzlich. Er gätt nix aus, nur auf Dach und meinä Jüngä Esteban bringän ihm die Essän und Wäsche und Mädizinn und Chämikalien. Meinä Gott, die vielä Salmiak die diesä Mann braucht um sich zu haltän kühl!«

Mrs. Herrero entschwand die Treppe hinauf in den 4. Stock, und ich kehrte in mein Zimmer zurück. Das Ammoniak hörte auf zu tropfen, und als ich die verbliebene Lache aufwischte und das Fenster öffnete, um Luft hereinzulassen, hörte ich die schweren Schritte der Hauswirtin über mir. Von Dr. Muñoz hatte ich bis auf gewisse Geräusche wie von einer benzingetriebenen Maschine nie etwas gehört; denn sein Schritt war leicht und sanft. Ich fragte mich einen Augenblick, was das seltsame Gebrechen dieses Mannes sein mochte, und ob sein obstinates Abschlagen jeder Hilfe von außen nicht das Ergebnis einer recht grundlosen Exzentrizität war. Mir fuhr der abgedroschene Gedanke durch den Sinn, daß die Lage einer berühmten Persönlichkeit, die heruntergekommen ist, unendlich viel Pathos hat.

Ich hätte Dr. Muñoz vielleicht nie kennengelernt, wäre da nicht die Herzattacke gewesen, die mich eines Vormittags urplötzlich überfiel, als ich in meinem Zimmer saß und schrieb. Die Ärzte hatten mich vor der Gefährlichkeit dieser Anfälle gewarnt, und ich wußte, ich durfte keine Zeit verlieren; deshalb schleppte ich mich dessen eingedenk, was die Hauswirtin über die Hilfe gesagt hatte, die der Invalide dem Handwerker geleistet hatte, die Treppe hoch und klopfte matt an der Tür, die über der meinen lag. Auf mein Klopfen antwortete mir in einiger Entfernung rechts eine eigentümliche Stimme in gutem Englisch, die mich nach meinem Namen und Anliegen fragte; und als ich beides vorgebracht hatte, tat sich eins weiter die Tür auf.

Ein kühler Luftstrom empfing mich; und obwohl es einer der heißesten Tage im Spätjuni war, schauderte ich, als ich über die Schwelle in ein großes Apartment trat, dessen reiche und geschmackvolle Ausschmückung mich in dieser Brutstätte von Schmutz und Schäbigkeit überraschte. Eine Klappcouch versah jetzt ihre Tagesrolle als Sofa, und angefangen von den Mahagonimöbeln über die kostbaren Vorhänge und alten Gemälde bis hin zu den gereiften Bücherregalen, verriet alles mehr das Arbeitszimmers eines Gentleman als einen Schlafraum in einer Pension. Ich sah jetzt, daß das Schlafzimmer über meinem – das »kleinä Zimmer« mit Flaschen und Maschinen, das Mrs. Herrero erwähnt hatte – nur das Laboratorium des Doktors war, und daß sein Hauptwohnquartier in dem geräumigen Nachbarzimmer lag, dessen praktische Nischen und großes anstoßendes Bad es ihm erlaubten, alle Kommoden und aufdringlich utilitaristischen Vorrichtungen zu verbergen. Dr. Muñoz war ganz gewiß ein Mann von Stand, Kultur und Urteilsfähigkeit.

Die Gestalt vor mir war klein, aber von erlesenen Proportionen und gekleidet in einen ziemlich förmlichen Anzug von perfektem Sitz und Schnitt. Ein kurzer eisengrauer Vollbart zierte ein vornehmes Gesicht mit zwar gebieterischem, aber nicht arrogantem Ausdruck, und ein altmodisches Pincenez schirmte die großen dunklen Augen und überragte eine Adlernase, die einer ansonsten überwiegend keltiberischen Physiognomie einen maurischen Anstrich verlieh. Dichtes, gutgeschnittenes Haar bezeugte die pünktlichen Besuche beim Friseur und lag also anmutig gescheitelt über einer hohen Stirn; das Ganze war ein Bild hervorstechender Intelligenz und vortrefflicher Herkunft und Bildung.

Dennoch empfand ich, als ich Dr. Muñoz in diesem kühlen Luftstoß sah, einen Widerwillen, den mir nichts in seinem Anblick zu rechtfertigen vermochte. Einzig sein ins Aschfahle spielender Teint und die Kälte seiner Berührung hätten einen greifbaren Grund für dies Gefühl abgeben können, und selbst diese Dinge hätten in Anbetracht des bekannten Individualismus des Mannes entschuldbar sein sollen. Es mochte auch die eigenartige Kälte gewesen sein, die mich ihm entfremdete; denn eine derartige Frostigkeit war an einem so heißen Tag anomal, und das Anomale erregt immer Aversion, Mißtrauen und Furcht.

Doch der Widerwillen verlor sich alsbald in Bewunderung, denn das ungemeine Können des seltsamen Arztes wurde trotz der Eiseskälte und Zittrigkeit seiner blutlos wirkenden Hände sogleich manifest. Er erfaßte meine Bedürfnisse mit einem Blick und versorgte sie mit meisterlichem Geschick; indes er mir mit einer fein modulierten, wenngleich wunderlich hohlen und tonlosen Stimme versicherte, er sei unter den eingeschworenen Feinden des Todes der erbitterste und habe durch lebenslange bizarre Experimente zu dessen Vereitelung und Austilgung sein Vermögen eingebüßt und all seine Freunde verloren. Ihm schien etwas von einem wohlmeinenden Fanatiker innezuwohnen, und er schwadronierte beinahe geschwätzig fort, während er meine Brust abklopfte und einen geeigneten Trunk aus Arzneien mixte, die er aus dem kleineren Laborzimmer herschaffte.

Er empfand offenbar die Gesellschaft eines Mannes aus gutem Hause als seltene Neuheit in dieser schmutzigen Umgebung und geriet in eine ungewöhnliche Redseligkeit, als ihn die Erinnerungen an bessere Tage überspülten.

Seine verquere Stimme wirkte dennoch beruhigend; und ich bemerkte nicht einmal, daß er atmete, während die flüssigen Sätze weltmännisch dahinrollten. Er versuchte meine Gedanken von meinem eigenen Anfall dadurch abzulenken, daß er über seine Theorien und Experimente sprach; und ich entsinne mich, wie er mich taktvoll über mein schwaches Herz hinwegtröstete, indem er darauf beharrte, daß Wille und Bewußtheit stärker seien als das organische Leben an sich, so daß eine körperliche Gestalt, wofern sie nur ursprünglich gesund und sorgfältig konserviert sei, durch eine wissenschaftliche Ausweitung besagter Eigenschaften eine Art Nerventätigkeit behalten könne, trotz allerschwerster Schädigungen, Defekte oder sogar Ausfälle in der Batterie spezifischer Organe. Eines Tages werde er mich vielleicht, so sagte er halb im Scherz, lehren, ganz ohne Herz zu leben! – oder doch wenigstens eine Art bewußter Existenz zu besitzen. Was ihn anlange, so sei er mit einer Verflechtung von Malaisen geschlagen, die eine äußerst rigide Lebensführung erfordere, was konstante Kälte mit einschließe. Jeder merkliche Temperaturanstieg könne ihm, bei längerem Anhalten, zum Verhängnis werden; und die Kühle seiner Behausung – rund 13°–14° Celsius – werde durch ein Absorptionssystem einer Ammoniakkühlung gewahrt, dessen Benzinmotorpumpen ich in meinem eigenen Zimmer unten oft gehört hatte.

Von meinem Anfall in wunderbar kurzer Zeit erlöst, verließ ich den frostigen Ort als Schüler und Verehrer des begabten Klausners. Danach stattete ich ihm häufig bemäntelte Besuche ab; lauschte, während er von geheimen Forschungen und schier gräßlichen Resultaten erzählte, und erbebte ein wenig, als ich die unkonventionellen und erstaunlich alten Bände in seinen Regalen durchmusterte. Ich darf hinzufügen, daß ich in der Folge durch seine kundigen Dienste von meiner Krankheit beinahe für alle Zeit geheilt wurde. Es scheint, daß er die Beschwörungen der Mediävisten nicht bespöttelte, denn er glaubte, daß diese kryptischen Formeln rare psychologische Stimuli enthielten, die womöglich eigentümliche Wirkungen auf die Substanz eines Nervensystems zeitigen könnten, aus dem organische Pulsationen gewichen waren. Sein Bericht über den betagten Dr. Torres aus Valencia erschütterte mich; derselbe hatte seine früheren Experimente begleitet und ihn während seiner schweren Krankheit vor achtzehn Jahren, von woher seine jetzige Zerrüttung rührte, gepflegt. Kaum hatte der venerable Arzt seinen Kollegen gerettet, da erlag er selber dem Feind, den er bekämpft hatte. Vielleicht war die Belastung zu groß gewesen; denn Dr. Muñoz stellte es im Flüsterton klar – wenn auch nicht im Detail –, daß die Heilungsmethoden außergewöhnlichst gewesen waren und Szenen und Prozesse involviert hatten, die bei älteren und konservativen Galenen nicht gern gesehen würden.

Im Verlauf der Wochen stellte ich mit Bedauern fest, daß mein neuer Freund tatsächlich, so wie es Mrs. Herrero angedeutet hatte, langsam doch unverkennbar körperlich abbaute. Seine Miene verblaßte immer mehr ins Aschfahle, seine Stimme wurde hohler und undeutlicher, seine Muskelbewegungen waren weniger gut koordiniert, und sein Geist und Wille wiesen weniger Spannkraft und Initiative auf. Er schien sich dieser traurigen Veränderung durchaus bewußt, und ganz allmählich nahmen sein Ausdruck und Gespräch eine grausige Ironie an, die in mir wieder etwas von dem leisen Widerwillen aufkommen ließ, den ich ursprünglich empfunden hatte.

Er entwickelte sonderbare Launen und vernarrte sich in exotische Spezereien und ägyptisches Räucherwerk, bis sein Zimmer roch wie die Gruft eines beigesetzten Pharaos im Tal der Könige. Gleichzeitig stieg sein Bedarf an kalter Luft, und mit meiner Hilfe erweiterte er die Ammoniakleitungen in seinem Zimmer und modifizierte Pumpen und Speisung seiner Kältemaschine, bis er die Temperatur auf 3° oder 5° und schließlich sogar auf –2° abgesenkt halten konnte; Bad und Laboratorium waren natürlich weniger frostig, damit das Wasser nicht gefror und chemische Prozesse nicht beeinträchtigt wurden. Sein Wohnungsnachbar beschwerte sich über die eisige Luft bei der Verbindungstür; also half ich ihm, schwere Vorhänge anzubringen, um diesem Problem zu begegnen. Ein wachsendes Entsetzen von outrierter und morbider Schattierung schien ihn zu ergreifen. Er redete unablässig vom Tod, lachte jedoch hohl, wenn solche Dinge wie Beerdigung oder Bestattungsvorkehrungen sacht zur Sprache gebracht wurden.

Alles in allem wurde er zu einem beunruhigenden und sogar grauslichen Gefährten; doch in meiner Dankbarkeit für seine Heilung konnte ich ihn nicht gut an die Fremden um ihn herum ausliefern, und ich war sorgsam darauf bedacht, jeden Tag in seinem Zimmer Staub zu wischen und seine Bedürfnisse zu stillen, immer eingemummt in einen schweren Ulster, den ich mir speziell zu diesem Zweck kaufte. Ich erledigte gleichfalls einen Großteil seiner Einkäufe und schnappte bei manchen der Chemikalien, die er bei Apothekern und Zulieferfirmen für Laboratorien bestellte, entgeistert nach Luft.

Eine zunehmende und unerklärte Panikstimmung schien sich um seine Wohnung aufzubauen. Im ganzen Haus hing, wie schon bemerkt, ein Modergeruch; doch der Geruch in seinem Zimmer war schlimmer, und trotz aller Spezereien und Räucherwerke und der beißenden Chemikalien der neuen Dauerbäder, die er unbedingt ohne Hilfe nehmen wollte, merkte ich, daß es mit seinem Gebrechen zusammenhängen mußte, und als ich darüber nachsann, was dies Gebrechen sein mochte, da erschauerte ich. Mrs. Herrero bekreuzigte sich bei seinem Anblick und überließ ihn vorbehaltlos mir; sie ließ nicht einmal mehr ihren Sohn Ersteban Botengänge für ihn erledigen. Wenn ich vorschlug, andere Ärzte hinzuzuziehen, geriet der Leidende so hitzig in Wut, wie er es sich glaubte leisten zu können. Er fürchtete eindeutig die physikalische Wirkung heftiger Emotionen, dennoch nahm seine Willens- und Triebkraft eher zu als ab, und er weigerte sich, das Bett zu hüten. Die Mattigkeit seiner früheren Krankheitstage machte der Rückkehr seiner feurigen Entschlußkraft Platz, so daß er im Begriff zu stehen schien, dem Todesdämon den Fehdehandschuh hinzuwerfen, gerade als dieser alte Feind nach ihm griff. Den Anspruch auf Essen, das bei ihm immer merkwürdig wie eine Formalität wirkte, gab er buchstäblich ganz auf; und allein Geisteskraft schien ihn vor dem totalen Kollaps zu bewahren.

Er nahm die Gewohnheit an, irgendwelche langen Dokumente abzufassen, die er sorgfältig versiegelte und mit Verfügungen versah, damit ich sie nach seinem Tode an gewisse Personen überstellte, die er mir nannte – es waren dies zumeist gelehrte Ostindier, doch befand sich darunter auch ein einst gefeierter französischer Arzt, der jetzt allgemein als tot galt und über den man sich die unglaublichsten Dinge zugeraunt hatte. Es ergab sich jedoch, daß ich diese ganzen Papiere unzugestellt und ungeöffnet verbrannte. Sein Aussehen und seine Stimme wurden absolut gräßlich und seine Gegenwart schier unerträglich. Einmal im September bescherte sein unvermuteter Anblick einem Mann, der erschienen war, um seine elektrische Schreibtischlampe zu reparieren, einen epileptischen Anfall; einen Anfall, den er wirkungsvoll ärztlich behandelte, wobei er es tunlichst vermied, sich sehen zu lassen. Dieser Mann war merkwürdigerweise durch die Greuel des großen Krieges gegangen, ohne dabei je einen so tiefgreifenden Schrecken erfahren zu haben.

Mitte Oktober kam dann mit betäubender Plötzlichkeit das

Grauen schlechthin. Eines Nachts gegen elf Uhr setzte die Pumpe der Kältemaschine aus, so daß binnen drei Stunden der Prozeß der Ammoniakkühlung unmöglich wurde. Dr. Muñoz alarmierte mich, indem er auf den Fußboden bumste, und ich schuftete wie besessen, um den Schaden zu beheben, dieweil mein Gastgeber in einem Ton fluchte, dessen leblose, rasselnde Hohlheit über aller Beschreibung war. Meine laienhaften Bemühungen erwiesen sich jedoch als nutzlos; und nachdem ich von einer Tag&Nacht geöffneten Autowerkstätte in der Nachbarschaft einen Mechaniker herbeigeschafft hatte, erfuhren wir, daß vor dem Morgen, wo ein neuer Kolben besorgt werden müßte, nichts getan werden konnte. Die Wut und Angst des moribunden Eremiten, die zu grotesken Ausmaßen anschwollen, schienen dazu angetan, die Reste seiner versagenden Physis zu zertrümmern; und einmal ließ ihn ein Krampf die Hände vor die Augen schlagen und ins Bad stürzen. Mit straff bandagiertem Gesicht tastete er sich wieder heraus, und ich sah seine Augen nie wieder.

Die Frostigkeit seiner Wohnung verringerte sich jetzt spürbar, und gegen fünf Uhr in der Frühe zog sich der Doktor ins Badezimmer zurück und befahl mir, ihn mit allem Eis zu versorgen, das ich in Tag&Nacht geöffneten Drugstores und Cafeterias bekommen konnte. Wenn ich von meinen bisweilen entmutigenden Ausflügen zurückkehrte und meine Beute vor der verschlossenen Badezimmertür niederlegte, konnte ich drinnen ein rastloses Planschen hören und eine belegte Stimme, die die Anordnung hervorkrächzte: »Mehr-mehr!« Schließlich brach ein warmer Tag an, und die Geschäfte öffneten eines nach dem anderen. Ich bat Esteban, mir entweder beim Eisholen zu helfen, während ich den Pumpenkolben besorgte, oder den Kolben zu bestellen, während ich mit dem Eis weitermachte; doch, instruiert von seiner Mutter, weigerte er sich absolut.

Zuletzt heuerte ich einen abgerissenen Tagelöhner an, dem ich an der Ecke der Eighth Avenue begegnete, um den Patienten mit Eis aus einem kleinen Laden versorgt zu halten, in dem ich ihn vorstellte, und widmete mich selbst emsig der Aufgabe, einen Pumpenkolben zu finden und Handwerker zu engagieren, die fähig waren, ihn zu installieren. Die Aufgabe schien unermeßlich, und ich tobte beinahe ebenso heftig wie der Eremit, als ich sah wie die Stunden vergingen in einer atemlosen, fruchtlosen Runde vergeblichen Telefonierens und mit einer hektischen Suchfahrt von Ort zu

Ort, hierhin und dorthin per U-Bahn und Straßenbahn. Gegen Mittag stieß ich weit im Downtown auf eine geeignete Lieferfirma und traf ungefähr um ein Uhr dreißig mit den nötigen Paraphernalia und zwei stämmigen und intelligenten Mechanikern in meiner Pension ein. Ich hatte getan, was ich konnte, und hoffte, ich käme rechtzeitig.

Schwarzes Entsetzen war mir jedoch zuvorgekommen. Das Haus war in höchstem Tumult, und über dem Geschnatter erschreckter Stimmen hörte ich einen Mann in tiefem Baß beten. Teuflische Dinge waren in der Luft, und Untermieter beteten über den Perlen ihrer Rosenkränze, als sie den Geruch erhaschten, der unter der verschlossenen Tür des Doktors hervordrang. Der Faulenzer, den ich angeheuert hatte, war anscheinend nur kurz nach seiner zweiten Eisablieferung kreischend und mit wahnsinnigem Blick geflohen: vielleicht ein Resultat exzessiver Neugier. Er konnte die Tür natürlich nicht hinter sich abgeschlossen haben; trotzdem war sie jetzt verriegelt, vermutlich von innen. Drinnen war nichts zu hören außer einer namenlosen Art langsamen, dicken Tröpfelns.

Nachdem ich mich trotz der Furcht, die mir im Innersten der Seele nagte, kurz mit Mrs. Herrero und den Arbeitern besprochen hatte, riet ich zum Aufbrechen der Tür; doch der Wirtin gelang es, den Schlüssel von außen mit irgendeinem Drahtding umzudrehen. Wir hatten vorsorglich die Türen aller anderen Zimmer auf diesem Flur geöffnet und bis hinauf unters Dach alle Fenster aufgestoßen. Jetzt drangen wir, die Nasen mit Taschentüchern geschützt, bebend in das verfluchte Südzimmer ein, das in der warmen Sonne des frühen Nachmittags flammte.

Eine Art dunkle Schleimspur führte von der offenen Badtür zur Flurtür und von dort zum Schreibtisch, wo sich eine entsetzliche kleine Pfütze angesammelt hatte. Irgend etwas stand dort von furchtbarer, blinder Hand mit Bleistift hingekritzelt auf ein Stück Papier, das wie von eben jenen Klauen, die die letzten hastigen Worte zogen, gräßlich besudelt war. Dann führte die Spur zur Couch und endete unsäglich.

Was auf der Couch war – oder gewesen war –, kann und wage ich hier nicht zu sagen. Doch dies ist, was ich schaudernd auf dem klebrig-beschmierten Papier entzifferte, bevor ich ein Streichholz anriß und es zu einem Ascheflöckchen verbrannte; was ich mit Entsetzen entzifferte, als die Hauswirtin und die beiden Mechaniker wie toll von dem höllischen Ort fortstürzten, um ihre wirren

Geschichten auf der nächsten Polizeistation hervorzustammeln. In jenem gelben Sonnenlicht und dem Radau von Autos und Lastwagen, der lärmend von der belebten Fourteenth Street heraufdrang, wirkten die ekelhaften Worte nahezu unglaublich, und doch bekenne ich, daß ich sie damals glaubte. Ob ich sie jetzt glaube, weiß ich ehrlich nicht. Es gibt Dinge, über die man besser nicht spekuliert, und ich kann nur sagen, daß mir der Geruch von Ammoniak verhaßt ist und mir bei einem ungewöhnlich kalten Luftzug die Sinne schwinden.

»Das Ende«, lautete jenes widerwärtige Gekritzel, »ist da. Kein Eis mehr – der Mann schaute hin und rannte weg. Jede Minute wärmer, und das übersteht das Zellgewebe nicht. Ich denke, Sie wissen – was ich über den Willen und die Nerven und den nach dem Aussetzen der Organe konservierten Körper sagte. Es war eine gute Theorie, sie konnte aber nicht unbegrenzt aufrechterhalten werden. Es trat ein allmählicher Verschleiß auf, den ich nicht vorhergesehen hatte. Dr. Torres wußte es, aber der Schock brachte ihn um. Er ertrug nicht, was er tun mußte; er mußte mich an einen seltsamen, dunklen Ort bringen, als er sich an meinen Brief hielt und mich wieder auf die Beine brachte. Und die Organe würden niemals mehr arbeiten. Es mußte auf meine Methode geschehen – künstliche Konservierung – *denn sehen Sie, damals vor achtzehn Jahren starb ich.*«

Der Schreckliche Alte Mann

Angelo Ricci und Joe Czanek und Manuel Silva hatten die Absicht, dem Schrecklichen Alten Mann einen Besuch abzustatten. Dieser alte Mann wohnt ganz allein in einem uralten Haus in der Water Street bei der See und steht in dem Ruf, sowohl außerordentlich reich wie außerordentlich hinfällig zu sein; was für Männer vom Gewerbe der Herren Ricci, Czanek und Silva eine äußerst reizvolle Situation darstellt, denn dieses Gewerbe war nichts weniger Ehrenwertes als Raubüberfälle.

Die Einwohner von Kingsport sagen und denken über den Schrecklichen Alten Mann viele Dinge, die ihn im allgemeinen vor den Aufmerksamkeiten solcher Gentlemen wie Mr. Ricci und seiner Kollegen verschonen, und das trotz des beinahe gewissen Umstands, daß er irgendwo in seiner muffigen und venerablen Behausung ein unermeßlich großes Vermögen versteckt hält. Er ist wahrhaftig ein sehr seltsamer Mensch, von dem man glaubt, daß er zu seiner Zeit Kapitän auf Ostindien-Klippern gewesen ist; so alt, daß sich niemand mehr daran erinnern kann, wann er jung war, und so wortkarg, daß wenige seinen richtigen Namen kennen. Zwischen den knorrigen Bäumen im Vorhof seiner bejahrten und vernachlässigten Heimstatt unterhält er eine seltsame Sammlung großer Klötze so wundersam postiert und bemalt, daß sie den Idolen in irgendeinem obskuren östlichen Tempel gleichen. Diese Sammlung vertreibt die meisten kleinen Jungen, die den Schrecklichen Alten Mann wegen seiner langen weißen Haare und seines ebensolchen Bartes gern hänseln oder ihm die kleinen Fensterscheiben seiner Bleibe mit hinterlistigen Wurfgeschossen einschlagen; doch es sind andere Dinge, die die älteren und neugierigeren Leute erschrecken, die sich manchmal zum Haus hochstehlen, um durch die staubigen Scheiben hineinzulugen. Diese Leute sagen, daß auf einem Tisch in einem nackten Zimmer im Erdgeschoß viele absonderlich bauchige Flaschen stehen und in jeder ein kleines Stückchen Blei wie ein Pendel an einem Faden hängt. Und sie sagen, daß der Schreckliche Alte Mann mit diesen Flaschen spricht und sie mit Namen anredet wie Jack, Narbengesicht, Langer Tom, Spanier-Joe, Peters und Maat Ellis, und daß jedesmal, wenn er mit einer Flasche spricht, das kleine Bleipendel drinnen wie zur Antwort ganz bestimmte Schwingungen vollführt. Diejenigen, die den großen, hageren Schrecklichen Alten Mann bei diesen seltsamen Gesprächen beobachtet haben, beobachten ihn nie wieder. Doch Angelo Ricci und Joe Czanek und Manuel Silva stammten nicht aus Kingsport; sie kamen aus jenem neuen und heterogenen Fremdgeschlecht, das außerhalb des Zauberkreises von Neuenglands Leben und Traditionen liegt, und sie sahen in dem Schrecklichen Alten Mann bloß einen taperigen beinahe hilflosen Graubart, der ohne die Unterstützung seines Knotenstocks nicht gehen konnte und dessen dünne, schwache Hände erbärmlich zitterten. Auf ihre Weise tat ihnen der einsame, unpopuläre Bursche, den jedermann mied und den alle Hunde eigentümlich ankläfften, wirklich leid. Doch Geschäft ist Geschäft, und für einen Räuber, der mit Leib&Seele in seinem Gewerbe steckt, bedeutet ein sehr alter und sehr hinfälliger Mann, der kein Konto auf der Bank hat und der im Dorfladen für seine wenigen Bedürfnisse mit vor zwei Jahrhunderten gemünztem spanischen Gold und Silber bezahlt, eine Lockung und Herausforderung.

Die Herren Ricci, Czanek und Silva wählten für ihren Besuch die Nacht des elften April. Mr. Ricci und Mr. Silva sollten den armen alten Gentleman befragen, dieweil Mr. Czanek auf sie und ihre vermutlich metallische Last mit einem getarnten Kraftfahrzeug in der Ship Street beim Tor in der hohen Hinterwand des Grundstücks ihres Gastgebers wartete. Das Verlangen, im Falle unerwarteten polizeilichen Eingreifens unnötige Erklärungen zu vermeiden, legte für diese Pläne einen stillen und dezenten Aufbruch nahe.

Wie abgesprochen machten sich die drei Abenteurer getrennt auf den Weg, um späteren böswilligen Verdächtigungen vorzubeugen. Die Herren Ricci und Silva trafen sich in der Water Street an der Vordertür des alten Mannes, und obwohl ihnen die Art mißfiel, wie der Mond durch die knospenden Zweige der knorrigen Bäume auf die bemalten Klötze herniederschien, hatten sie sich über Wichtigeres Gedanken zu machen als über leeren Aberglauben. Sie befürchteten, es könnte ein unerfreuliches Geschäft werden, den Schrecklichen Alten Mann hinsichtlich seines gehorteten Golds und Silbers in Redefluß zu bringen, denn bejahrte Seekapitäne sind notorisch verstockt und verdreht. Immerhin, er war sehr alt und sehr hinfällig, und es waren der Besucher zwei. Die Herren Ricci und Silva waren in der Kunst, unwilligen Personen die Zunge zu lösen, erfahren, und die Schreie eines schwachen und außergewöhnlich venerablen Mannes lassen sich leicht zum Schweigen bringen. Also gingen sie zu dem einen erleuchteten Fenster hinauf und hörten den Schrecklichen Alten Mann kindisch mit seinen Pendelflaschen reden. Dann maskierten sie sich und klopften höflich an der vom Seewasser zerfressenen Eichentür.

Das Warten wurde Mr. Czanek sehr lang, als er in dem getarnten Kraftfahrzeug am Hintertor des Schrecklichen Alten Mannes in Ship Street unruhig hin und her rutschte. Er war über die Maßen zartbesaitet und er mochte die gräßlichen Schreie nicht, die er genau nach der für die Tat festgesetzten Stunde in dem uralten Haus gehört hatte. Hatte er seinen Kollegen nicht gesagt, sie sollten den bedauernswerten Seekapitän so sanft wie möglich behandeln? Hochnervös beobachtete er das enge Eichentor in der hohen und efeuumrankten Steinmauer. Er blickte häufig auf die Uhr und wunderte sich über die Verzögerung. War der alte Mann gestorben, bevor er das Versteck seines Schatzes enthüllt hatte, und war so eine sorgfältige Suche nötig geworden? Mr. Czanek mochte nicht so lange im Dunkeln an einem solchen Ort warten. Dann vernahm er auf dem Weg hinter dem Tor ein sachtes Gehen oder Tappen, hörte ein behutsames Drehen im rostigen Schloß und sah die enge schwere Tür nach innen schwingen. Und im fahlen Schein der einen einzigen trüben Straßenlaterne strengte er seine Augen an, um zu sehen, was seine Kollegen aus diesem finsteren Haus herausgebracht hatten, das so dicht dahinter emporragte. Doch als er hinschaute, sah er nicht was er erwartet hatte; denn seine Kollegen waren da gar nicht, sondern bloß der Schreckliche Alte Mann, der still auf seinem Knotenstock lehnte und gräßlich lächelte. Mr. Czanek war vorher nie die Augenfarbe dieses Mannes aufgefallen; jetzt sah er, daß sie gelb war.

Kleinigkeiten rufen in Kleinstädten beträchtliche Aufregung hervor, und das ist der Grund, daß die Kingsporter diesen ganzen Frühling und Sommer hindurch über die drei unidentifizierbaren Körper redeten, die die Flut, scheußlich zerschlitzt wie von vielen Entermessern und scheußlich verstümmelt wie vom Getrampel vieler grausamer Stiefelabsätze, anspülte. Und manche Leute redeten sogar von so trivialen Dingen wie dem in der Ship Street verlassen gefundenen Kraftfahrzeug oder von gewissen besonders unmenschlichen Schreien, wahrscheinlich von einem verirrten Tier oder Zugvogel, die schlaflose Bürger in der Nacht hörten. Doch für diesen müßigen Stadtklatsch interessierte sich der

Schreckliche Alte Mann überhaupt nicht. Er war von Natur aus zurückhaltend, und wenn man alt ist und hinfällig, dann ist die Zurückhaltung doppelt stark. Überdies muß ein so alter Seekapitän in den weitzurückliegenden Tagen seiner unerinnerten Jugend Augenzeuge einer Menge weitaus aufregenderer Dinge geworden sein.

Die Aussage des Randolph Carter

Meine Herren, zum wiederholten Male erkläre ich Ihnen, daß Ihre Untersuchung vergeblich ist. Wenn es Ihnen beliebt, so halten Sie mich auf ewig in Haft; lassen Sie mich in Ketten legen oder hinrichten, falls Sie ein Opfer brauchen, um die Illusion zu versöhnen, die Sie Gerechtigkeit nennen; aber ich vermag nicht mehr zu sagen, als ich es schon getan habe. All das, woran ich mich erinnern kann, habe ich Ihnen mit rückhaltloser Aufrichtigkeit erzählt. Nichts wurde entstellt oder verschwiegen, und wenn etwas unklar bleibt, so ist dies nur der schwarzen Wolke zuzuschreiben, die meinen Geist umhüllt hat – jener Wolke und den nebulösen Schrecken, die sie über mich brachten.

Ich sage es noch einmal, ich weiß nicht, was aus Harley Warren geworden ist, aber ich glaube – hoffe beinahe –, daß er sich im gnädigen Vergessen befindet, falls irgendwo ein so gesegneter Zustand existiert. Es entspricht der Wahrheit, daß ich fünf Jahre lang sein engster Freund und bedingter Teilnehmer an seinen entsetzlichen Nachforschungen im Unbekannten gewesen bin. Obwohl meine Erinnerung ungenau und verschwommen ist, will ich nicht abstreiten, daß der Zeuge, auf den Sie sich berufen, uns möglicherweise gesehen hat, wie wir, nach seiner Aussage, um halb zwölf Uhr dieser furchtbaren Nacht auf dem Gainsville-Berg in Richtung des Großen Zypressensumpfes gingen. Daß wir elektrische Laternen, Spaten und eine merkwürdige Drahtrolle nebst angeschlossenen Instrumenten mit uns führten, möchte ich sogar mit Bestimmtheit behaupten, denn all diese Gegenstände waren bei der einen, gräßlichen Szene von Bedeutung, die sich in mein angegriffenes Gedächtnis eingebrannt hat. Doch was die folgenden Ereignisse und den Grund anlangt, warum man mich am nächsten Morgen allein und in verwirrtem Zustand am Rand jenes Sumpfes auffand, so muß ich daran festhalten, daß ich davon nur das weiß, was ich Ihnen immer wieder berichtet habe. Sie erklären mir, weder im Sumpf noch in dessen Umgebung sei etwas vorhanden, das den Schauplatz für dies entsetzliche Ereignis abgeben könnte. Meine Antwort darauf lautet, ich nahm nur wahr, was ich sah. Mag es Vision oder Alptraum gewesen sein – ich hoffe inbrünstig, daß es eine Vision oder ein Alptraum war –, so ist dies dennoch alles, was mir von den Geschehnissen jener furchtbaren

Stunden, da wir aus dem Angesicht der Menschen verschwunden waren, im Gedächtnis geblieben ist. Und warum Harley Warren nicht zurückkam, wissen nur er oder sein Geist – oder ein namenloses Ding, das ich mich außerstande fühle zu beschreiben.

Wie gesagt wußte ich recht wohl um Harley Warrens unheimliche Forschungen, und zu einem gewissen Grad beteiligte ich mich daran. Aus seiner ungeheuren Sammlung wunderlicher Raritätenbände, die von verbotenen Dingen handeln, habe ich alle diejenigen gelesen, die in einer Sprache verfaßt sind, die ich verstehe; doch sind dies wenige verglichen mit denen, die in Sprachen geschrieben sind, deren ich nicht mächtig bin. Die meisten, glaube ich, sind arabisch; und das vom Versucher eingegebene Buch, jenes, welches das Ende herbeiführte – dies Buch, das er in seiner Tasche mit aus der Welt trug – war in Schriftzeichen geschrieben, wie ich sie niemals zuvor gesehen habe. Warren wollte mir nie genau anvertrauen, was in diesem Buch stand. Die Natur unserer Forschungen betreffend – ist es da noch nötig zu wiederholen, daß mir die völlige Einsicht darein inzwischen verlorenging? Ich halte es eher für ein gnädiges Geschick, daß dem so ist, denn es handelte sich um entsetzliche Forschungen, von mir mehr aus widerstrebender Faszination denn eigentlicher Neigung betrieben. Warren beherrschte mich stets, und manchmal fürchtete ich ihn. Ich entsinne mich des Schauders, der mich am Vorabend jenes gräßlichen Geschehens beim Anblick seines Gesichtsausdrucks überlief, als er unaufhörlich von seiner Theorie sprach, weshalb bestimmte Leichname niemals verwesen, sondern über tausend Jahre hinweg fest und feist in ihren Gräbern ruhen. Doch jetzt fürchte ich ihn nicht mehr, denn ich vermute, daß er Schrecknisse erfahren hat, die sich meiner Vorstellung entziehen. Jetzt fürchte ich um ihn.

Ich sage es noch einmal, daß mir jeder klare Begriff von unserem Ziel in dieser Nacht fehlt. Gewiß, es hing eng mit irgend etwas in dem Buche zusammen, das Warren mit sich führte – besagtes alte Buch in unentzifferbaren Schriftzeichen, das ihn einen Monat zuvor aus Indien erreicht hatte –, aber ich schwöre, daß ich nicht weiß, was wir zu finden hofften. Ihr Zeuge sagt aus, er habe uns um halb zwölf Uhr auf dem Gainsville-Berg in Richtung des Großen Zypressensumpfes gehen sehen. Möglicherweise stimmt das, doch fehlt mir die deutliche Erinnerung daran. Das Bild, das sich in meine Seele eingebrannt hat, ist das einer einzigen Szene, und Mitternacht muß lang vorbeigewesen sein, denn hoch im nebligen

Himmel schwamm ein sinkender Halbmond.

Der Ort war ein alter Friedhof, so alt, daß ich vor den mannigfachen Zeichen unerdenklicher Jahre erbebte. Er lag in eine tiefe, feuchte Senke gebettet, von geilen Gräsern, Moosen und sonderbaren Kriechpflanzen überwuchert, und angefüllt von einem unbestimmbaren Gestank, den meine eitle Phantasie absurderweise mit verrottendem Stein in Verbindung brachte. Ringsum sprachen die Anzeichen von Verwahrlosung und Hinfälligkeit, und mich beschlich die Vorstellung, daß Warren und ich die ersten lebenden Wesen seien, die in das tödliche Schweigen von Jahrhunderten einbrachen. Über dem Talrand schimmerte zwischen den eklen Dünsten, die aus unsäglichen Katakomben zu dringen schienen, ein fahler, schwindender Halbmond, und bei seinen schwachen, zitternden Strahlen vermochte ich eine abstoßende Reihung antiker Steinplatten, Urnen, Ehrengräber und Mausoleumsfassaden zu erkennen; alles auseinanderbröckelnd, moosbewachsen, stockfleckig und teilweise unter der fetten Üppigkeit der ungesunden Vegetation verborgen.

Das erste, lebhafte Erinnerungsbild, das ich an mein persönliches Zugegensein in dieser gräßlichen Nekropole besitze, zeigt mir, wie ich mit Warren vor einer gewissen halbzerfallenen Gruft stehenbleibe und wie wir einige Lasten, die wir anscheinend getragen hatten, zu Boden fallen lassen. Nun bemerkte ich, daß ich eine elektrische Laterne und zwei Spaten mit mir führte, wogegen mein Gefährte mit einer ebensolchen Lampe und einer tragbaren Telefonapparatur ausgerüstet war. Es fiel kein Wort, denn Ort und Aufgabe schienen uns bekannt; und ohne Aufschub griffen wir zu unseren Spaten und begannen damit, Gras, Gestrüpp und verwehte Erde von der flachen, archaischen Begräbnisstätte zu entfernen. Als wir die gesamte Oberfläche freigelegt hatten, sie bestand aus drei gewaltigen Granitplatten, traten wir einige Schritte zurück, um die Grabesszenerie zu überblicken; und allem Anschein nach stellte Warren ein paar Überlegungen an. Dann ging er zur Gruft zurück, und indem er seinen Spaten als Hebel benutzte, versuchte er, diejenige Platte hochzustemmen, die einer Steinruine, die früher wohl ein Monument gewesen sein mag, am nächsten lag. Er schaffte es nicht und forderte mich auf, ihm beizustehen. Endlich gelang es unserer gemeinsamen Kraftanstrengung, den Stein zu lockern; wir drückten ihn hoch und kippten ihn auf die Seite.

Das Entfernen der Platte deckte eine schwarze Öffnung auf, der eine Unmenge so ekelhaft miasmatischer Gase entströmte, daß wir vor Entsetzen zurückwichen. Nach einer Weile jedoch näherten wir uns der Grube wieder und fanden die Ausdünstungen weniger unerträglich. Unsere Laternen enthüllten das obere Ende einer steinernen Treppenflucht, die von irgendeinem abscheulich eitrigen Blutwasser des Erdinnern troff und von feuchten, salpeterverkrusteten Mauern umgrenzt wurde. Und jetzt verzeichnet mein Gedächtnis zum erstenmal gesprochene Worte; Warren, wie er sich ausführlich mit seiner sanften Tenorstimme an mich wendet; einer Stimme, die von unserer furchtbaren Umgebung eigentümlich ungestört klang.

»Ich bedaure, daß ich dich bitten muß, an der Oberfläche zu warten«, sagte er, »aber es wäre ein Verbrechen, jemanden mit deinen schwachen Nerven dort hinuntersteigen zu lassen. Nicht einmal aus dem, was du gelesen hast, oder was ich dir erzählt habe, vermagst du auch nur zu ahnen, welche Dinge der Erledigung durch mich harren. Das ist Teufelswerk, Carter, und ich bezweifele, ob irgendein Mann ohne eiserne Nerven es jemals durchstehen könnte und lebend und bei Sinnen wieder heraufkäme. Ich will dich nicht beleidigen, und der Himmel weiß, wie heilfroh ich wäre, dich bei mir zu haben; aber in gewisser Weise trage ich die Verantwortung, und ich könnte unmöglich ein Nervenbündel wie dich nach dort unten schleppen, wo wahrscheinlich Tod und Wahnsinn lauern. Ich versichere dir, du kannst dir nicht vorstellen, was für ein Ding das in Wahrheit ist! Doch ich verspreche dir, dich per Telefon über jeden Schritt zu unterrichten – du siehst ja, daß ich genug Kabel mitgebracht habe, um zum Mittelpunkt der Erde und wieder zurück zu reichen!«

Noch immer klingen mir diese kaltblütig gesprochenen Worte im Gedächtnis; und noch immer entsinne ich mich meiner Einwände. Ich schien wie versessen darauf, meinen Freund in jene Grabestiefen zu begleiten, doch er zeigte sich unerbittlich standhaft. Einmal drohte er damit, die Expedition abzubrechen, falls ich hartnäckig bliebe; eine wirkungsvolle Drohung, denn er allein besaß den Schlüssel zu dem Ding. An all das kann ich mich noch erinnern, obwohl ich längst nicht mehr weiß, nach was für einem Ding wir suchten. Nachdem er meine widerstrebende Einwilligung in seinen Plan erhalten hatte, hob Warren die Drahtrolle auf und stellte die Instrumente ein. Auf sein Nicken hin ergriff ich eines davon und setzte mich auf einen altertümlichen, fleckigen Grabstein nahe der jüngst freigelegten Öffnung. Dann schüttelte er mir die Hand, schulterte die Drahtrolle und verschwand in diesem unbeschreiblichen Beinhaus.

Eine Minute lang konnte ich das Glimmen seiner Laterne sehen und auch das Rasseln des Drahtes hören, den er hinter sich zu Boden gleiten ließ; doch bald verschwand der Schimmer so unvermittelt, als hätte die Treppe eine Biegung gemacht, und fast ebenso schnell verstummte das Geräusch. Ich war allein und dennoch verbunden mit den unbekannten Tiefen mittels dieser magischen Drähte, deren isolierte Oberfläche unter den schwankenden Strahlen des sinkenden Halbmondes grünlich glänzte.

Im Schein meiner elektrischen Lampe sah ich unablässig auf die Uhr und lauschte mit fiebernder Ungeduld in den Empfänger; doch über eine Viertelstunde vernahm ich keinen Laut. Dann gab das Gerät ein schwaches Klicken von sich, und mit fester Stimme rief ich nach meinem Freund dort unten. Obwohl ich darauf gefaßt war, wurde ich trotzdem durch die Worte überrascht, die aus der unheimlichen Gruft mit erregterer und bebenderer Stimme, als ich sie jemals zuvor von Harley Warren vernommen hatte, heraufdrangen. Er, der mich erst vor kurzem so ruhig verlassen hatte, rief jetzt mit einem zitternden Flüstern, das scheußlicher als der gellendste Schrei klang:

»O Gott! Wenn du sehen könntest, was ich sehe!«

Ich vermochte nicht zu antworten. Ich konnte nur sprachlos abwarten. Dann erklangen diese wahnsinnigen Töne wieder:

»Carter, es ist furchtbar – monströs – unglaublich!«

Diesmal versagte mir die Stimme nicht, und ich überschüttete den Sendeapparat mit einer Flut aufgebrachter Fragen. Erschrocken wiederholte ich die Worte: »Warren, was ist es? Was ist es?«

Erneut erscholl die Stimme meines Freundes, noch immer heiser vor Furcht und jetzt offensichtlich von Verzweiflung gepackt:

»Ich kann es dir nicht sagen, Carter! Es ist jenseits allen Verstehens – ich wage es nicht, es dir zu sagen –, kein Mensch könnte mit diesem Wissen leben – großer Gott! Das hätte ich mir nie träumen lassen!«

Wiederum Stille, nur durchbrochen von meinem jetzt wirren, schaudernden Fragestrom. Dann Warrens Stimme im Tone tiefster Bestürzung:

»Carter! Um Gottes willen, schieb die Platte wieder drauf und verschwinde von hier, wenn du kannst! Schnell – laß alles andere stehen und liegen und lauf nach draußen – es ist deine einzige Chance! Tu, was ich sage – verlange keine Erklärung von mir!«

Ich verstand, konnte aber dennoch nur meine ungestümen Fragen wiederholen. Um mich herum lagen die Gräber, die Dunkelheit und die Schatten, unter mir eine Bedrohung jenseits aller menschlichen Vorstellungskraft. Doch mein Freund schwebte in größerer Gefahr als ich, und neben der Angst machte sich ein vager Groll darüber breit, daß er mich für fähig halten sollte, ihn unter solchen Umständen im Stich zu lassen. Mehr Klicken, und nach einer Pause ein jämmerlicher Schrei Warrens:

»Hau ab! Um Gottes willen, schieb die Platte wieder drauf und hau ab, Carter!«

Etwas an der knabenhaften Ausdrucksweise meines hilflosen Gefährten gab mir die Handlungsfreiheit zurück. Ich faßte einen Entschluß und schrie: »Warren, reiß dich zusammen! Ich komme runter!« Doch bei diesem Angebot schlug die Stimme meines Zuhörers in einen Schrei äußerster Verzweiflung um:

»Tu's nicht! Das begreifst du nicht! Es ist zu spät – und meine eigene Schuld. Schieb die Platte drauf und renn – was andres kannst weder du noch sonstwer jetzt noch tun!«

Wiederum wechselte der Tonfall, diesmal gewann er den sanfteren Klang hoffnungsloser Resignation. Dennoch schien er mir weiterhin von Angst geschüttelt.

»Rasch – ehe es zu spät ist!«

Ich versuchte, nicht auf ihn zu achten, versuchte, die Lähmung, die mich umfangen hielt, abzustreifen, um mein Versprechen einzulösen, nach unten zu gehen und ihm beizustehen. Doch sein nächstes Geflüster fand mich immer noch von den Ketten eiskalten Entsetzens zur Untätigkeit gefesselt.

»Carter – schnell! Es ist sinnlos – du mußt verschwinden – besser einer als zwei – die Platte –«

Eine Pause, verstärktes Klicken, dann Warrens schwache Stimme:

»Fast vorbei jetzt – mach's nicht noch schwerer – deck diese verfluchten Stufen zu und lauf um dein Leben – du vergeudest Zeit – mach's gut, Carter – werd' dich nicht wiedersehen.«

Hier steigerte sich Warrens Flüstern zu einem Schrei; ein Schrei, der allmählich zu einem Gebrüll anschwoll, in dem sämtliche Schrecken aller Zeiten aufklangen –

»Verflucht sei diese Teufelsbrut – Legionen – Mein Gott! Hau ab! Hau ab! HAU AB!«

Danach herrschte Stille. Ich weiß nicht, wieviel endlose Äonen ich betäubt dasaß; flüsternd, murmelnd, rufend, brüllend in dieses Telefon. Immer und immer wieder während dieser Äonen flüsterte, murmelte, rief, schrie und brüllte ich: »Warren! Warren! Antworte mir – hörst du mich?«

Und dann begegnete mir der Schrecken, der allen anderen die Krone aufsetzte – das unglaubliche, undenkbare, fast unnennbare Ding. Ich habe gesagt, daß, nachdem Warren seine letzte verzweifelte Warnung ausgestoßen hatte, Äonen zu verstreichen schienen, und daß nur meine eigenen Schreie die grausige Stille zerrissen. Doch nach einer Weile klickte es wieder im Empfangsteil, und ich bemühte mich, etwas zu hören. Wieder rief ich nach unten: »Warren, hörst du mich?« und als Antwort vernahm ich das Ding, das meinen Geist in diese Wolke hüllte. Meine Herren, ich versuche nicht, dies Ding zu erklären – diese Stimme – ich sehe mich auch nicht in der Lage, sie detailliert zu beschreiben, denn die ersten Worte raubten mir die Besinnung und schufen eine geistige Leere, die sich bis zu dem Zeitpunkt meines Wiedererwachens im Krankenhaus erstreckt. Soll ich sagen, die Stimme sei tief gewesen; hohl; gallertartig; entfernt; überirdisch; unmenschlich; körperlos? Was soll ich sagen? Es war das Ende meines Erlebnisses, und es ist das Ende meiner Geschichte. Ich hörte sie und wußte nichts mehr – hörte sie, als ich auf diesem unbekannten Friedhof in der Senke versteinert dahockte, inmitten zerbröckelnder Steine und zerfallender Gräber, der wuchernden Vegetation und der miasmatischen Dünste – hörte sie aus den innersten Tiefen dieser verdammungswürdig offenen Gruft heraufquellen, als ich formlose, aasfressende Schatten beobachtete, die unter einem verwünschten, schwindenden Mond tanzten.

Und dies ist, was sie sagte:

»Du Narr, Warren ist TOT!«

Polaris

In das Nordfenster meines Zimmers glüht mit unheimlichem Licht der Polarstern. All die langen höllischen Stunden der Dunkelheit hindurch scheint er dort. Und im Herbst des Jahres, wenn die Winde aus dem Norden fluchen und winseln und die rotblättrigen Bäume des Sumpfs einander in den frühen Morgenstunden unter dem krummen schwindenden Mond Dinge zuwischeln, sitze ich am Flügelfenster und beobachte diesen Stern. Aus den Höhen herab wirbelt die glitzernde Kassiopeia, indes die Stunden vorrükken, während der Himmelswagen schwerfällig hinter den in Dunst getauchten Sumpfbäumen, die im Nachtwind schwanken, hervorrumpelt. Kurz vor der Dämmerung blinkt rötlich über dem Friedhof auf dem flachen Hügel Arkturus, und weit entfernt im geheimnisvollen Osten schimmert geisterhaft das Haar der Berenike; aber noch immer schielt der Polarstern von derselben Stelle im schwarzen Gewölbe, blinzelt gräßlich wie ein irr-wachendes Auge, das sich müht, eine sonderbare Botschaft zu übermitteln, aber nur noch weiß, daß es einst eine Botschaft zu übermitteln hatte. Manchmal, wenn es wolkig ist, kann ich schlafen.

Gut entsinne ich mich der Nacht des großen Nordlichts, als über dem Sumpf das schockierende Blitzen des Dämonenlichts spielte. Auf den Lichtbogen folgten Wolken, und dann schlief ich.

Und es war unter einem krummen, schwindenden Mond, da ich die Stadt zum ersten Mal sah. Still und schlaftrunken lag sie dort, auf einem sonderbaren Plateau in einer Senke zwischen sonderbaren Gipfeln. Von totenbleichem Marmor waren ihre Mauern und ihre Türme, ihre Säulen, Kuppeln und Pflaster. In den Marmorstraßen standen Marmorpfeiler, deren Kronen zu Bildnissen würdevoller, bärtiger Männer behauen waren. Die Luft war warm, und es ging kein Hauch. Und zuhäupten, keine zehn Grad unter dem Zenit, glühte jener wachende Polarstern. Lang bestaunte ich die Stadt, doch der Tag kam nicht. Als der rote Aldebaran, der tief am Himmel blinkte, jedoch nie unterging, einen vierten Teil des Wegs um den Horizont gekrochen war, sah ich Licht und Bewegung in den Häusern und Straßen. Sonderbar gewandete, doch zugleich noble und vertraute Gestalten gingen umher, und unter dem krummen, schwindenden Mond redeten Männer weise in einer Zunge, die ich verstand, obwohl sie keiner Sprache glich, die ich je gekannt hatte. Und als der rote Aldebaran mehr als den halben Weg um den Horizont gekrochen war, herrschte wieder Dunkelheit und Schweigen.

Als ich erwachte, war ich ein anderer. In mein Gedächtnis war die Vision der Stadt eingraviert, und in meiner Seele war noch eine andere, vagere Erinnerung aufgestiegen, über deren Wesen ich mir damals nicht sicher war. In den wolkigen Nächten, in denen ich Schlaf fand, sah ich die Stadt hinfort oft; manchmal unter den heißen, gelben Strahlen einer Sonne, die nicht unterging, sondern tief um den Horizont rollte. Und in den klaren Nächten schielte der Polarstern tückisch wie nie zuvor.

Mit der Zeit begann ich mich zu fragen, welchen Platz wohl ich einnahm in jener Stadt auf dem sonderbaren Plateau zwischen sonderbaren Gipfeln. Anfangs zufrieden damit, die Szene als allbeobachtendes körperloses Wesen zu schauen, verlangte es mich nun, meine Beziehung zu ihr zu bestimmen und unter den würdevollen bärtigen Männern, die sich jeden Tag auf den öffentlichen Plätzen unterhielten, frei heraus meine Meinung zu äußern. Ich sagte mir: »Dies ist kein Traum, denn womit kann ich die größere Realität jenes anderen Lebens beweisen in dem Haus aus Stein und Ziegel südlich des finsteren Sumpfs und des Friedhofs auf dem flachen Hügel, wo der Polarstern jede Nacht in mein Nordfenster lugt?«

Eines Nachts, als ich dem Gespräch auf dem großen Platz mit vielen Statuen lauschte, spürte ich eine Veränderung; und ich merkte, daß ich endlich eine körperliche Gestalt besaß. Auch war ich kein Fremder in den Straßen von Olathoe, das auf dem Plateau von Sarkia liegt, zwischen den Gipfeln Noton und Kadiphonek. Es war mein Freund Alos, der da sprach, und seine Rede erfreute mein Herz, denn es war die Rede eines echten Mannes und Patrioten. In dieser Nacht war die Kunde vom Fall Daikos' gekommen und vom Vordringen der Inutos; untersetzte höllische gelbe Teufel, die vor fünf Jahren aus dem unbekannten Westen aufgetaucht waren, um die Ränder unseres Königreichs zu verheeren und viele unserer Städte zu belagern. Nachdem sie die befestigten Orte am Fuß der Berge genommen hatten, stand ihnen jetzt der Weg zum Plateau offen, sofern nicht jeder Bürger mit der Kraft von zehn Männern Widerstand leisten konnte. Denn die untersetzten Wesen waren mächtig in den Kriegskünsten und ohne die Ehrbedenken, die unsere hochgewachsenen, grauäugigen Männer von

Lomar von unbarmherziger Eroberung zurückhielten.

Alos, mein Freund, war der Befehlshaber aller Streitkräfte auf dem Plateau, und auf ihm ruhte die letzte Hoffnung unseres Landes. Bei diesem Anlaß sprach er über die zu bestehenden Gefahren und mahnte die Männer von Olathoe, die tapfersten unter den Lomarianern, die Tradition ihrer Vorfahren aufrechtzuerhalten, die, als sie vor dem Näherrücken der großen Eisdecke aus Zobna fort gen Süden ziehen mußten (so wie auch unsere Nachkommen eines Tages aus dem Lande Lomar werden fliehen müssen), beherzt und siegreich den behaarten langarmigen Kannibalen Gnophkehs beiseite fegten, der sich ihnen in den Weg stellte. Mir versagte Alos die Rolle eines Kriegers, denn ich war hinfällig und neigte zu sonderbaren Ohnmachten, wenn ich Anstrengung und Beschwernisse erdulden mußte. Doch ich hatte die schärfsten Augen in der Stadt, trotz der langen Stunden, die ich täglich an das Studium der Pnakotischen Manuskripte und die Weisheitslehre der Zobnarischen Väter wandte; deshalb entschädigte mich mein Freund, der mich nicht zur Untätigkeit verdammen wollte, mit jener Pflicht, der an Wichtigkeit nichts gleichkam. Zum Wachturm von Thapnen schickte er mich aus, um dort das Auge unserer Armee zu sein. Würden die Inutos versuchen, die Zitadelle durch den Engpaß hinter dem Gipfel Noton zu gewinnen und so die Garnison zu überrumpeln, sollte ich das Feuerzeichen geben, das die wartenden Soldaten warnen und die Stadt vor der unmittelbaren Katastrophe retten würde.

Allein erstieg ich den Turm, denn jeder stämmige Mann wurde unten in den Pässen gebraucht. Mein Hirn war vor Erregung und Ermattung arg verstört, denn ich hatte seit Tagen nicht geschlafen; doch meine Entschlossenheit war fest, denn ich liebte mein Heimatland Lomar und die Marmorstadt Olathoe, die zwischen den Gipfeln Noton und Kadiphonek liegt.

Doch als ich im allerobersten Turmzimmer stand, gewahrte ich den krummen, schwindenden Mond, rot und düster, der durch die Dünste flackerte, die über dem fernen Tal von Banof schwebten. Und durch eine Öffnung im Dach glitzerte der fahle Polarstern, der wie lebendig zuckte und tückisch schielte wie ein böser Feind und Versucher. Mich dünkte, sein Geist flüsterte schlimmen Rat, lullte mich mit einem verdammenswerten rhythmischen Versprechen, das er ständig wiederholte, in treulose Schläfrigkeit:

»Schlummre, Wächter, laß die Sphären
Kreisen und mich wiederkehren
Nach gut zwanzigtausend Jahr'
An den Ort, wo ich jetzt war.
Andere Sterne soll'n aufgehen,
In der Himmelsachse stehen;
Milde Sterne, die indessen
Schenken Dir ein süß Vergessen:
Erst nach meinem Rundgeleit
Plag' Dich die Vergangenheit.«

Vergebens kämpfte ich mit meiner Müdigkeit und versuchte diese sonderbaren Worte mit einer Himmelskunde in Verbindung zu bringen, die ich aus den Pnakotischen Manuskripten gelernt hatte. Mein schwerer und schwindliger Kopf sackte mir auf die Brust, und als ich das nächste Mal aufblickte, da war es im Traum und der Polarstern grinste mich durch ein Fenster an, hinweg über die grausig schwankenden Bäume eines Traumsumpfs. Und ich träume noch immer.

Vor Scham und Verzweiflung schreie ich manchmal wahnsinnig und flehe die Traumgeschöpfe um mich her an, mich zu wecken, ehe sich die Inutos den Paß hinter dem Gipfel Noton hinaufstehlen und die Zitadelle im Handstreich nehmen; doch diese Geschöpfe sind Dämonen, denn sie lachen mich aus und sagen mir, ich träume nicht. Sie verhöhnen mich, während ich schlafe und während uns der untersetzte gelbe Feind vielleicht schon verschwiegen beschleicht. Ich habe meine Pflicht versäumt und die Marmorstadt Olathoe verraten; ich habe Alos betrogen, meinen Freund und Befehlshaber. Doch noch immer verspotten mich diese Schatten aus meinen Träumen. Sie sagen, es gibt das Land Lomar nicht, außer in meinen nächtlichen Einbildungen; daß in jenen Gegenden wo der Polarstern hoch steht und der rote Aldebaran langsam um den Horizont kriecht, seit Jahrtausenden nichts als Eis und Schnee gewesen ist und nie ein Mensch außer untersetzten gelben Wesen, von der Kälte geknechtet, die sie »Eskimos« nennen.

Und während ich mich in schuldiger Agonie winde, toll darauf, die Stadt zu retten, deren Gefahr mit jedem Moment wächst, und vergeblich mich mühe, diesen unnatürlichen Traum von einem Haus aus Stein und Ziegel südlich eines finsteren Sumpfs und eines Friedhofs auf einem flachen Hügel abzuschütteln, tückt der Polarstern, böse und monströs, vom schwarzen Gewölbe herunter und blinzelt gräßlich wie ein irr-wachendes Auge, das sich müht, eine Botschaft zu übermitteln, aber nur noch weiß, daß es einst eine Botschaft zu übermitteln hatte.

Jenseits der Mauer des Schlafes

Ich habe mich oft gefragt, ob das Gros der Menschheit je innehält, um über die gelegentlich gigantische Bedeutung von Träumen nachzusinnen und über die obskure Welt, zu der sie gehören. Während die Mehrzahl unserer nächtlichen Visionen vielleicht nicht mehr sind als schwache und phantastische Nachklänge unseres wachen Lebens – im Widerspruch zu Freud und seinem puerilen Symbolismus –, gibt es doch noch einen gewissen Rest, dessen unweltlicher und ätherischer Charakter keine gewöhnliche Interpretation zuläßt und dessen vag erregende und beunruhigende Wirkung den Gedanken an eventuell winzige Einblicke in eine Sphäre geistiger Existenz nahelegt, nicht weniger bedeutend als das körperliche Dasein und doch von diesem Dasein durch eine nahezu unüberwindliche Barriere getrennt. Meine Erfahrung läßt mich nicht daran zweifeln, daß der Mensch, wenn er das irdische Bewußtsein verloren hat, tatsächlich in einem anderen und körperlosen Dasein verweilt, das von so ganz anderer Art ist als das Dasein, das wir kennen und von dem nach dem Erwachen nur die leisesten und allerverschwommensten Erinnerungen bleiben. Aus diesen nebelhaften und fragmentarischen Erinnerungen können wir viel schließen, doch wenig beweisen. Wir können vermuten, daß in Träumen Leben, Materie und Vitalität, so wie die Erde sie kennt, nicht unbedingt konstant sind; und daß Zeit und Raum nicht so existieren, wie unser Wachbewußtsein sie begreift. Manchmal glaube ich, daß dieses weniger materielle Dasein unser wirklicheres Dasein ist, und daß unsere eitle Gegenwart auf dem Ball aus Land und Wasser an sich das zweitrangige oder bloß virtuelle Phänomen ist.

Von einem mit solchen Spekulationen erfüllten jugendlichen Phantasiespiel erhob ich mich eines Nachmittags in dem Winter von 1900/01, als in die staatliche Nervenheilanstalt, in der ich als Assistenzarzt wohnte und arbeitete, der Mann eingeliefert wurde, dessen Fall mich seither so unablässig verfolgt hat. Sein Name lautete, wie den Akten zu entnehmen war, John Slater oder Slaader, und seine äußere Erscheinung war die des typischen Bewohners der Catskill Mountain Region; einer jener seltsamen, abstoßenden Sprößlinge eines primitiven Bauerngeschlechts von Kolonisten, deren beinahe dreihundertjährige Isolation in den Bergfesten eines wenig bereisten Landstrichs bewirkt hat, daß sie in eine quasi barbarische Degeneration herabsanken, anstatt sich mit ihren günstiger situierten Brüdern der dichtbesiedelten Gebiete weiterzuentwickeln. Bei diesem wunderlichen Menschenschlag, der die genaue Entsprechung zu dem entarteten Element des »weißen Gesindels« im Süden bildet, sind Gesetz und Moral nicht existent; das allgemeine geistige Niveau dort liegt wahrscheinlich niedriger als bei irgendeiner anderen Gruppe einheimischer Amerikaner.

Joe Slater, der unter der wachsamen Obhut von vier Staatspolizisten in die Anstalt kam, und der als hochgefährlicher Charakter beschrieben wurde, verriet ganz gewiß keinerlei Anzeichen seiner bedrohlichen Disposition, als ich ihn das erste Mal sah. Obwohl er einiges über die mittlere Statur hinausging und von recht muskulöser Gestalt war, liehen ihm das blasse, träumerische Blau seiner kleinen, wässerigen Augen, die Spärlichkeit seines verwahrlosten und nie rasierten blonden Bartwuchses und seine schlaff herabhängende, schwere Unterlippe den absurden Anschein harmloser Dümmlichkeit. Sein Alter war unbekannt, weil unter seinesgleichen weder Familienbücher noch dauerhafte Familienbande existieren; doch auf Grund der kahlen Stirnpartie und des verrotteten Zustands seiner Zähne registrierte ihn der Chefarzt als etwa Vierzigjährigen. Aus den medizinischen und gerichtlichen Unterlagen erfuhren wir alles, was sich über seinen Fall zusammentragen ließ; in den Augen seiner primitiven Gefährten war dieser Mann, ein Vagabund, Jäger und Trapper, schon immer seltsam gewesen. Er hatte nachts notorisch über die normale Zeit hinaus geschlafen und beim Erwachen häufig in so bizarrer Art von unbekannten Dingen geredet, daß es selbst den Herzen eines phantasielosen Pöbels Furcht einflößte. Nicht daß die Form seiner Sprache nun irgendwie ungewöhnlich war, denn er sprach stets nur in der entwürdigenden Mundart seiner Umgebung; doch Ton und Tenor seiner Äußerungen waren von so mysteriöser Wildheit, daß niemand ohne Besorgnis zuhören konnte. Er selbst war für gewöhnlich ebenso entsetzt und verblüfft wie seine Zuhörer und pflegte binnen drei Stunden nach dem Erwachen alles zu vergessen, was er gesagt hatte, oder zumindest alles, was ihn veranlaßt hatte es zu sagen; er fiel dann in die ochsenträge, halbleutselige Normalität der übrigen Bergbewohner zurück.

Mit dem Älterwerden hatten Slaters morgendliche Geistesverirrungen anscheinend an Häufigkeit und Heftigkeit zugenommen; bis sich dann etwa einen Monat vor seinem Eintreffen in der Anstalt die schockierende Tragödie ereignet hatte, die seine Verhaftung durch die Behörden nach sich zog. Eines Tages gegen Mittag hatte sich der Mann nach einem profunden, gegen fünf Uhr des Vornachmittags im Whiskeyrausch begonnenen Schlaf urplötzlich mit so schauerlichem und gräßlichem Geheul hochgerappelt, daß es mehrere Nachbarn zu seiner Hütte brachte – ein kotiger Saustall, wo er mit einer Familie hauste, die ebenso unbeschreiblich war wie er. Er hatte sich in den Schnee hinausgestürzt, dabei die Arme hoch in die Luft geschleudert und mit einer Reihe regelrechter Luftsprünge begonnen; unterdes er seine Entschlossenheit herausbrüllte, irgendeine »große, große Hütte mit Glanz in Dach und Wänden und Boden und der lauten komischen Musik ganz weit weg« zu erreichen. Als zwei mittelgroße Männer ihn niederzuhalten versuchten, hatte er sich mit rasender Kraft und Wut gewehrt und von seinem Bedürfnis und Verlangen geschrien, ein gewisses »Ding, das scheint und schüttert und lacht« zu finden und zu töten. Zuletzt hatte er sich, nachdem er einen seiner Gegner mit einem plötzlichen Hieb vorübergehend gefällt hatte, in einer dämonischen Ekstase von Blutgier auf den anderen geworfen und teuflisch gekreischt, er werde »hoch in die Luft springen und sich durch alles hindurchbrennen was ihn aufhalte«.

Familie und Nachbarn waren dann in Panik geflohen, und als die couragierteren unter ihnen zurückkehrten, war Slater fort und hinterließ eine unkenntliche breiige Masse, die noch vor einer Stunde ein lebendiger Mensch gewesen war. Keiner der Bergbewohner hatte gewagt ihn zu verfolgen, und es steht zu vermuten, daß ihnen sein Tod durch Erfrieren willkommen gewesen wäre; doch als sie einige Morgen später aus einer fernen Schlucht seine Schreie hörten, begriffen sie, daß er es irgendwie geschafft hatte zu überleben, und daß auf diese oder jene Weise seine Beseitigung nötig sein würde. Dem war ein bewaffneter Suchtrupp gefolgt, dessen Ziel (was immer es ursprünglich gewesen sein mag) zu dem eines Sheriffaufgebots wurde, nachdem einer der selten beliebten berittenen Staatspolizisten durch Zufall aufmerksam geworden war, dann Fragen gestellt und sich schließlich den Suchern angeschlossen hatte.

Am dritten Tag wurde Slater bewußtlos in einer Baumhöhlung gefunden und zum nächsten Gefängnis verfrachtet, wo ihn, sobald ihm die Sinne wiederkehrten, Psychiater aus Albany untersuchten. Ihnen erzählte er eine simple Geschichte. Er sei, sagte er, eines Nachmittags gegen Sonnenuntergang nach einer gehörigen Portion Schnaps eingeschlafen. Beim Erwachen habe er sich mit blutigen Händen im Schnee vor seiner Hütte stehend wiedergefunden, zu seinen Füßen die verstümmelte Leiche seines Nachbarn Peter Slader. Entsetzt sei er in die Wälder geflohen, in dem vagen Bemühen, dem Anblick dessen zu entfliehen, was seine Untat gewesen sein mußte. Darüber hinaus schien er nichts zu wissen, und auch das sachkundige Verhör der ihn Befragenden vermochte nicht eine einzige weitere Tatsache herauszubringen.

In jener Nacht schlief Slater ruhig, und am nächsten Morgen erwachte er ohne jede Besonderheit, außer einer gewissen Veränderung seines Gesichtsausdrucks. Doktor Barnard, der den Patienten beobachtet hatte, glaubte in den blaßblauen Augen einen gewissen ganz eigentümlichen Glanz zu bemerken und in den schlaffen Lippen eine kaum merkbare Straffung wie von einer klugen Entschlossenheit. Doch als er befragt wurde, fiel Slater in die notorische Geistesabwesenheit der Bergbewohner zurück und wiederholte nur dauernd, was er am vorhergegangenen Tag schon gesagt hatte.

Am dritten Tag trat bei dem Mann der erste Anfall einer Geistesstörung auf. Nach vermehrten Anzeichen eines unruhigen Schlafs brach er in eine so gewaltige Raserei aus, daß es die vereinten Anstrengungen von vier Männern erforderte, ihn in eine Zwangsjacke zu schnüren. Die Psychiater lauschten seinen Worten mit gespannter Aufmerksamkeit, denn die vielsagenden, wenn auch meist widersprüchlichen und zusammenhanglosen Geschichten seiner Familie und seiner Nachbarn hatten ihre Neugier in hohem Maße geweckt. Slater tobte mehr als fünfzehn Minuten und brabbelte in seinem Hinterwäldlerdialekt von grünen Lichtbauten, Ozeanen aus Raum, sonderbarer Musik und schattigen Bergen und Tälern. Doch am längsten verweilte er bei einer mysteriösen, flammenden Wesenheit, die schütterte und lachte und ihn verhöhnte. Diese ungeheuere, undeutliche Persönlichkeit schien ihm ein fürchterliches Unrecht zugefügt zu haben, und sie in triumphaler Rache zu töten war sein alles überragender Wunsch. Um sie zu erreichen, sagte er, würde er durch Abgründe der Leere schweben und jedes Hindernis, das ihm im Weg stand, *verbrennen*. So ging seine Rede, bis er völlig unvermittelt abbrach. Das Feuer des

Wahnsinns erlosch in seinen Augen, und in stumpfter Verwunderung blickte er die ihn Fragenden an und wollte wissen, weshalb er gefesselt sei. Dr. Barnard schnallte das Lederkoller auf und brachte es erst nachts wieder an, als es ihm gelang, Slater zu überreden, es zu seinem eigenen Besten freiwillig anzulegen. Der Mann hatte jetzt zugegeben, daß er manchmal komisch daherrede, obwohl er nicht wisse wieso.

Innerhalb einer Woche traten zwei weitere Anfälle auf, doch sie brachten die Ärzte wenig weiter. Über die *Quelle* von Slaters Visionen spekulierten sie des langen und breiten, denn da er weder lesen noch schreiben konnte und offensichtlich nie eine Legende oder Sage gehört hatte, waren seine grandiosen Bilder ziemlich unerklärlich. Daß sie aus keinem bekannten Mythos oder Märchen stammen konnten, machte vor allem die Tatsache deutlich, daß sich der arme Irre nur auf seine eigene, schlichte Weise ausdrückte. Er schwärmte von Dingen, die er nicht begriff und nicht deuten konnte; von Dingen, die erlebt zu haben er behauptete, die er aber durch keine normale oder zusammenhängende Erzählung erfahren haben konnte. Die Psychiater kamen bald überein, daß die Ursache des Übels in anormalen Träumen lag; in Träumen, deren Lebhaftigkeit das Wachbewußtsein dieses im Grunde inferioren Mannes eine Zeitlang dominieren konnte. Mit der geziemenden Formalität wurde Slater wegen Mordes vor Gericht gestellt, wegen Unzurechnungsfähigkeit freigesprochen und der Anstalt überliefert, in der ich einen so bescheidenen Posten innehatte.

Ich habe gesagt, daß ich in punkto Traum-Leben ein beharrlicher Grübler bin, und hieraus mögen Sie auf den Eifer schließen, mit dem ich mich dem Studium des neuen Patienten widmete, sobald ich die Fakten seines Falls vollständig ermittelt hatte. Er schien in mir eine gewisse Freundlichkeit zu spüren, die sich zweifellos von meinem nicht zu verhehlenden Interesse und der sanften Art meiner Befragung herschrieb. Er erkannte mich zwar nie während seiner Anfälle, wenn ich atemlos-angespannt seinen chaotischen, doch kosmischen Wortgemälden lauschte; doch in seinen ruhigen Stunden, da kannte er mich, wenn er an seinem vergitterten Fenster zu sitzen pflegte und Körbe aus Stroh und Weidenholz flocht und sich vielleicht nach der Freiheit der Berge verzehrte, deren er sich nie wieder erfreuen durfte. Seine Familie besuchte ihn keinmal; sie hatte wahrscheinlich, nach Art heruntergekommenen

Bergvolks, ein anderes zeitweiliges Oberhaupt gefunden.

Nach und nach stellte sich bei mir ein überwältigendes Erstaunen über die verrückten und phantastischen Vorstellungen von John Slater ein. Der Mann an sich war, was Mentalität und Sprache anlangt, gleichwohl bedauernswert inferior; doch seine glühenden, titanischen Visionen waren, obwohl sie in einem barbarischwirren Kauderwelsch beschrieben wurden, ganz sicherlich Dinge, die sich nur ein superiores oder gar exzeptionelles Gehirn vorzustellen vermochte. Wie, so fragte ich mich oft, konnte die phlegmatische Phantasie eines degenerierten Catskillers Gesichte heraufbeschwören, deren schiere Verfügbarkeit allein schon einen schlummernden Funken von Genie bezeugten? Wie konnte ein Hinterwäldler-Dummkopf auch nur eine Ahnung von diesen glitzernden Reichen himmlischen Glanzes und Raumes erfahren haben, von denen Slater in seinem unbändigen Delirium bombastisch lärmte? Ich neigte immer mehr der Überzeugung zu, daß in dem bemitleidenswerten Geschöpf, das sich vor mir krümmte, der zerrüttete Nukleus von etwas lag, das mein Begriffsvermögen überstieg; etwas, das das Begriffsvermögen meiner erfahrenen, aber weniger phantasievollen medizinischen und wissenschaftlichen Kollegen unendlich überstieg.

Und doch konnte ich aus dem Mann nichts Konkretes herausbekommen. Die Summe all meiner Nachforschungen erbrachte, daß Joe Slater in einer Art halbkörperlichen Traumlebens durch funkelnde und großartige Täler, Wiesen, Gärten, Städte und Paläste aus Licht schweifte oder schwebte, und das in einer schrankenlosen und dem Menschen unbekannten Region; daß er dort kein Bauer oder Entarteter war, sondern ein bedeutendes und tatkräftiges Wesen, das sich stolz und herrscherlich bewegte und einzig von einem gewissen Todfeind gehindert wurde, der ein Geschöpf von sichtbarer, aber zugleich ätherischer Struktur zu sein schien und anscheinend keine menschliche Gestalt besaß, denn Slater sprach von ihm nie als *Mensch* oder je anders als von einem *Ding*. Dieses *Ding* hatte Slater ein gräßliches, doch namenloses Unrecht zugefügt, das zu rächen es den Verrückten (falls er verrückt war) heftig verlangte.

Aus der Art, wie sich Slater über ihren Umgang äußerte, schloß ich, daß sich er und das leuchtende Ding auf gleicher Ebene begegnet waren; daß der Mann während seines Traumdaseins selber ein leuchtendes *Ding* von der gleichen Rasse wie sein Feind war. Diesen Eindruck bekräftigten seine häufigen Hinweise, er werde *durch den Raum fliegen* und alles *verbrennen*, was sein Fortkommen behindere. Und doch wurden diese Vorstellungen mit bäuerischen Worten formuliert, die zu ihrer Vermittlung absolut nicht taugten, ein Umstand, der mich zu dem Schluß führte, daß, falls tatsächlich eine Traumwelt existierte, mündlich gesprochene Sprache nicht ihr Medium zur Gedankenübertragung war. Konnte es sein, daß die Traumseele, die diesem inferioren Körper innewohnte, sich verzweifelt bemühte, Dinge zu sagen, die diese einfache und schleppende Sprache der Dummheit nicht äußern konnte? Konnte es sein, daß ich mit geistigen Emanationen konfrontiert war, die das Geheimnis erklären würden, verstünde ich es nur, sie zu entdecken und zu lesen? Ich erzählte den älteren Ärzten nichts von diesen Dingen, denn die mittleren Jahre sind skeptisch, zynisch und nicht geneigt, neue Ideen anzunehmen. Zudem hatte mich der Anstaltsleiter in seiner väterlichen Art erst kürzlich gemahnt, daß ich mich überarbeite; daß mein Kopf ein bißchen Ruhe brauche.

Ich war schon lange der Überzeugung gewesen, daß das menschliche Denken im wesentlichen aus atomarer oder molekularer Bewegung besteht, umwandelbar in Ätherwellen oder Strahlungsenergie wie Wärme, Licht und Elektrizität. Diese Überzeugung hatte mich früh dazu geführt, die Möglichkeit der Telepathie oder mentalen Kommunikation vermittels geeigneter Apparaturen zu erwägen, und in meiner Studienzeit hatte ich ein aus Sende- und Empfangsteil bestehendes Instrumentenpaar gebastelt, das in gewisser Hinsicht den plumpen Anlagen zur drahtlosen Telegraphie glich, so wie sie in der kruden Prä-Radioepoche Verwendung fanden. Diese Instrumente hatte ich mit einem Kommilitonen zusammen getestet, sie jedoch, weil sich kein Resultat erzielen lassen wollte, bald mit anderem wissenschaftlichen Krimskrams zur eventuell zukünftigen Verwendung weggepackt.

In meinem heftigen Verlangen, in das Traum-Leben von Joe Slater einzudringen, kramte ich diese Instrumente jetzt wieder hervor und brachte mehrere Tage damit hin, sie für den Einsatz zu reparieren. Als sie wieder komplett waren, versäumte ich keine Gelegenheit zu ihrer Erprobung. Bei jedem von Slaters Gewaltausbrüchen brachte ich an seiner Stirn den Sender und an meiner den Empfänger an und nahm laufend Feinjustierungen für verschiedene hypothetische Wellenlängen von Geistesenergie vor. Ich hatte nur einen geringen Begriff davon, wie die Gedanken-Impressionen, falls sie erfolgreich übermittelt wurden, eine intelligente Reaktion in meinem Gehirn auslösen würden, doch war ich sicher, sie aufspüren und deuten zu können. So setzte ich meine Experimente fort, ohne jedoch irgend jemand über ihre Natur zu informieren.

Am einundzwanzigsten Februar 1901 geschah es. Wenn ich über die Jahre zurückschaue, merke ich, wie unwirklich es scheint und frage mich manchmal, ob der alte Doktor Fenton nicht recht hatte, als er alles meiner überreizten Phantasie zuschrieb. Ich entsinne mich, daß er mit großer Güte und Geduld zuhörte, als ich es ihm erzählte, mir aber nachher ein Nervenpulver verabreichte und den halbjährigen Urlaub arrangierte, den ich in der nächsten Woche antrat.

In jener schicksalhaften Nacht war ich voll wilder Unruhe und Schrecken, denn trotz der hervorragenden Pflege, die er erhalten hatte, lag Joe Slater unverkennbar im Sterben. Es war vielleicht die Bergfreiheit, die er vermißte, oder vielleicht war der Tumult in seinem Gehirn für seine eher träge Physis zu heftig geworden; auf jeden Fall flackerte das Lebenslicht in dem heruntergekommenen Körper nur mehr noch schwach. Gegen Ende war er schlaftrunken, und als die Dunkelheit einbrach, fiel er in unruhigen Schlummer.

Ich legte ihm nicht wie sonst, wenn er schlief, die Zwangsjacke an, weil ich sah, daß er zu hinfällig war, um gefährlich zu sein, selbst wenn er vor dem Dahinscheiden noch einmal in geistiger Verwirrung erwachte. Doch ich befestigte an seinem und meinem Kopf die beiden Enden meines kosmischen »Radios« und hoffte in der kurzen noch verbleibenden Zeit verzweifelt auf eine erste und letzte Botschaft aus der Traumwelt. Mit uns in der Zelle war eine Schwester, ein mediokres Geschöpf, das weder den Sinn des Apparates begriff, noch daran dachte, sich über mein Vorgehen zu erkundigen. Im langsamen Gang der Stunden sah ich seinen Kopf unbeholfen sinken, doch ich störte ihn nicht. Ich selber muß, eingelullt von den regelmäßigen Atemzügen der Gesunden und des Sterbenden, ein wenig später eingenickt sein.

Geweckt wurde ich durch das Erklingen einer geisterhaften, lyrischen Melodie. Akkorde, Vibrationen und harmonische Ekstasen hallten von überall her, während über meinen entzückten Blick das stupende Schauspiel höchster Schönheit hereinbrach. Mauern,

Säulen und Architrave aus brennendem Feuer umflammten strahlend den Ort, an dem ich in der Luft zu schweben schien, dehnten sich aufwärts zu einem unendlich hohen Kuppelgewölbe von unbeschreibbarem Glanz. In diese palastartige Prachtentfaltung hinein verschmelzend oder diese vielmehr von Zeit zu Zeit in kaleidoskopischer Rotation verdrängend gab es flüchtige Eindrücke von weiten Ebenen und anmutigen Tälern, hohen Gebirgen und einladenden Grotten, die mit allen herrlichen Kulissen ausgestattet waren, die sich meine hingerissenen Augen vorzustellen vermochten, die aber doch gänzlich aus einem glühenden, ätherischen, plastischen Gebilde bestanden, dessen Konsistenz gleichviel an Geist wie an Materie teilhatte. Beim Hinstarren stellte ich fest, daß mein eigenes Gehirn den Schlüssel für diese zauberhaften Metamorphosen barg; denn jeder Ausblick, der mir einkam, war derjenige, den mein wechselvoller Sinn am meisten zu schauen wünschte. In diesem elysischen Gefilde weilte ich nicht als Fremder, denn jeder Anblick und jeder Klang war mir vertraut; so wie er es seit ungezählten Äonen der Ewigkeit vorher gewesen war und es für ebensoviele kommende Ewigkeiten sein würde.

Dann näherte sich die funkelnde Aura meines Licht-Bruders und führte ein Gespräch mit mir, von Seele zu Seele, in stillem, vollkommenen Gedankenwechsel. Die Stunde war die nahenden Triumphes, denn entkam mein Mit-Wesen nicht endlich einer entwürdigenden, periodischen Knechtschaft; entkam ihr für immer und machte sich bereit, dem verfluchten Tyrannen selbst bis zu den alleräußersten Ätherfeldern zu folgen, damit an ihm eine lodernde kosmische Vergeltung geübt werde, die die Sphären erschüttern würde? So trieben wir eine kleine Weile dahin, bis ich ein leichtes Verschwimmen und Verblassen der Objekte um uns her bemerkte, so als ob mich eine Macht zur Erde zurückriefe – dorthin, wo ich am wenigsten hinmochte. Die Gestalt neben mir schien ebenfalls eine Veränderung zu spüren, denn sie führte ihr Gespräch allmählich zu einem Schluß und bereitete sich selbst darauf vor, den Schauplatz zu verlassen, indem sie vor meinem Blick etwas langsamer verblaßte als die übrigen Objekte. Es wurden noch ein paar wenige Gedanken ausgetauscht, und ich wußte, daß der Leuchtende und ich in die Knechtschaft zurückgerufen wurden, obwohl es für meinen Licht-Bruder das letzte Mal sein würde. Da die armselige Erdenhülle nahezu verbraucht war, würde mein Kamerad in weniger als einer Stunde frei sein, um den

Tyrannen über die Milchstraße und die diesseitigen Sterne hinaus bis an die äußersten Grenzen der Unendlichkeit hin zu verfolgen.

Ein deutlicher Schock trennt meinen letzten Eindruck der verblassenden Lichtszenerie von meinem plötzlichen und ein wenig schamhaften Erwachen und Hochräkeln in meinem Stuhl, als ich sah, daß sich die sterbende Gestalt auf dem Lager stockend bewegte. Joe Slater erwachte tatsächlich, wenn auch wahrscheinlich zum letzten Mal. Als ich genauer hinschaute, sah ich, daß in den fahlgelben Wangen Farbtupfer leuchteten, die vorher nie da gewesen waren. Auch die Lippen wirkten ungewöhnlich, weil sie fest zusammengepreßt waren, wie von der Kraft eines stärkeren Charakters, als ihn Slater besessen hatte. Schließlich begann sich das ganze Gesicht zu spannen, und der Kopf rollte mit geschlossenen Augen ruhelos hin und her.

Ich weckte die schlafende Schwester nicht, sondern rückte das leicht verschobene Stirnband meines telepathischen »Radios« wieder zurecht, versessen darauf, jegliche Abschiedsbotschaft, die der Träumer vielleicht zu übermitteln hatte, aufzufangen. Ganz plötzlich ruckte der Kopf scharf in meine Richtung herüber, und die Augen klappten auf und veranlaßten mich in blankem Erstaunen anzugaffen, was ich schaute. Der Mann, der Joe Slater gewesen war, der Catskill-Entartete, starrte mich aus einem leuchtenden, sich weitenden Augenpaar an, dessen Blau sich fast unmerklich vertieft zu haben schien. Weder Wahnsinn noch Degeneration waren in diesem Blick erkennbar, und ich fühlte ohne jeden Zweifel, daß ich ein Gesicht sah, hinter dem ein aktiver Geist von hohem Rang lag.

Zu diesem Zeitpunkt wurde mein Gehirn eines stetig auf es einwirkenden, äußeren Einflusses gewahr. Ich schloß die Augen, um meine Gedanken gründlicher zu konzentrieren und wurde mit dem positiven Wissen belohnt, daß *meine langersehnte mentale Botschaft endlich eingetroffen war.* Jeder transmittierte Gedanke nahm rasch in meinem Geist Gestalt an, und obwohl keine wirkliche Sprache verwandt wurde, war meine gewohnte Assoziation von Vorstellung und Ausdruck so groß, daß ich die Botschaft in normalem Englisch zu empfangen schien.

»Joe Slater ist tot«, kam die herzversteinernde Stimme eines Agens von jenseits der Mauer des Schlafes. Meine geöffneten Augen suchten das Schmerzenslager in neugierigem Grauen, doch die blauen Augen blickten noch immer ruhig, und das Antlitz war

noch immer geistig rege. »Es ist besser für ihn tot zu sein, denn er taugte nicht, den aktiven Geist einer kosmischen Entität zu tragen. Sein grober Leib vermochte die erforderlichen Angleichungen zwischen ätherischem Leben und planetarischem Leben nicht zu erdulden. Er war zu sehr Tier, zu wenig Mensch; dennoch ist es seine Unzulänglichkeit, durch die du mich entdeckt hast, denn kosmische und planetarische Seelen sollten sich rechtens nie begegnen. Er ist zweiundvierzig eurer terrestrischen Jahre in meinem Folter- und Tageskerker gewesen.

Ich bin eine Entität so wie auch du sie in der Freiheit des traumlosen Schlafs wirst. Ich bin dein Licht-Bruder und bin mit dir in den funkelnden Tälern geschwebt. Es ist mir nicht gestattet, deinem wachen Erden-Ich von deinem wahren Ich zu reden, doch wir sind alle Durchschweifende gewaltiger Räume und Wanderer in vielen Zeitaltern. Nächstes Jahr mag ich vielleicht in dem Ägypten weilen, das ihr das Alte nennt, oder in dem grausamen Kaiserreich von Tsan Chan, das in dreitausend Jahren von jetzt kommen wird. Du und ich wir sind zu Welten getrieben, die um den roten Arkturus kreiseln und haben die Körper der Insekten-Philosophen bewohnt, die stolz über den vierten Mond des Jupiter kriechen. Wie wenig weiß das Erden-Ich vom Leben und seinem Ausmaß! Wie wenig wahrlich sollte es um seiner eigenen Seelenruhe davon wissen!

Von dem Tyrannen kann ich nicht sprechen. Ihr auf der Erde habt seine ferne Gegenwart unbewußt gespürt – ihr, die ihr ohne es zu wissen dem blinkenden Leuchtfeuer sorglos den Namen *Algol, der Dämonen-Stern* gabt. Den Tyrannen zu treffen und zu besiegen habe ich mich äonenlang vergebens bemüht, zurückgehalten von körperlichen Behinderungen. Heute nacht gehe ich als Nemesis, die gerechte und flammende katacyclistische Vergeltung bringt. *Achte auf mich am Himmel nahe dem Dämonen-Stern.*

Ich kann nicht länger sprechen, denn der Körper von Joe Slater erkaltet, und die groben Hirnzellen hören auf, nach meinem Willen zu vibrieren. Du bist auf diesem Planeten mein einziger Freund gewesen – die einzige Seele, die mich in diesem abstoßenden Körper, der dort auf dem Lager liegt, fühlte und nach mir suchte. Wir werden uns wieder begegnen – vielleicht in den glänzenden Nebeln von Orions Schwert, vielleicht auf einem öden Plateau im urvorzeitlichen Asien, vielleicht in unerinnerten Träumen heute nacht, vielleicht in einer anderen Gestalt von jetzt an in einem Äon, wenn das Sonnensystem hinweggefegt worden sein wird.«

An diesem Punkt brachen die Gedanken-Wellen abrupt ab, und die blassen Augen des Träumers – oder kann ich sagen des Toten? – begannen einen fischig-glasigen Ausdruck anzunehmen. Halbbetäubt trat ich an das Lager und betastete sein Handgelenk, doch ich fand es kalt, steif und ohne Puls. Die fahlgelben Wangen erbleichten wieder, und die dicken Lippen klappten auf und enthüllten die widerlich verrotteten Fangzähne des Entarteten Joe Slater. Ich erschauerte, zog ein Laken über das gräßliche Gesicht und weckte die Schwester. Dann verließ ich die Zelle und ging still in mein Zimmer. Ich hatte ein dringendes und unerklärliches Bedürfnis nach einem Schlaf, an dessen Träume ich mich nicht erinnern würde.

Die Klimax? Welche schlichte wissenschaftliche Darstellung kann sich eines solchen rhetorischen Effekts rühmen? Ich habe nur gewisse Dinge hergesetzt, die mir als Tatsachen erscheinen und erlaube es Ihnen, sie nach Belieben auszulegen. Wie ich bereits zugegeben habe, bestreitet mein Vorgesetzter, der alte Doktor Fenton, die Realität all dessen, was ich berichtet habe. Er schwört, daß ich unter einer nervlichen Belastung zusammengebrochen war und unbedingt einen vollbezahlten, langen Urlaub brauchte, den er mir so großzügig gab. Er versichert mir bei seiner Berufsehre, daß Joe Slater nur ein minderwertiger Paranoiker war, dessen phantastische Vorstellungen aus den kruden ererbten Volkssagen gekommen sein mußten, die sogar in den degeneriertesten Gemeinschaften kursierten. All dies sagt er mir – und doch kann ich nicht vergessen, was ich in der Nacht, nachdem Joe Slater starb, am Himmel sah. Damit Sie mich nicht für einen voreingenommenen Zeugen halten, muß eine andere Feder dieses abschließende Zeugnis anfügen, das vielleicht die Klimax bringt, die Sie erwarten. Ich will den folgenden Bericht über den Stern *Nova Persei* verbatim aus den Seiten der berühmten astronomischen Autorität, Professor Garret P. Serviss zitieren:

»Am 22. Februar 1901 wurde von Doktor Anderson aus Edinburgh ein wundervoller neuer Stern *ganz in der Nähe des Algol* entdeckt. An dieser Stelle war vorher kein Stern zu sehen gewesen. Binnen vierundzwanzig Stunden war der Neuling so hell geworden, daß er die Kapella überstrahlte. Nach ein oder zwei Wochen war er sichtlich verblaßt und im Verlauf weniger Monate mit bloßem Auge kaum mehr auszumachen.«

Das Verderben, das über Sarnath kam

Es gibt im Lande Mnar einen gewaltigen, stillen See, den kein Strom speist und dem kein Strom entquillt. Vor zehntausend Jahren stand an seinem Ufer die mächtige Stadt Sarnath, doch Sarnath steht dort nicht mehr.

Man erzählt sich, daß in unvordenklichen Zeiten, als die Welt jung war, bevor die Menschen von Sarnath überhaupt in das Land Mnar kamen, eine andere Stadt an dem See stand; die graue Steinstadt Ib, die so alt war wie der See und von Wesen bevölkert, die nicht angenehm zu schauen waren. Sehr sonderbar und häßlich waren diese Wesen, wie es fürwahr die meisten Wesen einer noch roh gestalteten und rudimentären Welt sind. Es steht auf den Tonzylindern von Kadatheron geschrieben, daß diese Wesen von Ib von so grüner Färbung waren wie der See und die Nebel die über ihm aufsteigen; daß sie hervorquellende Augen, aufgeworfene, schlaffe Lippen und merkwürdige Ohren hatten und ohne Stimme waren. Es steht auch geschrieben, daß sie eines Nachts in einem Dunst vom Mond herabstiegen; sie und der gewaltige, stille See und die graue Steinstadt Ib. Wie dem auch immer sei, gewiß ist, daß sie ein meergrünes Steinidol in Gestalt von Bokrug, dem großen Waran verehrten; vor ihm tanzten sie gräßlich, wenn der Mond höckrig war. Und es steht geschrieben in den Papyrusrollen von Ilarnek, daß sie eines Tages das Feuer entdeckten und hernach bei vielen Zeremonien Flammen entzündeten. Doch viel steht nicht geschrieben von diesen Wesen, denn sie lebten in uralter Zeit, und der Mensch ist jung und weiß nur wenig von den uralten Lebewesen.

Nach vielen Äonen kamen Menschen ins Land Mnar, ein dunkelhäutiges Hirtenvolk mit seinen wolligen Herden, das am gewundenen Fluß Ai die Städte Thraa, Ilarnek und Kadatheron erbaute. Und etliche Stämme, die kühner waren als der Rest, stießen bis ans Ufer des Sees vor und erbauten Sarnath an einem Fleck, wo man wertvolle Metalle in der Erde fand.

Unweit der grauen Stadt Ib legten die Wanderstämme die ersten Steine zu Sarnath, und über die Wesen von Ib verwunderten sie sich sehr. Aber in ihre Verwunderung war Haß gemischt, denn sie hielten es nicht für schicklich, daß Wesen von solchem Äußeren bei Dämmerung durch die Welt der Menschen gehen durften.

Auch behagten ihnen die seltsamen Skulpturen auf den grauen Monolithen von Ib nicht, denn wie es kam, daß jene Skulpturen so lange in der Welt blieben, sogar bis zur Ankunft des Menschen, vermag keiner zu sagen; es sei denn, weil das Land Mnar sehr still ist und weit entfernt von den meisten anderen Ländern, sowohl des Wachens wie des Traums.

Als die Menschen von Sarnath mehr von den Wesen von Ib zu sehen bekamen, wuchs ihr Haß, und er wurde nicht weniger, als sie merkten, daß die Wesen schwach waren und unter der Berührung von Steinen und Pfeilen weich wie Gallert. So marschierten eines Tages die jungen Krieger, die Schleuderer und die Speerwerfer und die Bogenschützen, gegen Ib und erschlugen all seine Bewohner und stießen die sonderbaren Körper mit Langspeeren in den See, denn sie mochten sie nicht berühren. Und weil ihnen die grauen, skulpturentragenden Monolithen von Ib nicht behagten, warfen sie auch diese in den See; und wegen der großen Mühsal, die ihnen dieses verursachte, fragten sie sich, wie denn diese Steine je bloß von weit her gebracht worden waren, so wie es geschehen sein mußte, denn weder im Lande Mnar noch in den angrenzenden Ländern findet sich ihresgleichen.

So blieb von der uralten Stadt Ib nichts verschont, bis auf das meergrüne Steinidol, das in der Gestalt von Bokrug, dem großen Waran, gemeißelt war. Dies führten die jungen Krieger mit sich zurück, als Symbol für den Sieg über die alten Götter und die Wesen von Ib und als Zeichen der Führerschaft in Mnar. Doch in der Nacht, nachdem es im Tempel aufgerichtet wurde, muß etwas Schreckliches passiert sein, denn man sah unheimliche Lichter über dem See, und am Morgen fanden die Leute das Idol verschwunden und den Hohepriester Taran-Ish tot am Boden liegen, als sei er vor unsäglicher Angst gestorben. Und ehe er starb, hatte Taran-Ish auf den Altar aus Chrysolith mit rauhen, zittrigen Strichen das Zeichen VERDERBEN gekratzt.

Nach Taran-Ish gab es viele Hohepriester in Sarnath, doch nie wurde das meergrüne Steinidol gefunden. Und viele Jahrhunderte kamen und gingen, in denen Sarnath unermeßlich gedieh, so daß sich nur Priester und alte Frauen daran erinnerten was Taran-Ish auf den Altar aus Chrysolit eingekratzt hatte. Zwischen Sarnath und der Stadt Ilarnek entstand eine Karawanenstraße, und die wertvollen Metalle aus der Erde tauschte man gegen andere Metalle und erlesene Stoffe und Juwelen und Bücher und Gerätschaften für Kunsthandwerker und alle die Luxusdinge, die die Menschen kennen, die entlang des gewundenen Flusses Ai und darüber hinaus wohnen. So wuchs Sarnath mächtig und kenntnisreich und schön heran und sandte Eroberungsheere aus, um die benachbarten Städte zu unterwerfen; und im Laufe der Zeit saßen auf einem Thron in Sarnath die Könige des ganzen Landes Mnar und vieler angrenzender Länder.

Das Wunder der Welt und der Stolz der ganzen Menschheit war Sarnath, die Herrliche. Aus poliertem, in der Wüste gebrochenen Marmor waren ihre Mauern, dreihundert Ellen in der Höhe und fünfundsiebzig in der Breite, so daß zwei Wagen einander passieren konnten, wenn sie oben entlanggefahren wurden. Volle fünfhundert Stadien weit erstreckten sie sich und waren nur auf der dem See zugewandten Seite offen, wo ein grüner Steindamm die Wellen sicher zurückhielt, die einmal im Jahr am Festtag der Zerstörung von Ib unheimlich stiegen. In Sarnath führten fünfzig Straßen vom See zu den Karawanentoren, und ebensoviele kreuzten sie. Mit Onyx waren sie gepflastert, außer jenen, auf denen die Pferde und Kamele und Elefanten trotteten, diese waren mit Granit gepflastert. Und Sarnath hatte der Tore so viele wie der landwärts gelegenen Straßenenden, jedes aus Bronze und von Löwen- und Elefantenfiguren flankiert, die aus einem Stein gemeißelt waren, der unter den Menschen nicht mehr bekannt ist. Die Häuser von Sarnath waren aus glasiertem Ziegel und Chalzedon, und ein jedes hatte seinen umwallten Garten und kristallenen Teich. Mit sonderbarer Kunst waren sie erbaut, denn keine andere Stadt hatte Häuser wie sie; und Reisende aus Thraa und Ilarnek und Kadatheron bestaunten die glänzenden Kuppeln, von denen sie überragt wurden.

Aber noch staunenswerter waren die Paläste und die Tempel und die Gärten, die der einstige König Zokkar geschaffen hatte. Es gab viele Paläste, und die geringsten von ihnen waren mächtiger als jeder in Thraa oder Ilarnek oder Kadatheron. So hoch waren sie, daß sich einer darin manchmal nur unter dem Himmelszelt wähnen mochte; doch wenn sie mit im Öl von Dother getränkten Fackeln beleuchtet wurden, zeigten ihre Mauern gewaltige Gemälde von Königen und Armeen, von einer Pracht, die den Beschauer zugleich inspirierte und bestürzte. Zahlreich waren die Säulen der Paläste, alle aus getöntem Marmor, und zu Mustern unübertrefflicher Schönheit behauen. Und in den meisten Palästen waren die Böden Mosaiken aus Aquamarin und Lapislazuli und Sardonyx und Karfunkel und anderem kostbaren Material, und so angeordnet, daß sich der Beschauer einbilden mochte, über Beete der rarsten Blumen zu schreiten. Und es gab ebenfalls Springbrunnen, die in gefälligen, mit sinnreicher Kunst arrangierten Strahlen parfümierte Wasser verschleuderten. Alle anderen überstrahlend war der Palast der Könige von Mnar und der angrenzenden Länder. Auf einem Paar goldener, kauernder Löwen ruhte der Thron, viele Stufen hoch über dem blitzenden Boden. Und er war gearbeitet aus einem Stück Elfenbein, wenngleich kein Lebender weiß, woher ein so riesiges Stück hätte kommen können. In jenem Palast gab es auch viele Galerien und viel Amphitheater, wo Löwen und Männer und Elefanten zum Ergötzen der Könige stritten. Manchmal wurden die Amphitheater mit vom See in mächtigen Aquädukten herangeleitetem Wasser geflutet, und dann wurden erregende Seeschlachten aufgeführt, oder Kämpfe zwischen Schwimmern und todbringendem Meeresgetier.

Himmelstürmend und wunderbar waren die siebzehn turmartigen Tempel von Sarnath und geformt aus einem hellen, vielfarbigen Stein, den man anderswo nicht kennt. Ganze tausend Ellen hoch erhob sich der größte von ihnen, in dem die Hohepriester in einem Pomp lebten, der dem der Könige kaum nachstand. Unten waren Hallen, so gewaltig und prächtig wie die der Paläste; dort versammelten sich Scharen zur Verehrung von Zo-Kalar und Tamash und Lobon, der Hauptgötter von Sarnath, deren weihrauchumhüllte Schreine wie die Throne der Könige waren. Nicht glichen die Ikonen von Zo-Kalar und Tamash und Lobon jenen anderer Götter. Denn so lebensnah waren sie, daß man schwören mochte, die anmutigen, bärtigen Götter säßen persönlich auf den Elfenbeinthronen. Und endlose Stufen aus Zirkon hinauf lag das Turmgemach, aus dem die Hohepriester bei Tage über die Stadt und die Ebenen und den See hinblickten; und bei Nacht auf den kryptischen Mond und bedeutungsvolle Sterne und Planeten und deren Widerschein im See. Hier wurde der streng geheime und uralte Ritus zu Bokrugs des Warans Schmähung vollführt, und hier ruhte der Altar aus Chrysolith, der das Verhängnis-Krakel von Taran-Ish trug.

Ebenso wundervoll waren die Gärten, die der einstige König Zokkar geschaffen hatte. In Sarnaths Mitte lagen sie und bedeckten, umringt von einer hohen Mauer, eine gewaltige Fläche. Und über ihnen wölbte sich eine mächtige Glaskuppel, durch die an klaren Tagen die Sonne und der Mond und die Planeten schienen, und von der an bedeckten Tagen schimmernde Abbilder der Sonne, des Monds und der Sterne und der Planeten hingen. Im Sommer wurden die Gärten durch frische, wohlriechende Brisen gekühlt, die Fächer kunstreich herbeiwehten, und im Winter wurden sie von verborgenen Feuern beheizt, so daß in diesen Gärten immer Frühling war. Kleine Bäche rannen dort über glitzernde Kiesel, grüne Anger und mannigfach schattierte Gärten teilend und überspannt von einer Unzahl Brücken. Zahlreich waren die Wasserfälle in ihrem Lauf und zahlreich die lilienbewachsenen Teiche, zu denen sie sich erweiterten. Über die Bäche und Teiche glitten weiße Schwäne, unterdes der Gesang seltener Vögel mit der Melodie der Wasser harmonierte. In geordneten Terrassen stiegen die grünen Raine an, hier und dort verziert mit Weinlauben und süßduftendem Blütengesträuch und Sitzen und Bänken aus Marmor und Porphyr. Und es gab viele kleine Schreine und Tempel, wo man ausruhen oder zu kleinen Göttern beten konnte.

Alljährlich beging man in Sarnath das Fest der Zerstörung von Ib, zu dieser Zeit gab es Wein, Gesang, Tanz und Lustbarkeiten aller Art im Überfluß. Große Ehren erfuhren dann die Manen jener, die die unheimlichen, uralten Wesen ausgetilgt hatten, und das Andenken dieser Wesen und das ihrer alten Götter wurde von Tänzern und Lautenspielern verhöhnt, die mit Rosen aus den Gärten Zokkars bekränzt waren. Und die Könige pflegten über den See zu blicken und die Gebeine der Toten zu verfluchen, die in ihm lagen.

Anfangs gefielen den Hohepriestern diese Festtage nicht, denn unter ihnen hatten sich merkwürdige Geschichten darüber vererbt, wie die meergrüne Ikone verschwunden und Taran-Ish vor Angst gestorben war und eine Warnung hinterließ. Und sie sagten, daß sie von ihrem hohen Turm aus manchmal Lichter unter den Wassern des Sees sähen. Doch als viele Jahre ohne Unheil verstrichen, lachten sogar die Priester und fluchten und schlossen sich den Orgien der Schwelger an. Hatten sie denn nicht selber oft in ihrem hohen Turm den uralten und geheimen Ritus zur Schmähung von Bokrug dem Waran vollführt? Und eintausend Jahre von Reichtum und Wonne gingen dahin über Sarnath, dem Wunder der Welt.

Über alle Vorstellung grandios war das Fest der Tausendjährigen

Zerstörung von Ib. Eine Dekade lang hatte man im Lande Mnar davon gesprochen, und als es näherrückte, kamen nach Sarnath auf Pferden und Kamelen und Elefanten Menschen aus Thraa, Ilarnek und Kadatheron und aus allen Städten von Mnar und der Länder jenseits. Vor den Marmormauern wurden in der verabredeten Nacht die Pavillone von Prinzen und die Zelte von Reisenden aufgeschlagen. In seinem Bankettsaal lehnte Nargis-Hei, der König, trunken vom uralten Wein aus den Gewölben des eroberten Pnoth und umgeben von feiernden Edlen und hastenden Sklaven. Viele seltsame Delikatessen wurden an jenem Fest verzehrt; Pfauen aus den fernen Bergen von Implan, Kamelfärsen aus der Wüste Bnazic, Nüsse und Spezereien aus sydathrianischen Hainen und Perlen vom wellenbespülten Mtal, aufgelöst im Essig aus Thraa. Soßen gab es in ungezählter Zahl, zubereitet von den allerfeinsten Köchen ganz Mnars, und nach dem Gaumen jedes Schwelgers. Doch am höchsten gepriesen von allen Speisen wurden die großen Fische aus dem See, alle riesengroß und angerichtet auf goldenen Flachschüsseln mit eingelegten Rubinen und Diamanten.

Während der König und seine Edlen im Palast feierten und das krönende Gericht schauten, wie es sie auf goldenen Flachschüsseln erwartete, feierten andere anderswo. Im Turm des großen Tempels hielten die Priester Gelage ab, und in Pavillonen vor den Mauern belustigten sich die Prinzen benachbarter Länder. Und es war der Hohepriester Gnai-Kah, der als erster die Schatten sah, die vom höckrigen Mond in den See herabstiegen, und die fluchwürdigen grünen Nebel, die vom See aufstiegen, um den Mond zu treffen und die Türme und die Kuppeln des dem Schicksal verfallenen Sarnath in einen sinistren Dunst zu hüllen. Danach erschauten die in den Türmen und die vor den Mauern seltsame Lichter auf dem Wasser und sahen, daß der graue Felsen Akurion, der es sonst dicht am Ufer hoch überragte, beinahe versunken war. Und undeutlich, doch geschwind griff Angst um sich, so daß die Prinzen aus Ilarnek und aus dem fernen Rokol ihre Zelte und Pavillons zusammenfalteten und abbrachen, und aufbrachen, obwohl sie kaum den Grund für ihren Aufbruch wußten.

Dann, kurz vor der Stunde der Mitternacht, sprangen alle Tore von Sarnath auf und spieen eine irrsinnige Schar aus, die die Ebene schwärzte, so daß all die zu Besuch gekommenen Prinzen und Reisenden in Schrecken davonflohen. Denn auf den Gesichtern dieser Schar stand ein aus unerträglichem Grauen geborener Wahnsinn geschrieben, und sie führten so entsetzliche Worte im Mund, daß kein Zuhörer auf den Beweis warten wollte. Menschen, deren Augen wild vor Angst waren, kreischten laut vom Anblick in des Königs Bankettsaal, wo man durch die Fenster nicht länger mehr die Gestalten von Nargis-Hei und seinen Edlen und Sklaven sah, sondern eine Horde unbeschreiblicher, grüner, stimmloser Dinge mit hervorquellenden Augen, aufgeworfenen, schlaffen Lippen und merkwürdigen Ohren; Dinge, die gräßlich tanzten und in ihren Pfoten goldene Flachschüsseln hielten mit eingelegten Rubinen und Diamanten und nicht geheuren Flammen darin. Und als die Prinzen und Reisenden aus der dem Verderben geweihten Stadt Sarnath auf Pferden und Kamelen und Elefanten flohen, blickten sie noch einmal auf den nebelgebärenden See und sahen, daß der graue Felsen Akurion ganz versunken war. Durch das ganze Land Mnar und das angrenzende Land verbreiteten sich die Geschichten jener, die aus Sarnath geflohen waren, und Karawanen suchten die verfluchte Stadt und ihre wertvollen Metalle nicht mehr auf. Es dauerte überhaupt lange, bis Reisende dorthin gingen, und selbst dann waren es nur die tapferen und abenteuerlustigen jungen Männer mit blondem Haar und blauen Augen, die mit den Menschen von Mnar nicht verwandt sind. Diese Männer gingen wahrhaftig zu dem See, um Sarnath zu schauen; doch wenn sie auch den gewaltigen, stillen See selbst und den grauen Felsen Akurion, der ihn nahe am Ufer hoch überragt, fanden, erblickten sie doch nicht das Wunder der Welt und den Stolz der ganzen Menschheit. Wo sich einst dreihundert Ellen hohe Mauern und noch höhere Türme erhoben hatten, erstreckte sich jetzt nur das morastige Ufer, und wo einst fünfzig Millionen Menschen gelebt hatten, kroch jetzt nur der abscheuliche Waran. Nicht einmal die Minen der wertvollen Metalle blieben. VERDERBEN war über Sarnath gekommen.

Aber halb begraben in den Binsen entdeckte man ein merkwürdiges grünes Idol; ein unermeßlich altes Idol gemeißelt in Gestalt von Bokrug, dem großen Waran. Dieses Idol, aufbewahrt in einem Schrein in dem hohen Tempel von Ilarnek, wurde hernach unter dem höckrigen Mond im ganzen Lande Mnar verehrt.

Vom Jenseits

Über alle Vorstellung gräßlich war die Veränderung, die mit meinem besten Freund, Crawford Tillinghast, vorgegangen war. Ich hatte ihn seit jenem Tag vor zweieinhalb Monaten nicht mehr gesehen, als er mir erzählte, welchem Ziel seine physikalischen und metaphysischen Forschungen zustrebten; als er meine verschüchterten und beinahe erschreckten Einwürfe damit beantwortet hatte, mich in einem fanatischen Wutanfall aus seinem Laboratorium und aus seinem Haus zu jagen, da war mir klar gewesen, daß er jetzt die meiste Zeit mit dieser verfluchten, elektrischen Maschine in dem Mansardenlaboratorium eingeschlossen bliebe, wenig äße und sogar das Personal aussperrte, doch ich hatte nicht gedacht, daß eine kurze Zeitspanne von zehn Wochen ein menschliches Wesen so umkrempeln und verunstalten könnte. Es ist nicht schön, einen korpulenten Mann plötzlich vom Fleisch fallen zu sehen, und noch unschöner ist es, wenn sich die schlabberige Haut gelblich oder aschgrau färbt, die Augen einsinken, dickumrändert und unheimlich glühend, die Stirn geädert und zerfurcht wird, und die Hände zittrig und zappelig werden. Und wenn dazu noch abstoßende Ungepflegtheit, wüst-derangierte Kleidung, ein schwarzer, an den Wurzeln weißer Haarbusch und ein ungehindert sprießender weißer Bart auf einem einst glattrasierten Gesicht hinzukommen, ist die Gesamtwirkung ziemlich schockierend. Doch dergestalt war Crawford Tillinghasts Erscheinung in jener Nacht, als mich seine halbverständliche Botschaft nach den Wochen meines Exils vor seine Tür brachte; dergestalt das Gespenst, das mich, eine Kerze in der Hand, schlotternd einließ und sich verstohlen über die Schulter blickte, als fürchte es unsichtbare Dinge in dem steinalten, einsamen, von der Benevolent Street zurückweichenden Haus.

Daß Crawford Tillinghast überhaupt jemals Wissenschaft und Philosophie studiert hatte, war ein Fehler. Diese Dinge sollten dem kühlen und unpersönlichen Forscher überlassen werden, denn sie bieten dem gefühlvollen und tatkräftigen Menschen zwei gleichermaßen tragische Alternativen; Verzweiflung, wenn ihm seine Suche fehlschlägt, und unsägliche und unvorstellbare Schrecken, wenn sie Erfolg hat. Tillinghast war einmal das Opfer des Fehlschlags gewesen, einsam und schwermütig; doch jetzt, so wußte ich mit mich würgender Furcht, war er das Opfer des Erfolgs. Ich hatte ihn fürwahr vor zehn Wochen gewarnt, als er mit seiner Geschichte herausplatzte, welcher Entdeckung er da auf der Spur zu sein glaubte. Er war damals hitzig und erregt gewesen und hatte mit einer hohen und unnatürlichen, wenngleich immer oberlehrerhaften Stimme gesprochen.

»Was wissen wir«, hatte er gesagt, »von der Welt und dem Universum um uns her? Unsere Mittel, Eindrücke zu empfangen, sind lachhaft gering, und unser Begriff von den uns umgebenden Objekten ist unendlich eng. Wir sehen die Dinge nur so, wie wir beschaffen sind sie zu sehen, und können keine Idee von ihrer wirklichen Natur gewinnen. Mit fünf schwachen Sinnen geben wir vor, den grenzenlos komplexen Kosmos zu begreifen, doch andere Wesen mit einem erweiterten, leistungsfähigeren oder unterschiedlichen Sinnesspektrum sehen vielleicht nicht nur die Dinge, die wir sehen, völlig anders, sondern sehen und studieren vielleicht ganze Welten aus Materie, Energie und Leben, die nahebei liegen und doch mit den Sinnen, die wir haben, nie entdeckt werden können. Ich habe immer geglaubt, daß solche seltsamen, unzugänglichen Welten direkt vor unserer Nase existieren, *und ich glaube jetzt einen Weg gefunden zu haben, die Barrieren niederzureißen.* Ich spaße nicht. Binnen vierundzwanzig Stunden wird diese Maschine beim Tisch dort Wellen erzeugen, die auf unerkannte Sinnesorgane einwirken, die in uns als atrophierte oder rudimentäre Überbleibsel existieren. Diese Wellen werden uns viele dem Menschen unbekannte Anblicke erschließen und einige, die allem unbekannt sind, was wir als organisches Leben erachten. Wir werden das sehen, was die Hunde im Dunkeln anheulen, und das, worauf die Katzen nach Mitternacht die Ohren spitzen. Diese Dinge werden wir sehen und andere Dinge, die noch kein atmendes Geschöpf je sah. Wir werden Zeit, Raum und Dimensionen überspringen und ohne körperliche Bewegung in den Urgrund der Schöpfung spähen.«

Als Tillinghast diese Dinge sagte, erhob ich Einwände, denn ich kannte ihn gut genug, um eher erschreckt als amüsiert zu sein; doch er war ein Fanatiker und jagte mich aus dem Haus. Jetzt war er nicht minder fanatisch, doch sein Verlangen, zu sprechen, hatte über seinen Unmut gesiegt, und er hatte mir gebieterisch in einer Schrift geschrieben, die ich kaum wiederzuerkennen vermochte. Als ich in die Behausung des so plötzlich ins Groteske metamorphosierten

Freundes trat, steckte mich das Entsetzen an, das in all den Schatten umzugehen schien. Die vor zehn Wochen geäußerten Worte und Überzeugungen schienen in der Dunkelheit jenseits des kleinen Lichtkreises der Kerze Gestalt geworden, und mich ekelte die hohle, veränderte Stimme des Hausherren. Ich wünschte mir die Dienstboten herbei, und es behagte mir nicht, als er sagte, sie wären alle vor drei Tagen gegangen. Es kam mir zumindest komisch vor, daß der alte Gregory seinen Herren im Stich gelassen haben sollte, ohne dies einem so erprobten Freund wie mir zu erzählen. Er war es doch gewesen, der mir nach meinem wutentbrannten Hinauswurf alle Mitteilungen über Tillinghast gemacht hatte.

Dennoch ordneten sich bald all meine Ängste meiner wachsenden Neugier und Faszination unter. Was genau Crawford Tillinghast jetzt von mir wollte, konnte ich nur ahnen, doch daß er irgendein stupendes Geheimnis oder eine Entdeckung mitzuteilen hatte, daran war nicht zu zweifeln. Zuvor hatte ich gegen seine unnatürlichen Vorstöße ins Undenkbare protestiert; jetzt, wo er offenkundig in gewissem Grade reüssiert hatte, teilte ich beinahe seinen Elan, obschon der Preis für den Sieg fürchterlich schien. Durch die dunkle Leere des Hauses hinauf folgte ich der auf und nieder tanzenden Kerze in der Hand dieser erschütternden Karikatur eines Menschen. Der elektrische Strom schien abgestellt zu sein, und als ich meinen Führer danach fragte, antwortete er, es gäbe einen ganz bestimmten Grund dafür.

»Es wäre zuviel ... Ich würde es nicht wagen«, nuschelte er weiter. Diese neue Angewohnheit, vor sich hin zu murmeln, fiel mir besonders auf, denn es sah ihm nicht ähnlich, Selbstgespräche zu führen. Wir betraten das Laboratorium in der Mansarde, und mein Blick fiel auf jene abscheuliche, elektrische Maschine, die in einem siechen, sinistren, violetten Leuchten gloste. Sie war mit einer starken chemischen Batterie verbunden, schien aber keinen Strom zu bekommen; denn ich entsann mich, daß sie während des Experimentalstadiums geblubbert und gesurrt hatte, wenn sie in Betrieb war. Auf meine diesbezügliche Frage murmelte Tillinghast antwortend, daß dieses permanente Glühen in keinem mir faßlichen Sinne elektrisch sei.

Er plazierte mich jetzt nahe der Maschine, so daß sie rechts von mir stand, und legte irgendwo unter der krönenden Anhäufung von Glasballons einen Schalter um. Das gewohnte Geblubbere begann, wurde zu einem Jaulen und endete in einem so gedämpften Brummen, als wolle wieder Stille einkehren. Unterdessen verstärkte sich das Leuchten, schwächte sich wieder ab, und nahm dann eine blasse, extravagante Farbe oder Farbenmischung an, die ich weder klassifizieren noch beschreiben kann. Tillinghast, der mich beobachtet hatte, bemerkte meinen ratlosen Gesichtsausdruck.

»Weißt du, was das ist?« flüsterte er, *»das ist Ultraviolett.«* Meine Überraschung entlockte ihm ein sonderbares Glucksen. »Du dachtest, Ultraviolett sei unsichtbar – ist es ja auch – aber *jetzt* kannst du es sehen und viele andere unsichtbare Dinge dazu.

»Paß auf! Die Wellen von diesem Ding wecken in uns tausend schlafende Sinne; Sinne, die wir aus Äonen der Evolution von der Zustandsform freier Elektronen zur Zustandsform organischen Menschseins erben. Ich habe die *Wahrheit* gesehen, und ich beabsichtige, sie dir zu zeigen. Fragst du dich, wie sie sein wird? Ich werde es dir erzählen.« Hier nahm Tillinghast genau mir gegenüber Platz, pustete seine Kerze aus und starrte mir gräßlich in die Augen. »Deine vorhandenen Sinnesorgane – voran die Ohren, glaube ich – werden viele der Eindrücke aufnehmen, denn sie sind eng mit den schlafenden Organen verbunden. Dann werden andere hinzukommen. Die Zirbeldrüse ist dir doch ein Begriff, ja? Über den platten Endokrinologen, diesen Mitgefoppten und Mitparvenü des Freudianers, lache ich doch bloß. Diese Drüse ist *das* Sinnesorgan schlechthin – *das ist meine Entdeckung.* Es ist letztendlich wie mit dem Gesichtssinn: sie übermittelt dem Gehirn visuelle Bilder. Wenn du normal bist, solltest du auf diesem Wege eigentlich am meisten davon mitbekommen . . . ich meine von den Beweisen *vom Jenseits.*«

Ich blickte mich in dem riesigen Mansardenzimmer mit der schrägen Südwand um, das trübe Strahlen erhellten, die der Alltagsblick nicht sehen kann. Die fernen Ecken waren nur Schatten, und der ganze Raum gewann eine neblige Unwirklichkeit, die seinen Charakter verfinsterte und die Imagination zu Symbolik und Phantastik einlud. Während der Pause, die Tillinghast schwieg, glaubte ich mich in einem gewaltigen, unglaublichen Tempel lange toter Götter; ein verschwommenes Bauwerk aus unzähligen schwarzen Steinsäulen, das von einem feuchten Fliesenboden über mein Blickfeld hinaus in wolkige Höhen emporreichte. Das Bild blieb eine Weile sehr lebhaft, wich aber allmählich einer grauenhafteren Einbildung; nämlich der schierer, absoluter Einsamkeit in einem unendlichen lichtlos-lautlosen All. Es schien nur Leere zu geben und nichts weiter sonst, und ich verspürte eine kindliche Angst, die mich den Revolver aus der Gesäßtasche zücken ließ, den ich seit jener Nacht, als man mich in East Providence überfallen hatte, nach Einbruch der Dunkelheit stets bei mir trug. Dann glitt aus den allerfernsten Fernen sanft der *Klang* ins Sein. Er war unendlich schwach, fast unmerklich vibrierend, unverkennbar melodisch, besaß jedoch die Eigenschaft außerordentlicher Leidenschaftlichkeit, die ihn in seiner Wirkung einer süßen Folter meines ganzen Körpers gleichkommen ließ. Ich hatte dabei dasselbe Gefühl, wie wenn man zufällig über eine Mattglasscheibe kratzt. Gleichzeitig entwickelte sich so etwas wie ein kalter Luftzug, der eindeutig aus der Richtung des fernen Klangs an mir vorüberwehte. Atemlos abwartend stellte ich fest, daß sich sowohl Klang wie Wind verstärkten; dieser Effekt vermittelte mir die unheimliche Vorstellung, in der Bahn einer näher kommenden, gigantischen Lokomotive auf den Gleisen festgebunden zu sein. Ich sagte etwas zu Tillinghast, und da lösten sich die ungewöhnlichen Eindrücke abrupt auf. Ich sah nur den Mann, die glosende Maschine und das trübe Zimmer. Tillinghast grinste ekelhaft über den Revolver, den ich beinahe unbewußt gezogen hatte, doch aus seiner Miene konnte ich mit Sicherheit schließen, daß er ebensoviel gesehen und gehört hatte wie ich, wenn nicht sogar noch sehr viel mehr. Ich flüsterte ihm zu, was ich erlebt hatte, und er bat mich, so ruhig und aufnahmebereit wie möglich zu bleiben.

»Nicht bewegen«, warnte er, »denn in diesen Strahlen *können wir genauso gesehen werden, wie wir selber in der Lage sind zu sehen.* Ich sagte dir, daß die Dienstboten gegangen sind, aber ich habe dir nicht gesagt *wie.* Es war diese begriffsstutzige Haushälterin – sie hat unten das Licht angeknipst, nachdem ich sie davor gewarnt hatte es zu tun, und die Leitungsdrähte fingen sympathetische Vibrationen auf. Es muß schrecklich gewesen sein – trotz all dem, was ich aus einer anderen Richtung sah und hörte, konnte ich hier oben die Schreie hören, und später war es dann recht scheußlich, überall im Haus diese leeren Kleiderhaufen vorzufinden. Mrs. Updikes Kleider lagen dicht beim Schalter in der Eingangsdiele – daher weiß ich auch, daß sie es war. Es hat sie alle erwischt. Aber solange wir uns nicht bewegen, kann uns eigentlich nicht viel passieren. Denk dran, wir haben es mit einer gräßlichen Welt zu tun, in der wir praktisch hilflos sind ... *Keine Bewegung*!«

Der kombinierte Schock der Enthüllung und des jähen Befehls versetzte mich in eine Art Paralyse, und vor Entsetzen öffnete sich mein Geist wieder den Eindrücken, die, wie Tillinghast es nannte, vom »Jenseits« kamen. Ich stak jetzt in einem Strudel aus Klang und Bewegung, vor meinen Augen konfuse Bilder. Ich sah die verwaschenen Umrisse des Zimmers, doch von irgendeinem Punkt im All aus schien sich eine wallende Kolonne unerkennbarer Gestalten oder Wolken zu ergießen und das solide Dach an einem rechter Hand vor mir liegenden Punkt zu durchstoßen. Dann erhaschte ich wieder den tempelartigen Effekt, doch diesmal ragten die Säulen in einen luftigen Lichtozean empor, der entlang des Wegs der wolkigen Kolonne, die ich zuvor gesehen hatte, einen blendenden Strahl herabsandte. Danach war die Szene fast total kaleidoskopisch, und in dem Wirrwarr aus Gesichten, Geräuschen und nichtidentifizierten Sinneseindrücken spürte ich, daß ich kurz davor war, mich aufzulösen oder in irgendeiner Weise die feste Gestalt zu verlieren. Ein bestimmtes Blitzbild werde ich nie vergessen. Ich schien momentweise ein Stück eines sonderbaren, von leuchtenden, rotierenden Sphären erfüllten Nachthimmels zu schauen, und als es zurückwich, sah ich, daß die glühenden Sonnen ein Sternbild oder eine Galaxie von einer bestimmten Form bildeten; und diese Form war das verzerrte Gesicht von Crawford Tillinghast. Ein anderes Mal fühlte ich die riesigen lebendigen Dinge an mir vorüberfegen und gelegentlich *durch meinen vermeintlich soliden Körper gehen oder driften,* und ich bildete mir ein zu sehen, wie Tillinghast sie betrachtete, so als könnten seine besser trainierten Sinne sie sichtbar einfangen. Ich entsann mich dessen, was er über die Zirbeldrüse gesagt hatte, und fragte mich, was er mit diesem übernatürlichen Auge sah.

Plötzlich war ich selbst mit einer Art erweitertem Gesichtssinn begabt. Über dem luminösen und schattenhaften Chaos stieg ein Bild auf, das, wenn auch vage, die Elemente der Beständigkeit und Dauer enthielt. Es war wirklich zu einem gewissen Grad vertraut, denn sein ungewöhnlicher Teil war der gewohnten irdischen Szene sozusagen überblendet, genauso wie man auch ein Kinobild auf den bemalten Vorhang eines Theaters werfen kann. Ich sah das Mansardenlaboratorium, die elektrische Maschine und mir gegenüber die häßliche Gestalt von Tillinghast; doch von dem ganzen Raum, der nicht von vertrauten Objekten eingenommen wurde, war nicht ein Partikelchen unbesetzt. Unbeschreibliche Formen, lebendige und nichtlebendige, waren in einem widerlichen Wirrwarr vermengt, und dicht an dicht mit jedem bekannten Gegenstand lagen ganze Welten fremder, unbekannter Entitäten. Es schien ebenfalls so, als drängten alle die bekannten Gegenstände in die Struktur anderer, unbekannter Gegenstände ein und vice versa. Führend unter den lebendigen Objekten waren tintige, gallertartige Monstrositäten, die in schwabbeliger Harmonie mit den Vibrationen der Maschine zuckten. Es gab ihrer in widerwärtiger Hülle und Fülle, und ich sah zu meinem Entsetzen, daß sie sich *überlappten*; daß sie zähflüssig und in der Lage waren, sowohl einander als auch das, was wir als feste Körper kennen, zu durchdringen. Diese Dinge blieben niemals ruhig, sondern schienen immer ständig mit irgendeiner boshaften Absicht umherzufließen. Manchmal schienen sie einander zu verschlingen, wobei sich der Angreifer auf sein Opfer stürzte und letzteres sofort aus dem Blick löschte. Schauernd fühlte ich, daß ich wußte, was die unglücklichen Dienstboten ausgelöscht hatte, und ich vermochte diese Dinge nicht aus meinem Sinn zu verbannen, als ich mich darum bemühte, andere Eigenheiten der jüngst sichtbaren Welt, die uns unsichtbar umgibt, zu erfassen. Aber Tillinghast hatte mich beobachtet und sagte:

»Siehst du sie? Siehst du sie? Siehst du die Dinge, die um dich herum und durch jeden Augenblick deines Lebens schweben und schwappen? Siehst du die Kreaturen, die das ausmachen, was die Menschen die reine Luft und den blauen Himmel nennen? Nun, habe ich die Barriere nicht erfolgreich niedergerissen; habe ich dir nicht Welten gezeigt, die kein anderer Lebender je gesehen hat?« Ich hörte durch das gräßliche Chaos hindurch sein Kreischen und blickte auf das wilde Gesicht, das sich mir so anstößig nah aufdrängte. Seine Augen waren Flammenschlünde, und sie funkelten mich, wie ich jetzt erkannte, mit überwältigendem Haß an. Die Maschine dröhnte abscheulich.

»Du glaubst, diese Zappeldinge haben die Dienstboten ausgetilgt? Narr, sie sind harmlos! Aber *weg* sind die Dienstboten doch, nicht wahr? Du hast versucht, mich zurückzuhalten; du hast mich entmutigt, als ich jedes bißchen Aufmunterung brauchte; du hattest Angst vor der kosmischen Wahrheit, du verdammter Feigling, aber jetzt hab' ich dich! Was hat wohl die Dienstboten weggewischt? Was hat sie so laut schreien lassen? ... Keine Ahnung, was! Du wirst es bald genug wissen. Sieh mich an – hör zu, was ich dir erzähle – meinst du, es gibt wirklich so etwas wie Zeit und Ausdehnung? Denkst du, es gibt so etwas wie Form und Materie? Ich sage dir, ich bin in Tiefen vorgestoßen, die sich dein kleines Hirn nicht ausmalen kann. Ich habe hinter die Grenzen der Unendlichkeit gesehen und Dämonen von den Sternen herabgerufen ... Ich habe die Schatten ins Geschirr genommen, die von Welt zu Welt schreiten, um Tod und Wahnsinn zu säen ... Das All gehört mir, hörst du? Es jagen mich jetzt Dinge – jene Dinge, die verschlingen und auflösen –, aber ich weiß mich ihnen zu entziehen. Dich werden sie holen, so wie sie die Dienstboten geholt haben ... Sie rühren sich, werter Sir? Ich sagte Ihnen doch, es sei gefährlich, sich zu bewegen, bis jetzt habe ich Sie dadurch gerettet, daß ich Ihnen riet, still sitzen zu bleiben – rettete Sie, damit Sie mehr sähen und mir zuhörten. Hätten Sie sich bewegt, wären sie schon längst über Sie gekommen. Keine Bange, *weh tun* werden sie dir nicht. Den Dienstboten haben sie auch nicht weh getan – es war ihr *Anblick*, der die armen Teufel so schreien ließ. Meine Lieblinge sind nicht hübsch, denn sie kommen von Orten, wo die ästhetischen Normen – *ganz anders* sind. Ich versichere dir, die Disintegration ist völlig schmerzlos – *aber ich möchte, daß du sie siehst.* Ich sah sie beinahe, doch ich wußte es zu verhindern. Du bist neugierig? Ich habe immer gewußt, daß du kein Wissenschaftler bist. Du zitterst, wie? Zitterst vor Angst, die ultimaten Dinge zu sehen, die ich entdeckt habe. Warum bewegst du dich dann nicht? Müde? Na, macht nichts, mein Freund, *denn sie kommen schon* ... Sieh nur, sieh, verdammt, sieh hin ... es ist genau über deiner linken Schulter ...«

Was zu erzählen bleibt, ist sehr kurz und mag Ihnen vielleicht aus den Zeitungsberichten vertraut sein. Die Polizei hörte einen Schuß in dem alten Tillinghast-Haus und fand uns dort – Tillinghast tot und mich bewußtlos. Sie verhafteten mich, weil der Revolver in meiner Hand war, ließen mich aber nach drei Stunden frei, nachdem sie herausfanden, daß ein Schlaganfall Tillinghast ein Ende gesetzt hatte, und sahen, daß mein Schuß auf die schädliche Maschine gezielt gewesen war, die jetzt hoffnungslos zertrümmert auf dem Laboratoriumsfußboden lag. Ich erzählte nicht viel von dem, was ich gesehen hatte, denn ich befürchtete, der Coroner würde skeptisch sein; doch aus meiner ausweichenden Skizzierung des Hergangs folgerte der Arzt, daß ich von dem rachsüchtigen und mörderischen Irren unzweifelhaft hypnotisiert worden war.

Ich wünschte, ich könnte diesem Arzt glauben. Es würde meinen bebenden Nerven helfen, könnte ich aus meinem Geist streichen, was ich jetzt von der Luft und dem Himmel um mich herum und über mir denken muß. Ich fühle mich nie allein oder behaglich, und wenn ich abgemattet bin, überkommt mich zu Zeiten fröstelnd ein gräßliches Gefühl des Verfolgtseins. Was mich davon abhält, dem Arzt zu glauben, ist diese eine simple Tatsache – daß die Polizei nie die Leichen jener Dienstboten fand, die Crawford Tillinghast ermordete, wie sie behaupten.

Der Baum

Auf einem grünenden Hang des Berges Maenalus in Arkadien umsteht ein Olivenhain die Ruinen einer Villa. Nahebei ist ein Grab, einst geschmückt mit den hehrsten Skulpturen, doch jetzt ebensosehr verfallen wie das Haus. An einem Ende des Grabes wächst, mit seinen eigenartigen Wurzeln die vom Alter fleckigen Blöcke pentelischen Marmors verschiebend, ein unnatürlich großer Olivenbaum von wunderlich abstoßender Gestalt; einem grotesken Menschen oder dem im Tode verzerrten Körper eines Menschen so ähnlich, daß sich die Bauern davor ängstigen, nachts an ihm vorüberzugehen, wenn durch das krumme Geäst schwach der Mond schimmert. Der Berg Maenalus ist ein beliebter Aufenthaltsort des gefürchteten Pan, dessen absonderliche Kumpanei zahlreich ist, und einfache Dorfburschen glauben, daß der Baum eine gräßliche Verwandtschaft zu diesen merkwürdigen Panisci besitzen muß; aber ein alter Bienenzüchter, der in der Hütte nebenan wohnt, erzählte mir eine andere Geschichte.

Vor vielen Jahren, als die Villa am Hang neu und strahlend war, lebten darin die beiden Bildhauer Kalos und Musides. Von Lydia bis Neapolis pries man die Schönheit ihrer Werke, und keiner wagte zu sagen, daß der eine den anderen an Geschicklichkeit übertreffe. Der Hermes von Kalos stand in einem Marmorschrein in Korinth, und die Pallas von Musides ragte auf einer Säule in Athen nahe dem Parthenon. Alle Menschen huldigten Kalos und Musides und verwunderten sich, daß kein Schatten künstlerischen Neids die Wärme ihrer brüderlichen Freundschaft abkühlte.

Doch wenngleich Kalos und Musides in einträchtiger Harmonie lebten, so waren sie doch von verschiedenem Wesen. Während Musides des Nachts in den urbanen Fröhlichkeiten von Tegea schwelgte, pflegte Kalos allein zu Hause zu bleiben; er stahl sich aus den Augen seiner Sklaven in die kühlen Schlupfwinkel des Olivenhains davon. Dort meditierte er über die Visionen, die seinen Sinn erfüllten, und dort ersann er die Formen der Schönheit, die später in lebenswahrem Marmor unsterblich wurden. Müßiggänger behaupteten freilich, daß Kalos Zwiesprache mit den Geistern des Haines hielte und daß seine Statuen nur Abbilder der Faune und Dryaden seien, die er dort träfe – denn er bildete seine Werke nach keinem lebenden Modell.

So berühmt waren Kalos und Musides, daß es keinen Wunder nahm, als der Tyrann von Syrakus Abgesandte zu ihnen schickte, um ihnen von der kostbaren Tyche-Statue zu sprechen, die er für seine Stadt vorgesehen hatte. Von gewaltiger Größe und sinnreicher Kunstfertigkeit mußte die Statue sein, denn sie sollte ein Völkerwunder und ein Ziel für Reisende werden. Ehren über alle Vorstellung sollten dem zuteil werden, dessen Werk angenommen werden würde, und zum Wettstreit um eben diese Ehre wurden Kalos und Musides eingeladen. Ihre brüderliche Liebe war wohlbekannt, und der listige Tyrann vermutete, daß ein jeder, anstatt sein Werk vor dem anderen zu verbergen, Hilfe und Rat anbieten würde; so daß aus dieser Güte zwei Bildnisse von unerhörter Schönheit erwüchsen, von denen das herrlichere sogar die Träume der Dichter verfinstern würde.

Freudig hießen die Bildhauer das Angebot des Tyrannen willkommen, so daß ihre Sklaven in den darauffolgenden Tagen unablässig Meißelschläge vernahmen. Voreinander verbargen Kalos und Musides ihre Werke nicht, doch der Anblick gehörte ihnen allein. Außer den ihren erschauten keine Augen die göttlichen Figuren, die geschickte Schläge aus den rohen Blöcken befreiten, die sie seit Anbeginn der Welt gefangengehalten hatten.

Des Nachts suchte Musides wie ehedem die Bankettsäle von Tegea auf, dieweil Kalos allein den Olivenhain durchstreifte. Doch mit der Zeit bemerkten die Menschen eine mangelnde Fröhlichkeit in dem einst sprühenden Musides. Es sei seltsam, so redeten sie untereinander, daß die Melancholie derart einen befiel, der eine solch große Chance hatte, den erhabensten Ehrenpreis der Kunst zu erringen. Viele Monate vergingen, doch in das sauertöpfische Gesicht von Musides trat nichts von der flinken Erwartung, die die Situation hätte auslösen sollen.

Dann sprach Musides eines Tages von Kalos' Krankheit, worauf sich nie wieder jemand über seine Traurigkeit verwunderte, denn man wußte, daß die gegenseitige Zuneigung der Bildhauer tief und heilig war. Danach gingen viele hin, um Kalos zu besuchen, und die Blässe seines Gesichts fiel ihnen fürwahr auf; doch es umgab ihn eine glückliche Serenität, die seinen Blick magischer als den Blick von Musides machte – der vor Besorgnis eindeutig verstört war und der in seinem Eifer, seinen Freund mit eigener Hand zu speisen und zu bedienen, all die Sklaven beiseite stieß. Hinter schweren Vorhängen verborgen standen die beiden unvollendeten

Figuren der Tyche, in letzter Zeit wenig berührt von dem Kranken und seinem getreuen Gefährten.

Als Kalos trotz der Dienste ratloser Ärzte und seines rastlosen Freundes unerklärlich schwächer und schwächer wurde, verlangte er oft in den Hain getragen zu werden, den er so liebte. Dort bat er darum, allein gelassen zu werden, so als wolle er mit unsichtbaren Dingen reden. Musides gewährte ihm seine Bitten stets, wenn sich seine Augen auch bei dem Gedanken, daß Kalos mehr an den Faunen und den Dryaden lag als an ihm, mit sichtbaren Tränen füllten. Schließlich rückte das Ende näher, und Kalos sprach von Dingen jenseits dieses Lebens. Musides versprach ihm weinend ein schöneres Grabmal als das des Mausolus; doch Kalos bat ihn, nicht mehr von marmornen Herrlichkeiten zu sprechen. Nur noch ein Wunsch beschäftigte jetzt den Sinn des Sterbenden: daß man Zweige von bestimmten Olivenbäumen an seiner Ruhestätte eingrub – dicht bei seinem Haupt. Und eines Nachts, als er allein in der Dunkelheit des Olivenhains saß, starb Kalos.

Schöner als alle Worte war das marmorne Grabmal, das der leidgeprüfte Musides für seinen geliebten Freund skulpierte. Keiner außer Kalos selbst hätte solche Basreliefs gestalten können, in denen alle Pracht des Elysiums dargestellt war. Auch versäumte Musides es nicht, dicht bei Kalos' Haupt die Olivenzweige aus dem Hain einzugraben.

Als die erste heftige Trauer von Musides der Resignation wich, arbeitete er mit Fleiß an seiner Tyche-Figur. Sein war nun die ganze Ehre, denn der Tyrann von Syrakus wollte nur sein Werk oder das von Kalos. Seine Arbeit erwies sich als Ausgleich für seine Gefühle, und er mühte sich täglich mehr und mied die Fröhlichkeiten, die er einst genossen hatte. Unterdes verbrachte er seine Abende am Grab seines Freundes, wo neben dem Haupt des Schlafenden ein junger Olivenbaum entsprossen war. So geschwind war das Wachstum dieses Baumes, und so sonderbar war seine Gestalt, daß alle, die ihn schauten, überrascht waren; und Musides schien zugleich fasziniert und abgestoßen.

Drei Jahre nach dem Tod von Kalos sandte Musides einen Boten zu dem Tyrannen, und man flüsterte auf der Agora in Tegea, daß die mächtige Statue vollendet sei. Zu dieser Zeit hatte der Baum beim Grab erstaunliche Ausmaße gewonnen, mit denen er alle seine Artgenossen übertraf, und er sandte einen einzigartig schweren Ast über den Raum aus, in dem Musides arbeitete. Es erschienen ebenso viele Besucher, um den ungeheueren Baum zu sehen, wie um die Kunst des Bildhauers zu bewundern, so daß Musides selten allein war. Doch er störte sich nicht an der Unzahl der Gäste; er schien sich vielmehr vor dem Alleinsein zu fürchten, jetzt, da seine aufzehrende Arbeit beendet war. Der rauhe Bergwind, der durch den Olivenhain und den Grab-Baum seufzte, hatte eine unheimliche Art, undeutlich verstehbare Laute zu formen.

Der Himmel war dunkel an dem Abend, als die Emissäre des Tyrannen nach Tegea kamen. Man wußte mit Bestimmtheit, daß sie gekommen waren, das große Bildnis der Tyche davonzutragen und Musides ewige Ehre zu bringen, deswegen war ihr Empfang durch die Proxenie von großer Herzlichkeit. Als die Nacht voranschritt, brach ein gewaltiger Sturmwind über den Kamm des Maenalus, und die Männer vom fernen Syrakus waren froh, daß sie kuschelig in der Stadt ausruhten. Sie sprachen von ihrem illustren Tyrannen und von der Pracht seiner Hauptstadt und schwärmten über die Herrlichkeit der Statue, die Musides für ihn geschaffen hatte. Und dann sprachen die Männer von Tegea von der Güte von Musides und von seiner schweren Trauer um seinen Freund; und wie ihn nicht einmal der nahende Lorbeer der Kunst über das Hinscheiden von Kalos trösten zu vermöchte, der diesen Lorbeer vielleicht an seiner Statt getragen hätte. Von dem Baum, der beim Grab wuchs, dicht bei Kalos' Haupt, sprachen sie auch. Der Wind kreischte grauslicher, und sowohl die Syrakuser wie die Arkadier beteten zu Äolus.

Im Sonnenschein des Morgens führten die Proxenie die Boten des Tyrannen den Hang zur Wohnung der Bildhauer hinauf, doch der Nachtwind hatte seltsame Dinge getan. Von einer Szene der Verwüstung drang Sklavengeschrei herab, und inmitten des Olivenhains erhoben sich nicht länger mehr die glänzenden Kolonnaden der riesigen Halle, worin Musides geträumt und hart gearbeitet hatte. Verwaist und rissig wehklagten die bescheidenen Höfe und unteren Mauern, denn auf den kostspielig größeren Peristyl war just genau der schwere überhangende Ast des sonderbaren neuen Baumes gefallen und hatte das stattliche Gedicht in Marmor mit befremdlicher Vollständigkeit in einen unansehnlichen Ruinenhaufen verwandelt. Fremde und Tegeaner standen entgeistert und blickten von dem Trümmerberg auf den großen sinistren Baum, dessen Anblick so absonderlich menschlich war und dessen Wurzeln sich so merkwürdig in das skulptierte Grabmal von Kalos senkten. Und ihre Furcht und Bestürzung wuchs, als sie die eingestürzte Behausung durchsuchten, denn von dem sanften Musides und dem wunderbar gestalteten Bildnis der Tyche fehlte jede Spur. Inmitten solch stupenden Ruins hauste nur das Chaos, und die Repräsentanten zweier Städte zogen enttäuscht von dannen; die Syrakuser, weil sie keine Statue nach Hause tragen konnten, die Tegeaner, weil sie keinen Künstler zu krönen hatten. Indes, die Syrakuser erwarben nach einer Weile eine ganz ausgezeichnete Statue in Athen, und die Tegeaner trösteten sich damit, in der Agora einen Marmortempel zu errichten, der die Erinnerung an Musides' Talente, Tugenden und brüderliche Anhänglichkeit wachhielt.

Doch der Olivenhain steht noch immer, so wie der Baum, der aus Kalos' Grab wächst, und der alte Bienenzüchter erzählte mir, daß die Zweige manchmal im Nachtwind miteinander flüstern und immer und immer wieder sagen: »Oida! Oida! – Ich weiß! Ich weiß!«

Das Mond-Moor

Irgendwohin, in welch entlegene und schreckliche Region weiß ich nicht, ist Denys Barry gegangen. Ich war in der letzten Nacht, die er unter den Menschen lebte, bei ihm und hörte seine Schreie, als die Sache über ihn kam; doch alle Bauern und Polizisten im County Meath konnten ihn oder die anderen nie finden, obwohl sie weit und breit suchten. Und ich erschauere jetzt, wenn ich die Frösche in den Sümpfen pfeifen höre oder den Mond an einsamen Orten sehe.

Ich hatte Denys Barry in Amerika, wo er reich geworden war, gut gekannt und ihn beglückwünscht, als er das alte Schloß am Moor beim verschlafenen Kilderry zurückkaufte. Sein Vater stammte aus Kilderry, und dort wollte er inmitten vorväterlicher Szenerien seinen Wohlstand genießen. Männer seines Geblüts hatten einst über Kilderry geherrscht und das Schloß erbaut und bewohnt, doch diese Tage lagen sehr fern, so daß das Schloß seit Generationen leer und dem Verfall ausgesetzt gewesen war. Nachdem Barry nach Irland gegangen war, schrieb er mir oft und berichtete mir, wie unter seiner Aufsicht das graue Schloß, Turm um Turm, wieder zu seiner alten Pracht heranwuchs, wie sich der Efeu langsam an den restaurierten Mauern hochrankte, so wie er es vor so vielen Jahrhunderten getan hatte, und wie ihn die Bauern dafür segneten, daß er mit seinem Gold von jenseits des Meeres die alten Tage zurückbrachte. Doch mit der Zeit gab es Schwierigkeiten, und die Bauern hörten auf, ihn zu segnen und flohen statt dessen wie vor einem Verhängnis davon. Und dann schickte er mir einen Brief und bat mich, ihn zu besuchen, denn er sei einsam in dem Schloß und könne mit niemand außer den neuen Dienstboten und Arbeitern reden, die er aus dem Norden hergebracht hätte.

Das Moor war die Ursache all dieser Schwierigkeiten, wie mir Barry in der Nacht erzählte, als ich zum Schloß kam. Ich hatte Kilderry im sommerlichen Sonnenuntergang erreicht, als das Gold des Himmels das Grün der Hügel und Haine und das Blau des Moores aufleuchten ließ, wo auf einem fernen Inselchen eine seltsame alte Ruine geisterhaft gleißte. Dieser Sonnenuntergang war wunderschön, doch die Bauern in Ballylough hatten mich davor gewarnt und gesagt, daß Kilderry verflucht worden sei, so daß ich beinahe erschauerte, als ich die hohen Türmchen des

Schlosses von Feuer vergoldet sah. Barrys Wagen hatte mich am Bahnhof von Ballylough abgeholt, denn Kilderry liegt abseits der Bahnlinie. Die Dorfbewohner hatten das Auto und den Fahrer aus dem Norden gemieden, mir aber mit bleichen Gesichtern zugeflüstert, als sie sahen, daß ich nach Kilderry unterwegs war. Und in jener Nacht erzählte mir Barry nach unserer Wiedervereinigung wieso.

Die Bauern waren aus Kilderry fortgegangen, weil Denys Barry das große Moor trockenlegen würde. Bei all seiner Liebe zu Irland war Amerika doch nicht spurlos an ihm vorübergegangen, und er haßte die herrlich vergeudete Fläche, wo Torf gestochen und Land erschlossen werden könnte. Die Legenden und der Aberglauben von Kilderry berührten ihn nicht, und er lachte, als die Bauern zuerst ihre Hilfe verweigerten und ihn dann verfluchten und mit ihrer wenigen Habe nach Ballylough davonzogen, als sie seine Entschlossenheit erkannten. Für sie ließ er Arbeiter aus dem Norden kommen, und als die Dienstboten gingen, ersetzte er sie in gleicher Weise. Doch es war einsam unter Fremden, darum hatte mich Barry gebeten zu kommen.

Als ich von den Ängsten hörte, die die Leute aus Kilderry vertrieben hatten, lachte ich so laut wie mein Freund gelacht hatte, denn diese Ängste waren von der allerunbestimmtesten, allertollsten und allerabsurdesten Art. Sie hatten mit irgendeiner lachhaften Legende um das Moor zu tun und mit einem grimmen Schutzgeist, der in der seltsamen alten Ruine auf dem fernen Inselchen hauste, die ich im Sonnenuntergang gesehen hatte. Es gab Geschichten von tanzenden Lichtern in der Zeit von Neumond bis Vollmond und von Frostwinden wenn die Nacht lau war; von Erscheinungen in Weiß, die über den Wassern schwebten, und von einer eingebildeten Stadt aus Stein tief unter der sumpfigen Oberfläche. Doch allen eigenartigen Märchen voran und ohnegleichen in seiner absoluten Einstimmigkeit stand jenes von dem Fluch, der den erwartete, der es wagen sollte, Hand an den riesigen, rötlichen Morast zu legen oder ihn auszutrocknen. Es wären dort Geheimnisse, so sagten die Bauern, die zu entdecken verboten sei; Geheimnisse, die verborgen gelegen hätten, seit die Plage über die Kinder von Partholan gekommen war, in den legendären Jahren jenseits der Geschichtsschreibung. Im *Buche Leabhar Gabhala*, dem *Buch der Invasionen* wird erzählt, daß diese Söhne der Griechen alle in Tallaght begraben wären, doch alte Männer in Kilderry sagten, daß eine Stadt übersehen ward, gerettet von ihrer beschirmenden Mondgöttin; so daß nur die bewaldeten Hügel sie begruben, als die Männer aus Nemed in ihren dreißig Schiffen von Skythien herabschossen.

Dies waren die Schrullen, die die Dorfbewohner veranlaßt hatten, Kilderry zu verlassen, und als ich sie vernahm, wunderte es mich nicht, daß sich Denys Barry geweigert hatte zuzuhören. Er besaß jedoch großes Interesse an Altertümern und schlug vor, das Moor gründlich zu erforschen, wenn es erst einmal trockengelegt war. Die weißen Ruinen auf dem Inselchen hatte er oft besucht, aber obwohl ihr Alter eindeutig groß war und ihre Konturen den meisten Ruinen in Irland wenig ähnelten, waren sie zu verfallen, um von den Tagen ihrer Pracht zu berichten. Die Trockenlegungsarbeiten konnten jetzt beginnen, und die Arbeiter aus dem Norden sollten bald das verbotene Moor des grünen Mooses und der roten Heide berauben und die winzigen, muschelgepflasterten Bächlein und stillen, binsengesäumten Teiche töten.

Nachdem Barry mir diese Dinge erzählt hatte, war ich sehr schläfrig, denn das Reisen am Tage war beschwerlich gewesen, und mein Gastgeber hatte bis spät in die Nacht geredet. Ein Diener brachte mich auf mein Zimmer, das sich in einem abgelegenen Turm befand und das Dorf und die Ebene am Rand des Moores und das Moor selbst überblickte; so daß ich von meinen Fenstern aus im Mondlicht die stillen Dächer sehen konnte, aus denen die Bauern geflohen waren und die jetzt den Arbeitern aus dem Norden Unterschlupf boten, und auch die Pfarrkirche mit ihrem altertümlichen Kirchturm und weit hinter dem brütenden Moor die ferne, alte Ruine, die auf dem Inselchen weiß und geisterhaft glänzte. Gerade als ich in Schlaf fiel, vermeinte ich aus der Ferne leise Klänge zu hören; Klänge die wild und halb musikalisch waren und in mir eine eigentümliche Erregung entfachten, die meine Träume färbte. Doch als ich am nächsten Morgen erwachte, fühlte ich, daß alles ein Traum gewesen war, denn die Visionen, die ich geschaut hatte, waren wunderbarer gewesen als alle Klänge von wilden Pfeifen in der Nacht. Beeinflußt durch die Legenden, die Barry erzählt hatte, war mein Geist im Schlummer um eine erhabene Stadt in einem grünen Tal gekreist, wo marmorne Straßen und Statuen, Villen und Tempel, Bildwerke und Inschriften alle in unzweifelhafter Weise die Pracht verkündigten, die die Griechenlands war. Als ich Barry diesen Traum erzählte, lachten wir beide;

doch ich lachte lauter, denn er war über seine Arbeiter aus dem Norden bestürzt. Zum sechsten Mal hatten sie allesamt verschlafen, waren sehr langsam und verwirrt aufgewacht und benahmen sich so, als hätten sie nicht geruht, obwohl man wußte, daß sie den Abend zuvor früh zu Bett gegangen waren.

Den Morgen und Nachmittag über durchstreifte ich allein das sonnenvergoldete Dorf und unterhielt mich dann und wann mit müßigen Arbeitern, denn Barry war mit den letzten Planungen für den Beginn der Trockenlegungsarbeiten befaßt. Die Arbeiter waren nicht so froh wie sie es hätten sein können, denn die meisten von ihnen schienen von einem Traum beklommen, den sie gehabt hatten, an den sie sich jedoch vergeblich zu erinnern versuchten. Ich erzählte ihnen von meinem Traum, aber es interessierte sie erst, als ich von den eigentümlichen Klängen sprach, die ich zu hören geglaubt hatte. Da musterten sie mich komisch und sagten, daß auch sie sich an eigentümliche Klänge zu erinnern schienen.

Abends speiste Barry mit mir und verkündete, daß er in zwei Tagen mit der Trockenlegung beginnen würde. Ich war froh, denn obwohl es mir nicht gefiel, das Moos und die Heide und die kleinen Bäche und Teiche verschwinden zu sehen, verspürte ich das wachsende Verlangen, die uralten Geheimnisse herauszufinden, die das vielschichtige Torfmoor bergen mochte. Und in dieser Nacht fanden meine Träume von pfeifenden Flöten und marmornen Peristylen ein plötzliches und beunruhigendes Ende; denn ich sah über die Stadt im Tal eine Pestilenz herfallen und dann eine schreckliche Lawine waldiger Hügel, die die toten Körper in den Straßen bedeckte und nur den Tempel der Artemis auf dem hohen Gipfel unbegraben ließ, wo die betagte Mond-Priesterin Cleis kalt und stumm mit einer Krone aus Elfenbein auf ihrem Silberhaupt lag.

Ich sagte, daß ich plötzlich und bestürzt erwachte. Eine Zeitlang konnte ich nicht sagen, ob ich wachte oder schlief, denn der Flötenklang gellte mir noch immer schrill in den Ohren; doch als ich auf dem Fußboden die eisigen Mondstrahlen und die Umrisse des gotischen Gitterfensters sah, entschied ich, daß ich wach und im Schloß von Kilderry sein mußte. Dann hörte ich von einem fernen Treppenabsatz eine Uhr die zweite Stunde schlagen und wußte, ich war wach. Doch immer noch drang aus der Ferne das monotone Pfeifen; wilde, wüste Melodien, die mich an einen Tanz von Faunen auf dem entfernten Maenalus denken ließen. Es ließ mich keinen Schlaf finden, und ungeduldig sprang ich auf und schritt den Fußboden ab. Nur zufällig ging ich zum Nordfenster und blickte hinaus auf das stille Dorf und die Ebene am Rande des Moors. Ich verspürte nicht den Wunsch, nach draußen zu schauen, denn ich wollte schlafen; doch die Flöten folterten mich, und ich mußte einfach irgend etwas tun oder sehen. Wie hätte ich auch ahnen können, was ich erschauen sollte?

Dort in dem Mondlicht, das die gewaltige Ebene überflutete, bot sich ein Schauspiel, das kein Sterblicher, der es gesehen hat, je vergessen könnte. Zum Klang von Rohrpfeifen, die über das Moor hin hallten, glitt stumm und unheimlich eine vermischte Schar schwanker Gestalten, taumelte durch solch ein Gelage, wie es die Sizilianer der Demeter in den alten Zeiten unter dem Erntemond neben der Cyane vielleicht getanzt haben. Die weite Ebene, das goldene Mondlicht, die sich schattenhaft bewegenden Formen, und vor allem das schrille, monotone Gepfeif bewirkten einen Effekt, der mich beinahe paralysierte; dennoch bemerkte ich in meiner Furcht, daß die Hälfte dieser rastlosen, mechanischen Tänzer aus den Arbeitern bestand, die ich schlafend gewähnt hatte, hingegen die andere Hälfte aus sonderbaren ätherischen Wesen in Weiß, deren physische Natur zwar halb unbestimmt war, die jedoch an bleiche, sehnsüchtige Najaden aus den verwunschenen Quellen des Moores denken machten. Ich weiß nicht, wie lange ich aus dem einsamen Turmfenster auf diesen Anblick starrte, bevor ich plötzlich in eine traumlose Ohnmacht sank, aus der mich die hochstehende Sonne des Morgens weckte.

Mein erster Impuls beim Erwachen war, alle meine Ängste und Beobachtungen Denys Barry mitzuteilen, doch als ich das Sonnenlicht durch das vergitterte Ostfenster scheinen sah, erlangte ich die Gewißheit, daß das, was ich glaubte gesehen zu haben, keine Realität besaß. Ich neige zu sonderbaren Phantasmen, bin jedoch nie schwach genug, ihnen Glauben zu schenken; deswegen beschied ich mich diesmal damit, die Arbeiter zu befragen, die sehr lange schliefen und sich an nichts aus der vergangenen Nacht erinnerten, außer an nebelhafte Träume von schrillen Klängen. Diese Sache mit dem geisterhaften Gepfeif machte mir ordentlich zu schaffen, und ich fragte mich, ob die Grillen des Herbstes wohl vor ihrer Zeit gekommen waren, um die Nacht zu stören und die Visionen der Menschen heimzusuchen. Später am Tage beobachtete ich, wie Barry in der Bibliothek über den Plänen seines großen

Werks grübelte, das morgen beginnen sollte, und zum ersten Mal verspürte ich einen Anflug ähnlicher Furcht, wie sie die Bauern vertrieben hatte. Aus einem unbekannten Grund ängstigte mich der Gedanke, das uralte Moor und seine sonnlosen Geheimnisse aufzustören, und ich malte mir entsetzliche Anblicke aus, die schwarz unter der unermeßlich dicken Schicht jahrhundertealten Torfes lagen. Daß diese Geheimnisse ans Licht gebracht werden sollten, schien unbedacht, und ich begann mir eine Entschuldigung dafür zu wünschen, das Schloß und das Dorf zu verlassen. Ich ging so weit, das Thema Barry gegenüber beiläufig zu erwähnen, wagte es aber nicht, damit fortzufahren, nachdem er sein schallendes Gelächter anstimmte. Deswegen war ich still, als die Sonne hinter den fernen Hügeln blendend unterging und Kilderry ganz rot und golden in einer Flamme aufloderte, die wie ein Omen wirkte.

Ob die Ereignisse jener Nacht Realität oder Illusion waren, werde ich nie herausbringen. Gewiß transzendieren sie alles, wovon wir in der Natur und im Universum träumen; trotzdem vermag ich auf normale Art jene Fälle von Verschwinden nicht zu erklären, die allen Menschen bekannt wurden, nachdem es vorüber war. Ich zog mich zeitig zurück und konnte in der unheimlichen Stille des Turmes lange Zeit nicht einschlafen. Es war ausgesprochen dunkel, denn obwohl der Himmel klar war, stand der Mond deutlich im Abnehmen begriffen und würde nicht vor den frühen Morgenstunden aufgehen. Wie ich dort lag, dachte ich an Denys Barry und an das, was dem Moor widerfahren würde, wenn der Tag anbrach, und ich verspürte den fast rasenden Drang, in die Nacht hinauszustürzen, Barrys Wagen zu nehmen und wie wahnsinnig nach Ballylough zu fahren, hinaus aus dem bedrohten Land. Doch ehe sich meine Ängste zur Tat konkretisieren konnten, war ich eingeschlafen und schaute in Träumen auf die Stadt im Tal, kalt und tot unter einem Leichentuch aus gräßlichem Schatten.

Wahrscheinlich war es das schrille Pfeifen, das mich weckte, trotzdem war es nicht dies Pfeifen, das ich zuerst bemerkte, als ich die Augen aufschlug. Ich lag mit dem Rücken zum Ostfenster, das das Moor überschaute, wo der schwindende Mond aufgehen würde, und erwartete deshalb, auf die mir gegenüberliegende Wand Licht geworfen zu sehen; doch auf einen solchen Anblick wie er sich jetzt darbot, war ich nicht gefaßt gewesen. Es leuchtete wahrhaftig Licht auf der Täfelung vor mir, aber es war dies kein Licht, das der Mond spendet. Schrecklich und durchbohrend war der rötliche Schimmerpfeil, der durch das gotische Fenster strömte, und das ganze Zimmer erstrahlte in einem intensiven und überirdischen Glanz. Meine nächsten Handlungen waren für eine derartige Situation eigentümlich, doch nur in Geschichten tut der Mensch das Dramatische und Vorhergesehene. Statt über das Moor hinaus auf die Quelle des neuen Lichts zu sehen, wandte ich in panischer Furcht meinen Blick vom Fenster ab und kleidete mich, mit dem wirren Gedanken an Flucht, unbeholfen an. Ich entsinne mich, meinen Revolver und Hut gepackt zu haben, doch bevor es vorbei war, hatte ich beide verloren, ohne den einen abgefeuert noch den anderen aufgesetzt zu haben. Nach einer Weile obsiegte die Faszination des roten Glühens über meine Angst, und ich kroch zum Ostfenster und blickte hinaus, während das irrsinnig machende, unablässige Gepfeif durch das Schloß und über das ganze Dorf winselte und schallte.

Über dem Moor waberte eine wahre Sintflut flackernden Lichts, scharlachrot und düster, und es ergoß sich aus der seltsamen, alten Ruine auf dem fernen Inselchen. Den Anblick dieser Ruine vermag ich nicht zu beschreiben – ich muß verrückt gewesen sein, denn sie schien sich majestätisch und unversehrt, herrlich und säulenumgürtet, zu erheben, der die Flammen widerspiegelnde Marmor ihres Hauptgesimses durchstach den Himmel wie den Scheitelpunkt eines Tempels auf einem Berggipfel. Flöten kreischten und Trommeln begannen zu schlagen, und als ich in Scheu und Entsetzen zuschaute, glaubte ich, vor der Vision aus Marmor und Glanz dunkle, hüpfende Gestalten grotesk silhouettiert zu sehen. Die Wirkung war kolossal – absolut unvorstellbar –, und ich würde vielleicht unendlich lange hingestarrt haben, hätten sich die Pfeifenklänge zu meiner Linken nicht scheinbar verstärkt. Bebend vor einem Entsetzen, das merkwürdig mit Ekstase vermischt war, durchquerte ich das Zimmer zum Nordfenster hin, von dem aus ich das Dorf und die Ebene am Rand des Moors sehen konnte. Hier weiteten sich meine Augen wieder vor wildem Wunder, als hätte ich mich nicht eben erst von einer Szene jenseits der Grenzen der Natur abgewandt, denn auf der gespenstisch rot erleuchteten Ebene bewegte sich eine Prozession von Wesen, in einer Art und Weise, wie sie außer in Alpträumen noch nie jemand gesehen hat.

Halb in der Luft gleitend, halb darin schwebend, zogen sich die weißgewandeten Moor-Erscheinungen in fantastischen Gruppierungen, die an einen uralten und feierlichen zeremoniellen Tanz erinnerten, langsam zu den stillen Wassern und der Inselruine zurück. Angeleitet von dem abscheulichen Gepfeif dieser unsichtbaren Flöten winkten ihre durchscheinenden Wedelarme in unheimlichen Rhythmus einer Schar torkelnder Arbeiter, die mit blinden, hirnlosen, taumelnden Schritten hündisch folgten, als zerre sie ein plumper, aber unwiderstehlicher Dämonenwille hinter sich her. Als sich die Najaden dem Moor näherten, ohne dabei ihren Kurs zu ändern, zickzackte eine neue Reihe stolpernder Nachzügler trunken aus irgendeiner Tür tief unter meinem Fenster, tastete sich gesichtslos über den Hof und durch die dazwischenliegende Dorfecke und schloß sich dem taumelnden Zug der Arbeiter auf der Ebene an. Trotz ihrer Entfernung wußte ich gleich, daß sie die aus dem Norden geholten Dienstboten waren, denn ich erkannte die häßliche und unbeholfene Figur des Kochs, dessen eigentliche Absurdheit jetzt unsäglich tragisch geworden war. Die Flöten pfiffen gräßlich, und wieder hörte ich aus der Richtung der Inselruine den Trommelschlag. Dann erreichten die Najaden stumm und anmutig das Wasser und verschmolzen eine nach der anderen mit dem uralten Moor; während die Reihe der Nachfolgenden, die nie auf ihr Tempo achtete, ihnen linkisch hinterdreinplatschte und in einem winzigen Strudel unheilkündender Blasen, die ich in dem scharlachfarbenen Licht kaum sehen konnte, verschwand. Und als der letzte klägliche Nachzügler, der fette Koch, in jenem trüben Pfuhl schwer dem Blick entsank, da verstummten die Flöten und Trommeln, und die blendend roten Strahlen von den Ruinen rissen augenblicklich ab und hinterließen das Dorf des Verderbens verwaist und öde in den fahlen Strahlen eines jüngst aufgegangenen Mondes.

Mein Zustand war jetzt ein einziges unbeschreibliches Chaos. Nicht wissend, ob ich irre oder bei Verstand war, schlief oder wachte, rettete mich nur eine gnädige Betäubung. Ich glaube, ich tat so lächerliche Dinge wie Artemis, Latona, Demeter, Persephone und Pluto Gebete darzubringen. Alles woran ich mich aus meiner klassischen Erziehung erinnerte, drängte sich mir auf die Lippen, als das Grauen der Situation meinen tiefsten Aberglauben weckte. Ich fühlte, daß ich dem Tod eines ganzen Dorfes beigewohnt hatte, und wußte, ich war in dem Schloß mit Denys Barry allein, dessen

Unverfrorenheit ein Verhängnis herbeigerufen hatte. Bei dem Gedanken an ihn packte mich neues Grausen, und ich stürzte zu Boden; nicht ohnmächtig, doch körperlich hilflos. Dann spürte ich den eisigen Windstoß vom Ostfenster her, wo der Mond aufgegangen war, und begann tief, tief unter mir im Schloß die Schreie zu hören. Bald hatten diese Schreie ein Ausmaß und eine Eigenart angenommen, wovon man nicht schreiben kann, und die mir die Sinne schwinden lassen, wenn ich daran denke. Alles, was ich sagen kann, ist, daß sie von einem Etwas kamen, das ich als Freund gekannt hatte.

Irgendwann während dieses schockierenden Zeitraums müssen mich das Geschrei und der kalte Wind aufgejagt haben, denn mein nächster Eindruck ist der, wie ich toll durch tintenschwarze Zimmer und Korridore und über den Hof hinaus in die gräßliche Nacht stürme. Sie fanden mich im Morgengrauen in der Nähe von Ballylough ohne Sinn und Verstand umherwandernd, doch was mich so aus den Angeln hob, war keiner jener Schrecken, die ich zuvor gesehen oder gehört hatte. Als ich langsam aus den Schatten trat, da murmelte ich von ein paar fantastischen Vorfällen, die sich auf meiner Flucht ereignet hatten: bedeutungslose Vorfälle, und doch verfolgen sie mich unablässig, wenn ich allein an gewissen morastigen Orten oder im Mondlicht stehe.

Als ich aus dem verfluchten Schloß entlang des Moorrandes floh, hörte ich ein neues Geräusch: alltäglich und doch anders als alle, die ich bisher in Kilderry gehört hatte. In den fauligen Wassern, die in letzter Zeit keinerlei tierisches Leben geborgen hatten, brodelte jetzt eine Horde schleimiger, ungeheurer Frösche, die schrill und unablässig in Tönen pfiffen, die so gar nicht zu ihrer Größe passen wollten. Sie glitzerten gedunsen und grün im Mondschein und schienen zu dem Born des Lichts hinaufzuglotzen. Ich folgte dem Stieren eines ausgesprochen fetten und häßlichen Frosches und sah das zweite der Dinge, die mir die Sinne verschreckten.

In der direkten Verbindung von der seltsamen, alten Ruine auf dem fernen Inselchen zum schwindenden Mond schienen meine Augen einen schwachen Strahl vibrierenden Glanzes auszumachen, der in den Wassern des Moores keinen Widerschein fand. Und auf diesen bleichen Pfad malte mir meine fiebrige Phantasie einen dünnen Schatten, der sich dort langsam hochwand; einen verschwommenen, verzerrten Schatten, der sich sträubte, als zögen ihn unsichtbare Dämonen. Wahnsinnig wie ich war, sah ich in jenem schauerlichen Schatten eine monströse Ähnlichkeit – eine Übelkeit erregende, unglaubliche Karikatur – ein blasphemisches Abbild von ihm, der Denys Barry gewesen war.

Die Anderen Götter

Oben auf den größten Erdgipfeln weilen die Götter der Erde und leiden es von keinem Menschen, daß er erzählt, er habe sie geschaut. Sie bewohnten einst geringere Gipfel; doch jedesmal erklommen die Menschen von den Ebenen die Abhänge aus Fels und Schnee und trieben die Götter auf immer höhere Berge, bis jetzt nur noch der letzte übrig ist. Als sie ihre alten Gipfel verließen, nahmen sie alle ihre Zeichen mit sich, außer einmal, wie es heißt, als sie ein gemeißeltes Bildnis auf der Vorderseite des Berges zurückließen, den sie Ngranek nannten.

Doch jetzt haben sie Zuflucht genommen zum ungekannten Kadath in der kalten Ödnis, wo keines Menschen Fuß schreitet, und sind gestreng geworden, weil sie keinen höheren Gipfel mehr haben, wohin sie vor dem Kommen der Menschen zu fliehen vermöchten. Sie sind gestreng geworden, und wo sie es einst litten, von den Menschen vertrieben zu werden, verbieten sie jetzt den Menschen das Kommen; oder wenn sie kommen, das Gehen. Es ist gut für die Menschen, nichts vom Kadath in der kalten Ödnis zu wissen; sonst würden sie unbesonnen versuchen, ihn zu erklimmen.

Manchmal, wenn die Erdgötter Heimweh haben, besuchen sie in der stillen Nacht die Gipfel, wo sie einst weilten, und weinen leise, während sie in alter Weise versuchen, auf erinnerten Hängen zu spielen. Die Menschen haben die Tränen der Götter auf dem weißbekappten Thurai gespürt, wenngleich sie sie für Regen gehalten haben; und sie haben die Seufzer der Götter in den wehklagenden Morgenwinden des Lerion gehört. In Wolkenschiffen pflegen die Götter daherzureisen, und weise Kätner besitzen Legenden, die sie von bestimmten hohen Gipfeln nachts, wenn es wolkig ist, fernhalten, denn die Götter sind nicht mild wie ehedem.

In Ulthar, das jenseits des Flusses Skai liegt, wohnte einmal ein alter Mann, der begierig darauf war, die Götter der Erde zu schauen; ein tiefgelehrter Mann in den sieben kryptischen Büchern der Erde und vertraut mit den *Pnakotischen Manuskripten* des fernen und gefrorenen Lomar. Sein Name lautete Barzai, der Weise, und die Dorfbewohner erzählen davon, wie er in der Nacht der sonderbaren Mondfinsternis auf einen Berg stieg.

Barzai wußte so viel von den Göttern, daß er von ihrem Kommen und Gehen sagen konnte, und er erriet so viele ihrer Geheimnisse, daß er selber als ein halber Gott erachtet wurde. Er war es, der die Bürger von Ulthar beriet, als sie ihr bemerkenswertes Gesetz gegen das Erschlagen von Katzen verfügten, und er erzählte dem jungen Priester Atal zum ersten Mal, wohin die schwarzen Katzen um Mitternacht des Johannistages gehen. Barzai war in der Kunde der Erdgötter bewandert und es verlangte ihn, ihr Antlitz zu erblicken. Er glaubte, daß ihn sein großes Geheimwissen über die Götter vor ihrem Zorn schirmen könnte, und beschloß so, auf den Gipfel des hohen und felsigen Hatheg-Kla hinaufzugehen, in einer Nacht, von der er wußte, die Götter würden dort sein.

Der Hatheg-Kla liegt weit in der steinigen Wüste hinter Hatheg, nach dem er heißt, und er ragt wie eine Felsstatue in einem stillen Tempel auf. Um seine Spitze spielen immer kummervoll die Nebel, denn Nebel sind die Erinnerungen der Götter, und die Götter liebten den Htaheg-Kla, da sie in den alten Zeiten auf ihm weilten. Oft besuchen die Götter der Erde den Hatheg-Kla in ihren Wolkenschiffen und werfen bleichen Dunst über die Hänge, wenn sie unter einem klaren Mond erinnerungsvoll auf dem Gipfel tanzen. Die Dorfbewohner von Hatheg sagen, es ist zu jeder Zeit von Übel, den Hatheg-Kla zu ersteigen, und tödlich, ihn bei Nacht zu ersteigen, wenn bleicher Dunst den Gipfel und den Mond verbirgt; doch Barzai achtete ihrer nicht, als er mit dem jungen Priester Atal, der sein Schüler war, aus dem benachbarten Ulthar kam. Atal war nur der Sohn eines Tavernenbesitzers und fürchtete sich manchmal; aber Barzais Vater war ein Landgraf gewesen, der in einem uralten Schloß wohnte, deswegen trug er den gewöhnlichen Aberglauben nicht im Blut und lachte nur über die ängstlichen Kätner.

Barzai und Atal gingen trotz der Bitten der Bauern aus Hatheg in die steinige Wüste hinaus und sprachen des Nachts an ihren Lagerfeuern von den Erdgöttern. Viele Tage lang reisten sie und sahen von fern den luftigen Hatheg-Kla mit seiner Aureole kummervoller Nebel. Am dreizehnten Tag erreichten sie den einsamen Bergfuß, und Atal sprach von seinen Ängsten. Doch Barzai war alt und gelehrt und hatte keine Ängste, so schritt er denn kühn voran den Hang hinauf, den kein Mensch je erklommen hatte seit den Zeiten Sansus, von dem in den schimmeligen *Pnakotischen Manuskripten* mit Schrecken geschrieben steht.

Der Weg war felsig, und Klüfte, Klippen und Steinschläge machten ihn gefahrvoll. Später begann es kalt zu werden und zu schneien; und Barzai und Atal glitten oftmals aus und stürzten, während sie hackten und sich mit Dauben und Äxten mühsam hocharbeiteten. Schließlich wurde die Luft dünn, und der Himmel veränderte seine Farbe, und den Kletterern fiel das Atmen schwer; trotzdem kämpften sie sich immer weiter hinauf und staunten über die Fremdartigkeit der Szenerie und erbebten bei dem Gedanken daran, was auf dem Gipfel geschehen würde, wenn der Mond aufgegangen war und der bleiche Dunst sich rundum lagerte. Drei Tage lang kletterten sie höher und höher zum Dach der Welt hin; dann kampierten sie, um die Bewölkung des Mondes abzuwarten.

Vier Nächte lang kamen keine Wolken, und der Mond schien kalt durch die dünnen, kummervollen Nebel um die stumme Zinne. In der fünften Nacht dann, die die Nacht des Vollmonds war, sah Barzai weit im Norden dichte Wolken und saß mit Atal auf, um sie näher kommen zu sehen. Dick und majestätisch segelten sie langsam und bedächtig voran; lagerten sich um die Spitze hoch über den Beobachtenden und verbargen den Mond und den Gipfel vor dem Blick. Eine lange Stunde lang schauten die Beobachter zu, dieweil der Dunst wirbelte und der Wolkenschirm dicker und ruheloser wurde. Barzai war in der Kunde von den Erdgöttern weise und lauschte angestrengt auf bestimmte Klänge, aber Atal fühlte den Frost des Dunstes und die heilige Scheu der Nacht und fürchtete sich sehr. Und als Barzai höherzusteigen und eifrig zu winken begann, da dauerte es lange, bis Atal folgen mochte.

So dicht lag der Dunst, daß der Weg hart wurde, und obwohl Atal zuletzt folgte, konnte er doch kaum die graue Gestalt Barzais auf dem trüben Hang oben im umwölkten Mondlicht sehen. Barzai drängte sehr weit voran und schien trotz seines Alters müheloser zu klettern als Atal; und er fürchtete weder die Steilheit, die für jeden, außer einem starken und unerschrockenen Mann, zu groß zu werden begann, noch zögerte er an breiten, schwarzen Klüften, die Atal kaum überspringen konnte. Und so gingen sie stürmisch hinauf über Felsen und Schlünde, strauchelnd und stolpernd und manchmal von Scheu erfüllt über die Gewaltigkeit und das scheußliche Schweigen blasser Eiszinnen und stummer Granitsteilhänge.

Ganz plötzlich verschwand Barzai aus Atals Blick, als er eine gräßliche Klippe erkletterte, die sich vorzuwölben und jedem nicht von den Erdgöttern inspirierten Kletterer die Bahn zu versperren schien. Atal befand sich viel tiefer und überlegte, was zu tun wäre, wenn er zu der Stelle gelangte, da bemerkte er, daß das Licht kräftiger geworden war, als seien der wolkenlose Gipfel und der mondbeschienene Treffpunkt der Götter ganz nahe. Und als er weiter auf die sich vorwölbende Klippe und den erhellten Himmel zukraxelte, verspürte er schlimmere Ängste, als er sie je zuvor gekannt hatte. Dann hörte er durch die hohen Nebel die Stimme von Barzai, die in wildem Entzücken rief:

»Ich habe die Götter gehört. Ich habe die Erdgötter in Lustbarkeiten auf dem Hatheg-Kla singen gehört! Barzai der Prophet kennt die Stimmen der Erdgötter! Die Nebel sind dünn und der Mond ist hell, und ich werde die Götter wild tanzen sehen auf dem Hatheg-Kla, den sie in der Jugend liebten. Die Weisheit Barzais hat ihn größer gemacht als die Erdgötter, und gegen seinen Willen sind ihre Zauberformeln und Barrieren ein Nichts; Barzai wird die Götter erschauen, die stolzen Götter, die geheimen Götter, die Götter der Erde, die den Anblick des Menschen verschmähen!«

Atal konnte die Stimmen nicht hören, die Barzai hörte, aber er war jetzt dicht bei der vorgewölbten Klippe und suchte, wo er Halt an ihr finden konnte. Dann hörte er Barzais Stimme schriller und lauter werden:

»Der Nebel ist sehr dünn, und der Mond wirft Schatten auf den Hang; die Stimmen der Erdgötter sind hoch und wild, und sie fürchten das Kommen von Barzai, dem Weisen, der größer ist als sie ... Das Licht des Mondes flickert, während die Erdgötter vor ihm tanzen; ich werde die tanzenden Formen der Götter sehen, die im Mondlicht hüpfen und heulen ... Das Licht ist trüber, und die Götter ängstigen sich ...«

Während Barzai dies rief, nahm Atal überall in der Luft eine gespenstische Veränderung wahr, als würden sich die Gesetze der Erde mächtigeren Gesetzen beugen; denn obwohl der Weg steiler war als je, war der aufwärts führende Pfad nun beängstigend leicht geworden, und die vorgewölbte Klippe erwies sich als kaum ein Hindernis, als er sie erreichte und aufs höchste gefährdet ihre konvexe Oberfläche hinaufglitt. Das Licht des Mondes war sonderbar verschwunden, und als Atal aufwärts durch die Nebel stürzte, hörte er Barzai, den Weisen in den Schatten kreischen:

»Der Mond ist dunkel, und die Götter tanzen in der Nacht; Entsetzen ist im Himmel, denn auf den Mond hat sich eine Finsternis gesenkt, die sich in keinen Büchern der Menschen oder der

Erdgötter vorhergesagt findet . . . Unbekannte Magie herrscht auf Hatheg-Kla, denn die Schreie der verängstigten Götter haben sich in Gelächter verwandelt, und die Eishänge schießen endlos hinauf in die schwarzen Himmel, in die ich stürze . . . Hei! Hei! Endlich! Im trüben Licht schaue ich die Götter der Erde!«

Und jetzt hörte Atal, der schwindelig über unfaßbare Steilhänge hinaufglitt, im Dunkeln ein abscheuliches Lachen, in das sich solch ein Schrei mischte, wie ihn, außer im Phlegeton nicht schilderbarer Alpträume, kein Mensch je hörte; ein Schrei, in dem, zusammengepreßt in einen gräßlichen Moment, das Grauen und die Qual eines heimgesuchten Lebens widerhallten:

»Die Anderen Götter! Die Anderen Götter! Die Götter der Äußeren Höllen, die die schwachen Götter der Erde bewachen! . . . Schau weg . . . Geh zurück . . . Sieh nicht hin! Sieh nicht hin! Die Vergeltung der unendlichen Abgründe . . . Diese verfluchte, diese verdammte Grube . . . Barmherzige Götter der Erde, ich falle in den Himmel!«

Und als Atal die Augen schloß und sich die Ohren verstopfte und versuchte, gegen den entsetzlichen Zug aus unbekannten Höhen hinunterzuspringen, da erdröhnte auf dem Hatheg-Kla jener furchtbare Donnerschlag, der die guten Kätner aus den Ebenen und die ehrbaren Bürger von Hatheg, Nir und Ulthar weckte und sie veranlaßte, durch die Wolken jene seltsame Mondfinsternis zu erblicken, die kein Buch jemals voraussagte. Und als der Mond schließlich hervortrat, war Atal sicher auf den tiefergelegenen Schneefeldern des Berges ohne den Anblick der Erdgötter oder der Anderen Götter.

Nun wird in den schimmeligen *Pnakotischen Manuskripten* erzählt, daß Sansu nichts als wortloses Eis und Gestein fand, als er in der Jugend der Welt den Hatheg-Kla erstieg. Doch als die Männer von Ulthar und Nir und Hatheg ihre Ängste bemeistert hatten und bei Tage den heimgesuchten Steilhang auf der Suche nach Barzai dem Weisen erklommen, fanden sie in dem nackten Stein des Gipfels ein sonderbares und zyklopisches Symbol von fünfzig Ellen Breite eingraviert, als wäre der Felsen von einem titanischen Meißel gespalten worden. Und das Symbol ähnelte einem, das gelehrte Männer in jenen entsetzlichen Partien der *Pnakotischen Manuskripte* entdeckt haben, die zu alt waren, um gelesen werden zu können. Dies fanden sie.

Barzai den Weisen fanden sie nie, auch konnte der heilige Priester

Atal nie dazu überredet werden, für dessen Seelenruhe zu beten. Überdies fürchten sich die Leute von Ulthar und Nir und Hatheg bis auf den heutigen Tag vor Mondfinsternissen und beten bei Nacht, wenn bleicher Dunst die Bergspitze und den Mond verbirgt. Und über den Nebeln auf dem Hatheg-Kla tanzen die Erdgötter manchmal erinnerungsvoll; denn sie wissen, sie sind sicher, und sie lieben es, vom ungekannten Kadath in Wolkenschiffen zu kommen und auf die alte Weise zu spielen, wie sie es taten, als die Erde neu war und der Mensch nicht geneigt, unzugängliche Orte zu erklettern.

Iranons Suche

In die Granitstadt Teloth wanderte der mit Weinlaub bekränzte Jüngling, sein blondes Haar schimmerte von Myrrhe, und sein Purpurgewand war zerrissen von den Dornbüschen des Berges Sidrak, der jenseits der uralten Brücke aus Stein liegt. Die Männer von Teloth sind dunkelhäutig und gestreng und wohnen in viereckigen Häusern, und mit Stirnrunzeln fragten sie den Fremdling, von woher er gekommen wäre und was sein Name und Geschäft sei. Also antwortete der Jüngling:

»Ich bin Iranon und komme aus Aira, einer fernen Stadt, an die ich mich nur schwach entsinne, doch die ich wiederzufinden versuche. Ich bin ein Sänger von Gesängen, die ich in der fernen Stadt lernte, und meine Berufung ist es, mit aus der Kindheit erinnerten Dingen Schönheit zu schaffen. Mein Reichtum liegt in kleinen Erinnerungen und Träumen und in Hoffnungen, von denen ich in Gärten singe, wenn der Mond zart ist und der Westwind die Lotosknospen regt.«

Als die Männer von Teloth dies hörten, flüsterten sie untereinander; denn obwohl es in der Granitstadt weder Lachen noch Gesang gibt, blicken die gestrengen Männer manchmal nach den Karthianischen Bergen im Frühling und denken an die Lauten des weit entfernten Oonai, von denen Reisende erzählt haben. Und mit diesen Gedanken baten sie den Fremdling zu bleiben und auf dem freien Platz vor dem Turm von Mlin zu singen, obwohl ihnen weder die Farbe seines zerfetzten Gewands, noch die Myrrhe in seinem Haar, noch sein Kranz aus Weinlaub, noch die Jugend in seiner goldenen Stimme gefiel. Am Abend sang Iranon, und während er sang, betete ein alter Mann, und ein Blinder sagte, er sähe einen Nimbus über des Sängers Haupt. Doch die meisten Männer von Teloth gähnten und einige lachten und einige gingen schlafen, denn Iranon erzählte nichts Nützliches und sang nur von seinen Erinnerungen, seinen Träumen und seinen Hoffnungen.

»Ich entsinne mich des Zwielichts, des Mondes und sanfter Gesänge und des Fensters, wo ich in den Schlaf gewiegt wurde. Und hinter dem Fenster war die Straße, wo die goldenen Lichter angingen und wo die Schatten auf Häusern aus Marmor tanzten. Ich entsinne mich des Quadrats aus Mondlicht auf dem Fußboden, das keinem anderen Licht glich, und der Visionen, die in den

Mondstrahlen tanzten, wenn meine Mutter mir etwas vorsang. Und auch entsinne ich mich der Sonne des Morgens, hell über den vielfarbigen Hügeln im Sommer und der Süße der Blumen, die der Südwind trug, der die Bäume singen machte.«

»O Aira, Stadt aus Marmor und Beryll, wie zahlreich sind deine Schönheiten! Wie liebte ich die warmen und wohlduftenden Haine auf dem anderen Ufer des gläsernen Nithra und die Wasserfälle des winzigen Kra, der durch das blühende Tal floß! In jenen Hainen und in dieser Niederung flochten die Kinder füreinander Blumengewinde, und im Abenddämmer träumte ich seltsame Träume unter den Yath-Bäumen auf dem Berg, während ich unter mir die Lichter der Stadt sah und den gewundenen Nithra, der ein Sternenband widerspiegelte.

Und in der Stadt waren Paläste aus geädertem und getöntem Marmor, mit goldenen Kuppeln und bemalten Wänden und grünen Gärten mit himmelblauen Teichen und kristallenen Fontänen. Oft spielte ich in den Gärten und watete in den Teichen und lag und träumte zwischen den blassen Blumen unter den Bäumen. Und manchmal bei Sonnenuntergang stieg ich dann die lange, hügelige Straße zur Zitadelle und dem offenen Platz hinauf und schaute herab auf Aira, die magische Stadt aus Marmor und Beryll, herrlich in einem goldenen Flammengewand.

Lange habe ich dich entbehrt, Aira, denn ich war noch jung, als wir ins Exil gingen; doch mein Vater war dein König, und ich werde wieder zu dir kommen, denn so ist es vom Schicksal verfügt. Durch sieben ganze Länder habe ich dich gesucht, und eines Tages werde ich über deine Haine und Gärten, deine Straßen und Paläste regieren und zu Menschen singen, die wissen werden, wovon ich singe, und die weder lachen noch sich abwenden. Denn ich bin Iranon, der ein Prinz in Aira war.«

Diese Nacht quartierten die Männer von Teloth den Fremdling in einem Stall ein, und am Morgen kam ein Archont zu ihm und sagte, er solle sich zum Laden von Athok dem Schuster begeben und bei ihm in die Lehre gehen.«

»Aber ich bin Iranon, Sänger von Gesängen«, sagte er, »und habe kein Herz für des Schusters Gewerbe.«

»Alle in Teloth müssen sich mühen«, erwiderte der Archont, »denn das ist das Gesetz.« Darauf sagte Iranon:

»Weswegen müht ihr euch; doch wohl, damit ihr leben und glücklich sein könnt? Und wenn ihr euch müht, nur damit ihr euch noch mehr mühen könnt, wann soll das Glück euch finden? Ihr müht euch um zu leben, doch besteht das Leben nicht aus Schönheit und Gesang? Und wenn ihr keine Sänger unter euch duldet, wo sollen die Früchte eurer Mühe sein? Mühe ohne Gesang ist wie eine beschwerliche Reise ohne ein Ende. Wäre der Tod da nicht angenehmer?« Aber der Archont war mürrisch und begriff nicht und schalt den Fremdling.

»Du bist ein sonderbarer Jüngling, und mir gefällt weder dein Gesicht noch deine Stimme. Die Worte, die du sprichst, sind Blasphemie, denn die Götter von Teloth haben gesagt, daß Mühe gut ist. Unsere Götter haben uns eine Freistatt des Lichts jenseits des Todes versprochen, wo ein Ausruhen ohne Ende sein wird und kristallene Kälte, inmitten der sich keiner den Sinn mit Denken oder den Blick mit Schönheit plagen soll. Gehe du also zu Athok dem Schuster oder sei bei Sonnenuntergang aus der Stadt. Alle hier müssen dienen, und Gesang ist Narrheit.«

So ging Iranon aus dem Stall und schritt über die engen Steinstraßen zwischen den düsteren, viereckigen Häusern aus Granit und suchte etwas Grünes, denn alles war aus Stein. Die Gesichter der Männer waren finster, doch bei der Steinbrüstung des träge fließenden Flusses Zuro saß ein kleiner Junge, der mit traurigen Augen in die Wasser starrte, um grüne, knospende Zweige auszuspähen, die die Überschwemmungen von den Bergen herspülten. Und der Junge sagte zu ihm:

»Bist du nicht etwa der, von dem die Archonten reden, der, der eine ferne Stadt in einem hehren Land sucht? Ich bin Romnod und habe Teloths Blut in mir, ich bin aber nicht erfahren in der Lebensart der Granitstadt und sehne mich täglich nach den warmen Hainen und fernen Ländern der Schönheit und Gesangs. Jenseits der Karthianischen Berge liegt Oonai, die Stadt der Lauten und Tänze, von der die Männer flüstern und sagen, sie sei lieblich und schrecklich zugleich. Dorthin würde ich gehen, wäre ich alt genug, den Weg zu finden, und dorthin solltest auch du gehen, und du würdest singen und Männer haben, die dir zuhören. Wir wollen die Stadt Teloth verlassen und zusammen durch die Hügel des Frühlings streifen. Du sollst mich das Reisen lehren, und ich werde des Abends deinen Liedern lauschen, wenn einer nach dem anderen die Sterne dem Sinn von Träumern Träume bescheren. Und mag sein, daß Oonai, die Stadt der Lauten und Tänze, sogar das hehre Aira ist, das du suchst, denn es heißt, daß du Aira seit langem nicht mehr kennst, und ein Name ändert sich oft. Laß uns nach Oonai gehen, o Iranon mit dem goldenen Haupt, wo die Männer unsere Sehnsüchte kennen und uns als Brüder willkommen heißen und auch nie lachen oder die Stirn runzeln werden über das was wir sagen.« Und Iranon antwortete:

»So sei es, mein Kleiner; wenn sich einer an diesem steinigen Ort nach Schönheit sehnt, muß er in die Berge und darüber hinaus gehen, und ich würde dich nicht zurücklassen, damit du dich am trägen Zuro grämst. Aber denke nicht, daß Verstehen und Entzükken gleich hinter den Karthianischen Bergen liegen, oder an sonst einem Fleck, den du in einer Tages-, Jahres- oder einer Lustrumsreise finden kannst. Schau, als ich klein war wie du, weilte ich in dem Tal Narthos am eisigen Xari, wo niemand meinen Träumen lauschen wollte; und ich sagte mir, daß ich, wenn ich älter wäre, nach Sinara auf dem Südhang gehen und vor lächelnden Dromedartreibern auf dem Marktplatz singen würde. Doch als ich nach Sinara ging, da fand ich die Dromedartreiber alle betrunken und liederlich, und sah, daß ihre Gesänge nicht wie meine waren, deswegen fuhr ich in einer Barke den Xari hinunter zum onyxumwallten Jaren. Und die Soldaten in Jaren lachten mich aus und vertrieben mich, so daß ich zu vielen anderen Städten wanderte. Ich habe Stethelos gesehen, das unter dem großen Katarakt liegt, und ich habe auf die Marsch geblickt, wo einst Sarnath stand. Ich bin in Thraa, Ilarnek und Kadatheron am gewundenen Fluß Ai gewesen, ich habe lange in Olathoe im Lande Lomar geweilt. Doch obwohl ich manchmal Zuhörer hatte, sind es immer sehr wenige gewesen, und ich weiß, daß mich Willkommen nur grüßen wird in Aira, der Stadt aus Marmor und Beryll, wo mein Vater einst als König herrschte. So wollen wir nach Aira suchen, obwohl es gut wäre, das ferne und lautengesegnete Oonai über den Karthianischen Bergen zu besuchen, das vielleicht wirklich Aira sein mag, obwohl ich es nicht glaube. Airas Schönheit übersteigt die Vorstellung, und keiner kann ohne Verzückung von ihr sprechen, von Oonai hingegen flüstern lüstern die Kameltreiber.«

Bei Sonnenuntergang gingen Iranon und der kleine Romnod aus Teloth fort und wanderten lange inmitten der grünen Hügel und kühlen Wälder. Der Weg war rauh und ungewiß, und nie schienen sie Oonai, der Stadt der Lauten und Tänze, näher zu sein; aber wenn in der Abenddämmerung die Sterne erschienen, pflegte Iranon von Aira und seinen Schönheiten zu singen, und Romnod hörte zu, so daß sie beide in gewisser Weise glücklich waren. Sie aßen tüchtig Früchte und rote Beeren, und bemerkten nicht, wie die Zeit verging, doch es müssen viele Jahre dahingeglitten sein. Der kleine Romnod war jetzt nicht mehr so klein, und er sprach mit tiefer statt mit schriller Stimme, wenn auch Iranon immer der gleiche war und sein goldenes Haar mit Weinlaub und duftenden, in den Wäldern gefundenen Harzen deckte. So geschah es eines Tages, daß Romnod älter als Iranon schien, obwohl er ganz klein gewesen war, als Iranon ihn dabei gefunden hatte, wie er in Teloth am trägen Zuro mit den Steinufern nach grünen, knospenden Zweigen Ausschau hielt.

Dann kamen die Reisenden eines Nachts, als der Mond voll war, auf einen Gebirgskamm und blickten hinunter auf die Myriaden Lichter von Oonai. Bauern hatten ihnen gesagt, daß sie ganz in der Nähe wären, und Iranon wußte, daß dies nicht seine Vaterstadt Aira war. Die Lichter von Oonai glichen nicht denen von Aira; denn sie waren grell und blendend, während die Lichter von Aira so weich und magisch schienen, wie das Mondlicht auf den Fußboden neben dem Fenster schien, wo Iranons Mutter ihn einst mit Gesang in den Schlaf wiegte. Doch Oonai war eine Stadt der Lauten und Tänze, deshalb gingen Iranon und Romnod den steilen Hang hinab, auf daß sie Männer fänden, denen Gesänge und Träume Vergnügen bereiten würden. Und als sie in die Stadt gelangt waren, fanden sie rosenbekränzte Schwelger, die von Haus zu Haus zogen und aus Fenstern und von Balkonen lehnten und den Gesängen Iranons lauschten und ihm Blumen zuwarfen und applaudierten, als er geendet hatte. Da glaubte Iranon für einen Augenblick, er hätte jene gefunden, die genauso dachten und fühlten wie er, obwohl die Stadt nicht ein Hundertstel so hehr wie Aira war.

Als das Morgengrauen kam, blickte sich Iranon bestürzt um, denn die Kuppeln von Oonai waren in der Sonne nicht golden, sondern grau und elend. Und die Männer von Oonai waren bleich vom Schwelgen und stumpf vom Wein und nicht wie die strahlenden Männer von Aira. Doch weil die Leute ihm Blüten zugeworfen und seine Gesänge beklatscht hatten, blieb Iranon länger, und Romnod mit ihm, dem das Gelage der Stadt gefiel und der in seinem dunklen Haar Rosen und Myrte trug. Iranon sang nachts oft vor den Feiernden, aber er war noch immer wie früher, krönte sich nur mit dem Weinlaub aus den Bergen und erinnerte sich an die marmornen Straßen von Aira und den gläsernen Nithra. In den freskengeschmückten Hallen des Monarchen sang er, auf einer kristallenen Estrade, die sich über einem Fußboden erhob, der ein Spiegel war, und während er sang, brachte er seinen Zuhörern Bilder, bis der Fußboden alte, schöne und halberinnerte Dinge widerzuspiegeln schien, anstelle der vom Wein geröteten Zecher, die ihn mit Rosen überschütteten. Und der König bat ihn, sein zerrissenes Gewand abzulegen, und kleidete ihn in Satin und goldgemustertes Zeug, mit Ringen aus grüner Jade und Armreifen aus getöntem Elfenbein und brachte ihn unter in einem vergoldeten und mit Wandteppichen ausgeschmückten Zimmer auf einem Bett aus feingeschnitztem Holz mit Baldachinen und Bettdecken aus blumenbestickter Seide. So weilte Iranon in Oonai, der Stadt der Lauten und Tänze.

Man weiß nicht, wie lange Iranon in Oonai säumte, doch eines Tages brachte der König ein paar wild wirbelnde Tänzer aus der Liranischen Wüste in den Palst und staubige Flötenspieler aus Drinen im Osten, und danach warfen die Schwelger ihre Rosen mehr den Tänzern und Flötenspielern zu als Iranon. Und Tag um Tag wurde jener Romnod, der ein kleiner Junge im granitenen Teloth gewesen war, ungeschlachter und röter vom Wein, bis er immer weniger träumte und mit weniger Entzücken den Gesängen Iranons lauschte. Aber obwohl Iranon traurig war, hörte er nicht auf zu singen und erzählte abends wieder seine Träume von Aira, der Stadt aus Marmor und Beryll. Dann schnaufte eines Nachts der rot und fett gewordene Romnod schwer zwischen den mit Mohn bestreuten Seidenstoffen seines Bankettlagers auf und starb unter Krämpfen, während Iranon, blaß und schlank, in einer entfernten Ecke für sich selber sang. Und als Iranon über dem Grab von Romnod geweint und es mit grünen, knospenden Zweigen bestreut hatte, so wie Romnod sie liebte, legte er Seidengewänder und Flitter ab und ging vergessen aus Oonai, der Stadt der Lauten und Tänze, gekleidet nur in den zerlumpten Purpur, in dem er gekommen war, und bekränzt mit frischem Weinlaub aus den Bergen.

In den Sonnenuntergang wanderte Iranon, noch immer auf der Suche nach seinem Vaterland und nach Männern, die seine Gesänge und Träume verstehen und lieben würden. In allen Städten von Cydathria und in den Ländern jenseits der Bnazie-Wüste lachten frohgesichtige Kinder über seine altmodischen Gesänge und sein zerlumptes Purpurgewand; aber Iranon blieb immer jung und trug Kränze auf seinem goldenen Haupt, während er von Aira, Wonne der Vergangenheit und Hoffnung der Zukunft, sang.

So kam er eines Nachts zu der schmutzigen Kate eines uralten Hirten, der, krumm und dreckig, auf einem steinigen Hang über einer Treibsandmarsch Herden hielt. Zu diesem Mann sprach Iranon wie zu so vielen anderen:

»Kannst du mir sagen, wo ich Aira finde, die Stadt aus Marmor und Beryll, wo der gläserne Nithra strömt und wo die Wasserfälle des winzigen Kra zu blühenden Tälern und mit Yath-Bäumen bewaldeten Hügeln singen?« Und als der Hirte dies hörte, blickte er lange und sonderbar auf Iranon, als entsinne er sich an etwas, das sehr lange in der Zeit zurücklag, und er prüfte jede Linie in des Fremden Gesicht und sein goldenes Haar und seine Krone aus Weinlaub. Aber er war alt und schüttelte den Kopf, als er erwiderte:

»O Fremder, den Namen Aira und die anderen Namen, die du genannt hast, habe ich wahrhaftig gehört, doch sie kommen zu mir durch die Wüstenei langer Jahre. Ich hörte sie in meiner Jugend von den Lippen eines Spielgefährten, von einem Bettlerjungen, der zu seltsamen Träumen neigte und der lange Garne über den Mond und die Blumen und den Westwind zu spinnen pflegte. Wir lachten ihn immer aus, denn wir wußten von seiner Herkunft, obwohl er sich für einen Königssohn hielt. Er war anmutig, genau wie du, doch voller Narretei und Absonderlichkeit; und er rannte davon, als er klein war, um die zu finden, die freudig seinen Gesängen und Träumen lauschen würden. Wie oft hat er mir von Ländern gesungen, die nie waren, und von Dingen, die nie sein können! Von Aira sprach er viel; von Aira und dem Fluß Nithra, und den Wasserfällen des winzigen Kra. Dort, so sagte er immer, lebte er einst als Prinz, obwohl wir ihn hier von Geburt an kannten. Es gab auch nie eine Marmorstadt Aira, oder jene, die sich an seltsamen Gesängen ergötzen konnten, außer in den Träumen meines alten Spielgefährten Iranon, der fortgegangen ist.«

Und im Zwielicht, als einer nach dem anderen die Sterne hervortraten und der Mond auf die Marsch einen Glanz warf, so wie ihn ein kleiner Junge auf dem Fußboden zittern sieht, während er abends in den Schlaf gewiegt wird, schritt in den tödlichen Treibsand hinein ein sehr alter Mann in zerlumptem Purpur, gekrönt mit welkem Weinlaub, und schaute dabei voraus wie auf die goldenen Kuppeln einer hehren Stadt, wo Träume verstanden werden. In dieser Nacht starb etwas an Jugend und Schönheit in der älteren Welt.

Hypnos

> Was nun den Schlaf betrifft, dieses sinistre Abenteuer all unserer Nächte, so dürfen wir sagen, daß die Menschen täglich mit einer Kühnheit zu Bett gehen, die unbegreiflich sein würde, wüßten wir nicht, daß sie das Resultat der Ignoranz der Gefahr ist.
>
> Baudelaire

Mögen die barmherzigen Götter, sollte es ihrer tatsächlich geben, jene Stunden bewachen, wenn mich keine Willenskraft oder Droge mehr, die die Schläue des Menschen ersinnt, vor dem Schlund des Schlafs bewahren kann. Der Tod ist barmherzig, denn davon gibt es keine Wiederkehr, doch derjenige, der aus den untersten Kammern der Nacht zurückgekommen ist, abgezehrt und wissend, findet nimmermehr Frieden. Narr, der ich war, mit solch nicht sanktioniertem Wahnsinn in Mysterien zu tauchen, die kein Mensch durchdringen sollte; Narr oder Gott, der er war – mein einziger Freund, der mich führte und mir voranging und der am Ende in Schrecken geriet, die mir vielleicht noch bevorstehen!

Wir begegneten uns, ich erinnere mich, auf einem Bahnhof, wo er der Mittelpunkt einer Menge neugierigen Pöbels war. Er war bewußtlos und in eine Art Konvulsion gefallen, die seinem schmächtigen, schwarzgekleideten Körper eine seltsame Steifheit verlieh. Ich denke, er ging damals auf die Vierzig zu, denn das fahle und hohlwangige, jedoch ovale und eigentlich schöne Gesicht hatte tiefe Falten; und das dichte, gewellte Haar und der kleine Vollbart, die einst rabenschwarz gewesen waren, zeigten einen Anflug von Grau. Seine Stirn war so weiß wie der Marmor vom Pentelikus und von einer beinahe göttergleichen Höhe und Breite.

Mit all der Inbrunst eines Bildhauers sagte ich zu mir, daß dieser Mann eine Faunsstatue aus dem antiken Hellas war, aus Tempelruinen gegraben und in unserem erstickenden Zeitalter irgendwie zum Leben erweckt, nur um den Frost und Druck verheerender Jahre zu fühlen. Und als er die sehr großen, eingefallenen und wild leuchtenden, schwarzen Augen aufschlug, wußte ich, er würde fürderhin mein einziger Freund sein – der einzige Freund Eines, der nie zuvor einen Freund besessen hatte – ich sah, daß solche Augen die Pracht und den Schrecken von Bereichen jenseits normaler Bewußtheit und Realität offen geschaut haben mußten; von Bereichen, an die ich mich in der Phantasie geklammert, die ich jedoch vergebens gesucht hatte. So sagte ich ihm, als ich die Menge vertrieb, er müsse mit mir nach Hause kommen und mein Lehrer und Führer in unergründlichen Mysterien sein, und er willigte ohne ein Wort zu sprechen ein. Später merkte ich, daß seine Stimme Musik war – die Musik tiefer Violen und kristalliner Sphären. Wir sprachen oft in der Nacht und am Tage, wenn ich Büsten von ihm meißelte und Miniaturköpfe in Elfenbein schnitzte, um seine verschiedenen Gesichtsausdrücke unsterblich zu machen.

Von unseren Studien läßt sich unmöglich sprechen, denn sie besaßen nur eine so geringe Verbindung zu allen Dingen auf der Welt, wie sie lebende Menschen wahrnehmen. Sie galten jenem ungeheureren und beängstigenderen Universum trüber Entität und Bewußtheit, das tiefer als Materie, Zeit und Raum liegt, und dessen Existenz wir einzig in gewissen Formen des Schlafens erahnen – in jenen raren, traumübergreifenden Träumen, die niemals zu gewöhnlichen Menschen kommen und nur ein oder zwei Mal im Leben phantasiereicher Menschen. Der Kosmos unseres wachen Wissens, der aus einem solchen Universum geboren ist, wie eine Seifenblase aus dem Röhrchen eines Possenreißers geboren wird, berührt es nur so, wie eine solche Seifenblase ihren sardonischen Ursprung berühren mag, wenn sie durch des Possenreißers Laune zurückgesaugt wird. Gelehrte vermuten es selten und ignorieren es zumeist. Weise haben Träume gedeutet, und die Götter haben gelacht. Ein Mann mit orientalischen Augen hat gesagt, daß Zeit und Raum relativ sind, und die Menschen haben gelacht. Doch selbst dieser Mann mit orientalischen Augen hat nicht mehr getan als zu vermuten. Ich hatte es gewünscht und versucht, mehr zu tun als zu vermuten, und mein Freund hatte es versucht und teilweise Erfolg gehabt. Dann versuchten wir es beide gemeinsam und buhlten mit exotischen Drogen um entsetzliche und verbotene Träume in dem Turmzimmerstudio des alten Herrenhauses im altersgrauen Kent.

Zu den Agonien dieser Folgezeit gehört diese Hauptqual – Sprachlosigkeit. Was ich in jenen Stunden ruchloser Erforschung lernte und sah, kann niemals berichtet werden – aus Mangel an Symbolen oder Andeutungen in jeder Sprache. Ich sage dies, weil unseren Entdeckungen von Anfang bis Ende nur das Wesen von

Sinnesempfindungen eignete; Sinnesempfindungen, denen kein Eindruck korrelierte, den zu empfangen das Nervensystem der normalen menschlichen Natur im Stande ist. Es waren Sinnesempfindungen, doch in ihnen lagen unglaubliche Elemente von Zeit und Raum – Dinge, die im Grunde keine distinkte und definite Existenz besitzen. Die menschliche Sprache vermittelt den allgemeinen Charakter unserer Erfahrungen wohl am besten so, wenn sie jene ein Eintauchen oder Aufschießen nennt; denn in jeder Enthüllungsperiode sprengte sich ein Teil unserer Sinne kühn von all dem Realen und Vorhandenen ab, rauschte schemenhaft durch schockierende, lichtlose und angstgemarterte Abgründe und bohrte sich gelegentlich durch gewisse ausgeprägte und typische Hindernisse, die bloß als zähflüssige, unerfreuliche Wolken aus Dünsten zu beschreiben sind.

Auf diesen schwarzen und körperlosen Flügen waren wir manchmal allein und manchmal beisammen. Wenn wir beisammen waren, befand sich mein Freund immer weit voraus; ich konnte seine Gegenwart trotz der nicht vorhandenen Form begreifen, nämlich vermittels einer Art bildhafter Erinnerung, durch welche mir sein Gesicht erschien, vergoldet von einem seltsamen Licht und fürchterlich in seiner unheimlichen Schönheit, mit den anomal jugendlichen Wangen, den brennenden Augen, der olympischen Stirn und dem umschatteten Haar und Bart.

Über das Fortschreiten der Zeit führten wir nicht Buch, denn Zeit war uns zu einer schieren Illusion geworden. Ich weiß nur, daß dabei etwas sehr Eigentümliches mit im Spiel gewesen sein muß, denn wir wunderten uns schließlich darüber, warum wir nicht alterten. Unser Gespräch war unheilig und immer gräßlich ambitiös – kein Gott oder Dämon hätte nach solchen Entdeckungen und Eroberungen trachten können, wie wir sie flüsternd planten. Ich erschauere, wenn ich davon spreche, und wage nicht, offen zu sein; trotzdem will ich sagen, daß mein Freund einmal auf ein Stück Papier einen Wunsch schrieb, den er mit der Zunge nicht zu äußern wagte und der mich das Papier verbrennen und erschrokken aus dem Fenster in den gestirnten Nachthimmel blicken ließ. Ich will andeuten – nur andeuten –, daß er sich mit Absichten trug, bei denen es um die Herrschaft über das sichtbare Universum ging und um mehr; Absichten, wonach sich die Erde und die Sterne auf sein Geheiß bewegen würden, und die Geschicke aller Lebewesen sein wären. Ich bekräftige – ich schwöre –, daß ich an diesem extremen Trachten keinen Anteil hatte. Alles Gegenteilige, was mein Freund geschrieben oder gesagt haben mag, muß irrig sein, denn ich bin kein so starker Mann, um die unnennbaren Sphären zu riskieren, durch die allein einem Erfolg beschieden sein könnte.

Es gab eine Nacht, da wirbelten uns Winde aus ungekannten Räumen unwiderstehlich in grenzenlose Vakua jenseits aller Vorstellung und Wesenheit. Wahrnehmungen der wahnsinnigmachendsten nicht überlieferbaren Art drangen auf uns ein; Wahrnehmungen der Unendlichkeit, die uns damals vor Freude zucken ließen, die jetzt jedoch teils meiner Erinnerung entschwunden, teils anderen nicht mitteilbar sind. In rascher Folge wurden zähflüssige Objekte zerrissen, und schließlich fühlte ich, daß wir in Bereiche größerer Entferntheit getragen worden waren, als wir sie jemals vorher gekannt hatten.

Mein Freund war mir ungeheuer weit voran, als wir in diesen ehrfurchteinflößenden Ozean jungfräulichen Äthers eintauchten, und ich konnte das unheilvolle Frohlocken auf seinem schwebenden, leuchtenden, zu jugendlichen Erinnerungs-Gesicht sehen. Plötzlich wurde dies Gesicht trübe und verschwand rasch, und binnen kurzem fand ich mich gegen ein Objekt geschleudert, das ich nicht durchstoßen konnte. Es war wie die anderen, doch unbestimmbar dichter; eine klebrige, klamme Masse, wenn sich solche Begriffe auf analoge Eigenschaften in einer nichtmateriellen Sphäre anwenden lassen.

Ich war, so spürte ich, von einer Barriere aufgehalten worden, die mein Freund und Führer erfolgreich passiert hatte. Ich bemühte mich erneut, gelangte ans Ende des Drogentraumes und öffnete meine physischen Augen im Turmstudio, wo in der gegenüberliegenden Ecke die bleiche und noch immer bewußtlose Gestalt meines Mitträumers lehnte, unheimlich ausgezehrt und von wilder Schönheit, als der Mond goldgrünes Licht auf seine marmornen Züge goß.

Dann regte sich nach einer kleinen Weile die Gestalt in der Ecke; und der mitleidige Himmel möge meinen Augen und Ohren etwas Derartiges, wie es sich nun vor mir abspielte, ein zweites Mal ersparen. Ich kann Ihnen nicht sagen, wie er kreischte oder welche Ausblicke in unaufsuchbare Höllen sekundenlang in den schwarzen, vor Furcht irrwitzigen Augen funkelten. Ich kann nur sagen, daß ich ohnmächtig wurde und mich erst dann wieder regte, als er sich selbst erholte und mich in seinem Wahnsinn für jemanden hielt, der das Grauen und Elend fernhalten konnte.

Dies war das Ende unserer freiwilligen Untersuchungen in den Kavernen des Traums. Ehrfürchtig, erschüttert und unheilsschwanger warnte mein Freund, der jenseits der Barriere gewesen war, daß wir uns nie wieder in jene Bereiche hineinwagen durften. Was er gesehen hatte, traute er sich nicht mir zu erzählen; aber er sagte aus seiner Weisheit heraus, daß wir so wenig wie möglich schlafen dürften, auch wenn Drogen nötig wären, um uns wach zu halten. Daß er recht hatte, lehrte mich bald die unsägliche Furcht, die mich immer übermannte, wenn mein Bewußtsein aussetzte.

Nach jedem kurzen und unvermeidbaren Schlaf wirkte ich älter, während mein Freund in einem fast schockierenden Tempo alterte. Es ist gräßlich, wenn sich beinahe unter dem Zusehen Runzeln bilden und Haare weiß werden. Unsere Lebensweise wurde jetzt total geändert. Meines Wissens vordem ein Eremit – sein echter Name und seine Herkunft waren ihm nie über die Lippen gekommen – wurde mein Freund jetzt in seiner Angst vor der Einsamkeit toll. Nachts wollte er nicht allein sein, und auch die Gesellschaft von ein paar Personen konnte ihn nicht beruhigen. Er erlangte einzig Erleichterung in Orgien der allergewöhnlichsten und unbändigsten Sorte; so daß uns nur wenige Zusammenkünfte der Jungen und Ausgelassenen unbekannt waren.

Unsere Erscheinung und unser Alter schienen in den meisten Fällen einen Spott herzurufen, den ich aufs schärfste verübelte, den mein Freund aber für ein kleineres Übel hielt als Einsamkeit. Besonders fürchtete er sich davor, alleine im Freien zu sein, wenn die Sterne schienen, und wenn er zu diesem Umstand gezwungen war, pflegte er oft verstohlen nach dem Himmel zu blicken, als jage ihn irgendein monströses Etwas darin. Er blickte nicht immer auf die gleiche Stelle im Himmel – es schien zu verschiedenen Zeiten eine verschiedene Stelle zu sein. An Frühlingsabenden z. B. tief im Nordosten. Im Sommer beinahe genau über einem. Im Herbst im Nordwesten. Im Winter im Osten, doch zumeist in den frühen Morgenstunden.

Die Abende um die Wintersonnenwende herum schienen ihn am wenigsten zu schrecken. Erst nach zwei Jahren brachte ich diese Furcht mit etwas Speziellem in Verbindung; doch dann sah ich allmählich, daß er auf einen besonderen Punkt im Himmelsgewölbe schauen mußte, dessen Position zu verschiedenen Zeiten seiner Blickrichtung korrespondierte – ein Punkt, den die Konstellation der nördlichen Krone grob markierte.

Wir hatten jetzt ein Studio in London, trennten uns nie, sprachen aber nie über die Zeit, da wir versucht hatten, die Mysterien der unrealen Welt zu sondieren. Wir waren gealtert und schwach von unseren Drogen, Ausschweifungen und der nervlichen Überspannung, und die ausdünnenden Haare und der Bart meines Freundes waren schneeweiß geworden. Unser Befreitsein von langem Schlaf war überraschend, denn selten erlagen wir länger als ein oder zwei Stunden auf einmal dem Schatten, der jetzt zu einer so entsetzlichen Bedrohung erwachsen war.

Dann kam ein nebliger und regnerischer Januar, als das Geld knapp wurde und Drogen schwer zu kaufen waren. Meine Statuen und Elfenbeinköpfe waren alle verkauft, und ich verfügte weder über Mittel, mir neue Materialien zu erwerben, noch über Energie, sie zu gestalten, selbst wenn ich sie besessen hätte. Wir litten schrecklich, und in einer bestimmten Nacht fiel mein Freund in einen tiefatmenden Schlaf, aus dem ich ihn nicht wecken konnte. Ich kann mir die Szene jetzt zurückrufen – das elende, pechschwarze Bodenkammerstudio unter den Dachtraufen mit dem herunterprasselnden Regen; das Ticken unserer einsamen Standuhr; das eingebildete Ticken unserer Armbanduhren, die auf dem Ankleidetisch lagen; das Knarren irgendeines schwankenden Fensterladens in einem entlegenen Teil des Hauses; gewisser, durch Nebel und Raum gedämpfter Stadtlärm; und am allerschlimmsten das tiefe, gleichmäßige, unheilvolle Atmen meines Freundes auf der Couch – ein rhythmisches Atmen, das für seinen Geist Momente überirdischer Furcht und Agonie auszumessen schien, als dieser in verbotenen, unvorstellbaren und gräßlich fernen Sphären schweifte.

Die Anspannung meiner Vigilie wurde bedrückend, und ein wilder Zug trivialer Eindrücke und Assoziationen drängte durch mein beinahe aus den Fugen geratenes Hirn. Ich hörte irgendwo eine Uhr schlagen – nicht unsere, denn dies war keine Schlaguhr – und meine morbide Phantasie fand darin einen neuen Ausgangspunkt für müßige Streifzüge. Uhren – Zeit – Raum – Unendlichkeit – und dann kehrte meine Phantasie an den Ort des Geschehens zurück, als ich daran dachte, daß sogar jetzt jenseits des Daches und des Nebels und des Regens und der Atmosphäre die nördliche Krone im Nordosten aufging. Die nördliche Krone, die mein Freund gefürchtet zu haben schien, und deren szintillierender

Halbkreis aus Sternen sogar jetzt ungesehen durch die maßlosen Ätherabgründe glühen mußte. Urplötzlich schienen meine fieberhaft feinen Ohren eine neue und gänzlich andere Komponente in dem sanften Gemisch drogenverstärkter Geräusche aufzuspüren – ein leises und fluchwürdig beharrliches Gewinsel aus sehr großer Ferne; es klagte, summte, spottete, rief aus dem *Nordosten*.

Aber es war nicht dies ferne Gewinsel, das mir die Sinne raubte und mir einen solchen Stempel der Furcht auf die Seele drückte, der sich im Leben nie wird entfernen lassen; nicht dies, was das Kreischen bewirkte und die Konvulsionen auslöste, die die Mieter und die Polizei die Tür einbrechen ließen. Es war nicht was ich hörte, sondern was ich sah; denn in jenem dunklen, verriegelten, vergatterten und verhängten Raum erschien aus der schwarzen Nordostecke ein Strahl grauenvollen, rotgoldenen Lichts – ein Strahl, der keinen Glanz mit sich führte, die Dunkelheit zu zerstreuen, sondern der nur auf den zurückgelegten Kopf des gequälten Träumers strömte und in gräßlicher Verdoppelung das leuchtende und seltsam jugendliche Erinnerungs-Gesicht herausbrachte, wie ich es in Träumen von abgrundtiefem Raum und enthemmter Zeit gekannt hatte, als mein Freund hinter die Barriere zu jenen geheimen, innersten und verbotenen Kavernen des Alptraums vorgestoßen war.

Und als ich hinschaute, sah ich den Kopf sich heben, die schwarzen, klaren und tiefeingesunkenen Augen sich vor Entsetzen öffnen und die dünnen, umschatteten Lippen sich wie für einen zum Ausstoßen zu fürchterlichen Schrei teilen. Dieses gespenstische und geschmeidige Gesicht barg, wie es da in der Schwärze körperlos, leuchtend und verjüngt glänzte, mehr an nackter, strotzender, hirnzerrüttender Furcht, als mir der übrige Himmel und die Erde jemals enthüllt haben.

Es fiel kein Wort inmitten des fernen Geräusches, das näher und näher kam, doch als ich dem irren Starren des Erinnerungs-Gesichts entlang dem verdammten Lichtstrahl zu dessen Quelle folgte, die zugleich Quelle des Gewinsels war, sah auch ich für einen Augenblick was es sah und stürzte mit dröhnenden Ohren in jenen kreischenden Epilepsieanfall, der die Mieter und die Polizei auf den Plan rief. Ich mag mich mühen wie ich will, nie könnte ich erzählen, was ich eigentlich sah; und auch das stille Gesicht könnte es nicht, denn obwohl es mehr gesehen haben muß als ich, wird es niemals wieder sprechen. Doch immer werde ich mich vor dem höhnischen und unersättlichen Hypnos, dem Herren des Schlafs, vor dem Nachthimmel und vor den wahnsinnigen Ambitionen der Wissenschaft und Philosophie hüten.

Was genau geschah, ist unbekannt, denn die seltsame und gräßliche Sache verwirrte nicht nur mir den Sinn, sondern auch andere wurden mit einer Vergeßlichkeit infiziert, die nur allergrößten Wahnsinn bedeuten kann. Sie haben gesagt, aus welchem Grund weiß ich nicht, daß ich nie einen Freund hatte; sondern daß Kunst, Philosophie und Irrsinn mein ganzes tragisches Leben ausgefüllt hätten. Die Mieter und die Polizei beschwichtigten mich in jener Nacht, und der Doktor verabreichte etwas, um mich zu beruhigen, und es sah auch keiner, welches nachtmahrische Ereignis stattgefunden hatte. Mein niedergeworfener Freund erregte ihnen kein Mitleid, doch was sie auf der Couch im Studio fanden, ließ sie mir ein Lob spenden, von dem mir übel wurde, und jetzt einen Ruhm, den ich in Verzweiflung verschmähe, wenn ich stundenlang dasitze, kahl, graubärtig, verschrumpelt, gelähmt, drogenwirr und gebrochen, und den Gegenstand, den sie fanden, verehre und anbete.

Denn sie bestreiten, daß ich die letzte meiner Plastiken verkaufte, und deuten mit Ekstase auf das Ding, das der leuchtende Lichtstrahl kalt, versteinert und stimmlos zurückließ. Es ist alles, was von meinem Freund bleibt; von dem Freund, der mich in Wahnsinn und Ruin führte; ein göttergleicher Kopf, aus einem Marmor, wie ihn nur das alte Hellas hervorbringen konnte, jung mit der Jugend, die außerhalb der Zeit steht, und mit schönebebartetem Gesicht, geschwungenen, lächelnden Lippen, olympischer Stirn und dichtgewellten und mohnbekränzten Locken. Sie sagen, daß dieses bezaubernde Erinnerungs-Gesicht nach meinem eigenen modelliert ist, so wie es mit fünfundzwanzig war; aber auf dem Marmorsockel steht in der Schrift Attikas ein einziger Name eingraviert – HYPNOS.

Das Unnennbare

Wir saßen auf einem verfallenen Grab aus dem siebzehnten Jahrhundert bei dem alten Begräbnisplatz in Arkham am Spätnachmittag eines Herbsttages und spekulierten über das Unnennbare. Den Blick auf die Riesenweide im Friedhof gerichtet, deren Stamm beinahe ganz eine uralte, unleserliche Platte verschlungen hatte, hatte ich eine bizarre Bemerkung über die gespenstische und unaussprechliche Nahrung fallenlassen, die die kolossalen Wurzeln aus dieser altersgrauen Leichenerde saugen mußten; worauf mich mein Freund ob solchen Unsinns schalt und mir sagte, da dort seit über einem Jahrhundert keine Beerdigungen mehr stattgefunden hätten, könnte freilich auch nichts existieren, um den Baum anders als auf eine ganz normale Art zu ernähren. Außerdem wäre mein dauerndes Gerede von »unnennbaren« und »unaussprechlichen« Dingen ein äußerst pueriler Trick, der ganz zu meinem niedrigen Rang als Autor stimme. Ich beendete meine Geschichten nur allzugern mit Anblicken oder Geräuschen, die die Sinne meiner Helden paralysierten und sie ohne Mut, Worte oder Assoziationen zurückließen, womit sie erzählen könnten, was sie erlebt hatten. Wir würden die Dinge, sagte er, nur durch unsere fünf Sinne oder unsere religiösen Eingebungen kennen; weswegen es völlig unmöglich sei, auf irgendein Objekt oder Spektakel zu verweisen, das nicht klar dargestellt werden könne, entweder durch solide Faktendefinition oder durch die korrekten Doktrinen der Theologie – vorzugsweise die der Kongregationalisten, welche Modifikationen auch immer Tradition und Sir Arthur Conan Doyle bereitstellten.

Mit diesem Freund, Joel Manton, hatte ich oft flau disputiert. Er war Rektor der East High School, geboren und aufgezogen in Boston, und teilte Neuenglands selbstzufriedene Taubheit für die feinen Obertöne des Lebens. Er war der Auffassung, daß nur unseren normalen, objektiven Erfahrungen irgendeine ästhetische Bedeutung zukomme und daß es weniger Aufgabe des Künstlers sei, durch Handlung, Ekstase und Verblüffung starke Emotionen zu wecken, als vielmehr durch akkurate, detaillierte Beschreibungen von Alltäglichem ein ruhiges Interesse und Verständnis aufrechtzuerhalten. Besonders wehrte er sich gegen meine Hauptbeschäftigung mit dem Mystischen und dem Unerklärten; denn obwohl er viel umfassender an das Übernatürliche glaubte als ich, mochte er nicht zugeben, daß es als literarischer Stoff gewöhnlich genug sei. Daß ein Intellekt seine größte Freude an Fluchten aus der täglichen Tretmühle finden kann oder an originellen und dramatischen Neukombinationen von Bildern, die gemeiniglich durch Gewohnheit und Erschöpfung in die banalen Muster unserer wirklichen Existenz gepreßt werden, war für sein klares, praktisches und logisches Denken etwas buchstäblich Unglaubliches. Für ihn hatten alle Dinge und Gefühle feste Dimensionen, Eigenschaften, Ursachen und Wirkungen; und obwohl er unbestimmt wußte, daß der Geist manchmal Visionen und Empfindungen von weitaus geringerer geometrischer, klassifizierbarer und operabler Natur birgt, hielt er sich doch für berechtigt, eine willkürliche Trennlinie zu ziehen und mit einer richterlichen Verfügung all das auszuschließen, was vom Durchschnittsbürger nicht erfahren und verstanden werden kann. Überdies war er sich fast sicher, daß nichts wirklich »unnennbar« sein kann. Es klang ihm nicht vernünftig.

Obwohl ich mir der Müßigkeit imaginativer und metaphysischer Argumente gegenüber der Selbstgefälligkeit eines orthodoxen Sonnenseitlers des Lebens wohl bewußt war, stachelte irgend etwas in dieser nachmittäglichen Gesprächsszene meine Streitlust mehr als sonst auf. Die zerbröckelnden Schieferplatten, die altehrwürdigen Bäume und die hundertjährigen Walmdächer der behexten alten Stadt, die sich ringsum erstreckte, alles verbündete sich, um meinen Geist für die Verteidigung meiner Arbeit zu entflammen; und bald schon trieb ich meine Vorstöße ins ureigenste Land des Feindes. Es war freilich nicht schwierig, eine Gegenattacke einzuleiten, denn ich wußte, daß Joel Manton tatsächlich noch halb an so manchem Altweiberaberglauben festhielt, dem weltkluge Leute längst entwachsen waren; z. B. an dem Glauben an das Erscheinen von Sterbenden an fernen Orten, und an die Abdrücke, die alte Gesichter auf den Fenstern hinterlassen, durch die sie ihr Leben lang geschaut hatten. Diesem Geflüster von Großmüttern vom Land Glauben zu schenken, zeuge, so beharrte ich jetzt, von einem Glauben an die Existenz geisterhafter Substanzen auf der Erde, die von ihren materiellen Gegenstücken gesondert seien und auf letztere folgten. Es bezeuge die Fähigkeit, an Phänomene zu glauben, die alle herkömmlichen Begriffe überstiegen; denn wenn ein Toter sein sichtbares oder greifbares Abbild durch die halbe Welt oder durch die Jahrhunderte zu senden vermöchte, wie könne da die Annahme absurd sein, daß verlassene Häuser voller sonderbarer empfindungsfähiger Dinge wären oder alte Friedhöfe von der unkörperlichen Intelligenz von Generationen geradezu wimmelten. Und da der Geist, um all die ihm zugeschriebenen Manifestationen auch bewirken zu können, von keinem der Materiegesetze eingeschränkt werden könnte, warum sei es dann extravagant, sich psychisch-lebendige tote Dinge in Formen – oder mangelnden Formen – auszumalen, die menschliche Betrachter absolut und erschreckend »unnennbar« fänden? »Gesunder Menschenverstand« bei Überlegungen zu diesem Thema, versicherte ich meinem Freund mit einiger Wärme, bedeute bloß einen dummen Mangel an Phantasie und geistiger Flexibilität.

Das Zwielicht war jetzt nähergerückt, doch keiner von beiden verspürte den geringsten Wunsch, mit dem Reden aufzuhören. Manton schien von meinen Argumenten unbeeindruckt und förmlich darauf zu brennen, sie zu widerlegen, weil er jenes Vertrauen in seine eigenen Ansichten besaß, das ihm zweifellos seinen Erfolg als Lehrer eingetragen hatte; ich hingegen war mir meines Terrains zu sicher, um eine Niederlage zu fürchten. Die Dämmerung brach an, und in einigen der fernen Fenster glommen Lichter auf, doch wir rührten uns nicht vom Fleck. Unser Sitz auf dem Grab war sehr bequem, und ich wußte, daß sich mein prosaischer Freund weder an dem höhlenartigen Spalt in dem uralten Backsteinmauerwerk direkt hinter uns, noch an der Pechschwärze des Orts stoßen würde, die die Intervention eines wackeligen, verlassenen Hauses aus dem siebzehnten Jahrhundert zwischen uns und der nächsten beleuchteten Straße mit sich brachte. Dort im Dunkeln, auf jenem zerspaltenen Grab bei dem verlassenen Haus, sprachen wir über das »Unnennbare«, und nachdem mein Freund mit seinem Gespött zu Ende gekommen war, erzählte ich ihm von dem entsetzlichen Beweismaterial, das hinter der Geschichte stand, über die er am meisten gespöttelt hatte.

Meine Geschichte hatte den Titel *Das Mansardenfenster* getragen und erschien 1922 in der Januarausgabe von *Geflüster*. In einer ganzen Menge von Orten, besonders im Süden und an der Pazifikküste, nahmen sie wegen der Beschwerden alberner Milchbubis die Magazine aus den Regalen; aber Neuengland bekam keine Gänsehaut und zuckte bloß über meine Extravaganz die

Schultern. Die Sache sei, um es vorwegzunehmen, so wurde allenthalben versichert, biologisch unmöglich; bloß wieder so ein verrücktes Landvolk-Gemunkel, daß Cotton Mather einfältig genug gewesen wäre, mit in sein chaotisches *Magnalia Christi Americana* zu packen, und obendrein noch so dürftig authentisiert, daß sogar er sich nicht getraut hätte, die Lokalität zu benennen, wo das Grauen stattfand. Und was nun die Art und Weise anginge, in der ich die kargen, knapp hinnotierten Zeilen des alten Mystikers aufplusterte – so sei das schlechtweg unmöglich und mal wieder typisch für einen faselnden und dahinphantasierenden Schreiberling! Mather habe nun allerdings davon berichtet, daß das Ding geboren wurde, aber nur ein billiger Effekthascher käme auf die Idee, es aufwachsen zu lassen, damit es nächtens den Leuten zu den Fenstern hineingucke und in der Mansarde eines Hauses versteckt würde, in Fleisch und Blut, bis es dann Jahrhunderte später irgend jemand am Fenster sah und nicht beschreiben könnte, was es gewesen sei, wovon er weiße Haare bekommen hatte. All das wäre schamloser Quatsch, und mein Freund Manton insistierte prompt auf dieser Tatsache. Dann erzählte ich ihm davon, was ich in einem alten, zwischen 1706 und 1723 geführten Tagebuch gefunden hatte, das ich zusammen mit anderen Familienpapieren, keine Meile entfernt von dort, wo wir saßen, zu Tage förderte; davon, und von der sicheren Realität der Narben auf Brust und Rücken meines Vorfahren, die das Tagebuch beschrieb. Ich erzählte ihm auch von den Ängsten anderer in dieser Gegend, und wie sie durch Generationen hindurch weitergewispert würden; und daß kein mythischer Wahnsinn über den Jungen kam, der im Jahre 1793 ein verlassenes Haus betrat, um gewisse Spuren zu untersuchen, die dort vermutet wurden.

Es war eine unheimliche Sache gewesen – kein Wunder, daß empfindsame Studenten über die puritanische Epoche in Massachusetts erschauern. Es ist so wenig darüber bekannt, was unter der Oberfläche vorging – so wenig, und doch ein so gräßliches Schwären, wenn es gelegentlich in ghoulenhaften Kurzimpressionen hochblubbert. Der Schrecken der Hexerei wirft einen gräßlichen Lichtstrahl auf das, was in den geknechteten Hirnen der Menschen brodelte, aber selbst das ist eine Lappalie. Es gab keine Schönheit; keine Freiheit – das läßt sich an den architektonischen und häuslichen Überbleibseln ablesen und an den giftigen Predigten krampfiger Kleriker. Und in dieser verrosteten Eisenzwangsjacke lauerten schnatternd Gräßlichkeit, Perversion und Diabolismus. Hier lag wahrhaftig die Apotheose des Unnennbaren.

Cotton Mather nahm in jenem dämonischen Sechsten Buch, das niemand nach Einbruch der Dunkelheit lesen sollte, kein Blatt vor den Mund, als er seinen Bannfluch schleuderte. Streng wie ein jüdischer Prophet und lakonisch unverwundert wie seit ihm keiner mehr, berichtete er von dem Vieh, das etwas geworfen hatte, was mehr als ein Vieh war, aber weniger als ein Mensch – das Ding mit dem entstellten Auge – und von dem kreischenden, betrunkenen, armen Teufel, den sie aufhängten, weil er so ein Auge hatte. Soviel berichtete er unverblümt, doch ohne die geringste Andeutung von dem was folgte. Vielleicht wußte er es nicht, oder vielleicht wußte er es und wagte es nicht zu erzählen. Andere wußten es, doch wagten es nicht zu erzählen – es fehlt jeder öffentliche Hinweis, wieso man über das Schloß an der Tür zur Mansardentreppe in dem Haus eines kinderlosen, gebrochenen, verbitterten alten Mannes flüsterte, der eine blanke Schieferplatte an einem gescheuten Grab aufgerichtet hatte, obwohl sich genug ausweichenden Legenden nachspüren ließe, die noch das dünnste Blut gerinnen lassen würden.

Es findet sich alles in jenem ererbten Tagebuch; all die vertuschten Andeutungen und verstohlenen Geschichten von Dingen mit einem entstellten Auge, die in der Nacht an Fenstern oder in verlassenen Wiesen nahe der Wälder gesehen wurden. Irgend etwas hatte meinen Vorfahren auf einer dunklen Talstraße überrascht und ihm auf der Brust Eindrücke von Hörnern und auf dem Rücken von affenähnlichen Klauen hinterlassen; und als sie im zertrampelten Staub nach Spuren suchten, fanden sie die vermischten Abdrücke von Spalthufen und annähernd anthropoiden Pfoten. Einmal sagte ein Postreiter, er habe einen alten Mann gesehen, der einem schrecklich schwerfällig dahintrottenden, namenlosen Etwas auf Meadow Hill, in den dünn vom Mondlicht erhellten Stunden vor dem Morgengrauen, hinterherlief und hinterherrief, und viele glaubten ihm. Zweifellos gab es sonderbares Gerede in einer Nacht des Jahres 1710, als der kinderlose, gebrochene alte Mann in der Krypta hinter seinem eigenen Haus in Sichtweite der blanken Schieferplatte begraben wurde. Sie schlossen jene Mansardentür nie auf, sondern ließen das Haus so wie es war, gefürchtet und verlassen. Als Geräusche aus ihm drangen, flüsterten sie und schauderten; und hofften, daß das Schloß an jener Mansardentür stark war. Als das Grauen in der Pfarrei zuschlug und keine Seele am Leben oder heil in einem Stück ließ, hörten sie auf zu hoffen. Mit den Jahren gewinnen die Legenden einen geisterhaften Charakter – ich vermute, das Etwas, wenn es ein lebendes Etwas war, muß wohl gestorben sein. Die Erinnerung hatte es gräßlich überdauert – um so gräßlicher, weil sie so geheim war.

Während dieser Erzählung war mein Freund Manton sehr still geworden, und ich merkte, daß ihn meine Worte beeindruckt hatten. Er lachte nicht, als ich innehielt, sondern erkundigte sich ganz ernsthaft nach dem Jungen, der 1793 wahnsinnig geworden und der vermutliche Held meiner Story gewesen war. Ich sagte ihm, warum der Junge zu dem gemiedenen, verlassenen Haus gegangen war, und merkte an, daß ihn dies eigentlich interessieren sollte, weil er doch daran glaube, daß Fenster die latenten Abbilder jener aufbewahrten, die an ihnen gesessen hatten. Der Junge war sich die Fenster jener grauenhaften Mansarde anschauen gegangen wegen der Geschichten über Dinge, die man dahinter gesehen haben wollte, und er war irrsinnig kreischend wiedergekommen.

Als ich dies sagte, blieb Manton nachdenklich, kehrte aber allmählich zu seiner analytischen Stimmung zurück. Er räumte argumentshalber ein, daß irgendein unnatürliches Monster wirklich existiert hatte, erinnerte mich jedoch daran, daß selbst die allermorbideste Perversion der Natur nicht *unnennbar* oder wissenschaftlich nicht beschreibbar sein müßte. Ich bewunderte seine Klarheit und Ausdauer und fügte noch ein paar weitere Offenbarungen hinzu, die ich bei den alten Leuten gesammelt hatte. Diese späteren gespenstischen Legenden, gab ich unmißverständlich zu verstehen, bezögen sich auf monströse Erscheinungen, die schrecklicher waren, als es irgend etwas Organisches je sein könnte; Erscheinungen von gigantisch-bestialischen, manchmal sichtbaren, manchmal nur spürbaren Formen, die in mondlosen Nächten umgingen und das alte Haus, die Krypta dahinter und das Grab heimsuchten, wo neben einer unleserlichen Platte ein Baumschößling gekeimt war. Egal ob diese Erscheinungen nun jemals Menschen aufgespießt oder erstickt hatten, wie es in unbestätigten Überlieferungen heißt, oder nicht, sie hatten jedenfalls einen starken und nachhaltigen Eindruck erzeugt; und würden noch jetzt von sehr alten Einheimischen dunkel gefürchtet, wenn sie auch in den letzten beiden Generationen weitgehend in Vergessenheit geraten seien – und vielleicht aus Mangel an Beachtung ausstürben. Außerdem, insofern als es ja um ästhetische Theorie gehe, falls die psychischen Emanationen menschlicher Wesen groteske Mißgeburten seien, welche verständliche Darstellung vermöchte dann eine so höckrige und infame Nebulosität wie das Gespenst einer boshaften, chaotischen Perversion, in sich schon eine morbide Blasphemie gegen die Natur, auszudrücken oder abzuschildern? Würde nicht ein solcher, von dem toten Hirn eines hybriden Nachtmahrs gemodelter nebelhafter Schrecken, in aller abscheulichen Wahrheit das perfekt, das kreischend *Unnennbare* verkörpern?

Die Stunde mußte jetzt sehr weit vorgeschritten sein. Eine eigenartig geräuschlose Fledermaus streifte mich und berührte, glaube ich, Manton ebenfalls, denn obgleich ich ihn nicht sehen konnte, spürte ich, wie er den Arm hob. Gleich darauf sprach er.

»Aber steht denn dieses Haus mit dem Mansardenfenster noch immer und ist verlassen?«

»Ja«, antwortete ich, »ich habe es gesehen.«

»Und hast du irgend etwas dort gefunden – in der Mansarde, oder woanders?«

»Oben unter der Dachtraufe waren einige Knochen. Das war es vielleicht, was dieser Junge sah – wenn er empfindlich gewesen ist, reichte das, um ihm den Verstand zu rauben, da brauchte es im Fensterglas erst gar nichts mehr. Wenn sie alle von ein und demselben Ding stammten, muß es eine hysterische, delirõse Monstrosität gewesen sein. Es wäre blasphemisch gewesen, solche Knochen in der Welt zu lassen, deshalb kam ich mit einem Sack wieder und brachte sie zu dem Grab hinter dem Haus. Da war eine Öffnung, in die ich sie kippen konnte. Glaube nicht, daß ich ein Narr war – du hättest diesen Schädel nur sehen sollen. Er hatte vierzöllige Hörner, aber ein Gesicht und einen Kiefer etwa so wie wir beide.«

Endlich fühlte ich, wie ein echter Schauer durch Manton lief, der ganz nahegerückt war. Doch seine Neugier wurde nicht abgeschreckt.

»Und die Fensterscheiben?«

»Alle kaputt. Ein Fenster hatte den kompletten Rahmen verloren, und bei allen anderen war kein Eckchen Glas mehr in den kleinen rautenförmigen Öffnungen. Solche waren es nämlich – die alten Gitterfenster, die noch vor 1700 außer Gebrauch kamen. Ich glaube, da war seit hundert Jahren oder länger kein Glas mehr drin gewesen – vielleicht hat sie der Junge eingeschlagen, falls er soweit kam; die Legende erwähnt nichts darüber.«

Manton überlegte wieder.

»Ich würde das Haus gern mal sehen, Carter. Wo ist es? Glasscheiben hin, Glasscheiben her, ich muß es ein bißchen erkunden. Und das Grab, wo du die Knochen hingepackt hast, und das andere Grab, das ohne Inschrift – das Ganze muß ja schon ein wenig schaurig sein.«

»Du hast es gesehen – bis zum Dunkelwerden.«

Mein Freund war erregter als ich angenommen hatte, denn auf diesen kleinen Hauch harmloser Theatralik hin fuhr er neurotisch von mir zurück und stieß wahrhaftig eine Art würgenden Keuchens aus, in dem sich eine vorher unterdrückte Anspannung löste. Es war ein sonderbarer Schrei und um so schrecklicher, weil er Antwort erhielt. Denn als er noch nachhallte, hörte ich ein Knarren in der Pechschwärze und wußte, daß sich in dem verfluchten alten Haus neben uns ein Gitterfenster öffnete. Und da all die anderen Rahmen längst herausgefallen waren, wußte ich, daß es der gräßlich glaslose Rahmen jenes dämonischen Gitterfensters war.

Dann kam aus der gleichen furchtbaren Richtung ein verderblicher Stoß widerwärtiger, eiskalter Luft, worauf genau neben mir auf jenem anstößig gespaltenen Grab von Mensch und Monster ein gellendes Kreischen erscholl. Im nächsten Moment wurde ich von den teuflischen Dreschflegeln einer unsichtbaren Wesenheit titanischer Größe aber undefinierbarer Natur von meiner gruseligen Bank gestoßen und glatt auf der wurzeldurchkrallten Krume dieses verabscheuungswürdigen Friedhofs hingestreckt, während aus dem Grab ein derart erstickter Tumult aus Keuchen und Schwirren quoll, daß meine Phantasie das von keinem Lichtstrahl erhellte Düster mit Miltonschen Legionen der mißgestalteten Verdammten bevölkerte. Nun kam ein verdorrender, beinkalter Windstrudel, und dann das Geprassel loser Ziegelsteine und Mörtelbrocken; doch ehe ich noch die Bedeutung dessen erfahren konnte, hatte mich eine barmherzige Ohnmacht umfangen.

Manton ist, obwohl kleiner als ich, das größere Stehaufmännchen von uns beiden; denn wir schlugen fast zur gleichen Sekunde die Augen auf, trotz seiner größeren Verletzungen.

Unsere Betten standen nebeneinander, und wir wußten binnen Sekunden, daß wir im St. Mary's Hospital lagen. Krankenhausangestellte umringten uns in gespannter Neugier und brannten darauf, unserem Gedächtnis dadurch auf die Sprünge zu helfen, daß sie uns darüber informierten, wie wir hergekommen waren, und wir hörten bald von dem Farmer, der uns gegen Mittag in einem einsamen Feld jenseits Meadow Hill, eine Meile entfernt von der alten Begräbnisstätte, an einer Stelle gefunden hatte, von der es heißt, dort habe einst ein uraltes Schlachthaus gestanden. Manton hatte zwei böse Wunden in der Brust und einige weniger ernste Schnitte oder Prellungen im Rücken. Ich war nicht so schwer verletzt, aber mit den allererstaunlichsten Striemen und Quetschungen übersät, darunter der Abdruck eines Spalthufs. Es war klar, daß Manton mehr wußte als ich, aber er erzählte den verblüfften und interessierten Ärzten nichts, bis er über die Art unsrer Verletzungen Bescheid wußte. Dann sagte er, wir wären einem tückischen Stier zum Opfer gefallen – obwohl das Tier schwer unterzubringen und zu erklären war.

Nachdem die Doktoren und Schwestern gegangen waren, flüsterte ich eine ehrfurchtsscheue Frage:

»Guter Gott, Manton, aber *was war es*? Diese Narben – *war es so?*«

Und ich war zu benommen, um zu triumphieren, als er etwas zurückflüsterte, was ich halb erwartet hatte.

»Nein – *es war ganz und gar nicht so*. Es war überall – eine Gelatine – ein Schleim – und doch hatte es tausend unerinnerbare Schreckensgestalten. Da waren Augen – und eine Entstellung. Es war die Höllengrube – der Maelstrom – das ultimate Greuel. Carter, *es war das Unnennbare*!«

Der boshafte Geistliche

Es war ein ernster, intelligent wirkender Mann in schlichter Kleidung und mit eisengrauem Bart, der mich in die Dachkammer führte und auf folgende Weise zu mir sprach:

»Ja, *er* wohnte hier – aber ich würde Ihnen nicht raten, irgend etwas zu unternehmen. Ihre Neugier macht Sie unzurechnungsfähig. *Wir* kommen nachts nie hierher, und wir lassen das hier alles auch nur deswegen so, weil dies *sein* Wille war. Sie wissen, was *er* tat. Jene abscheuliche Gesellschaft nahm sich schließlich der Sache an, und wir wissen nicht, wo *er* begraben ist. Weder das Gesetz noch sonst etwas konnte irgendwie an die Gesellschaft heranreichen.

Ich hoffe, Sie werden nicht bis nach Einbruch der Dunkelheit bleiben. Und ich bitte Sie, die Finger von dem Ding auf dem Tisch da – dem Dings, das so aussieht wie eine Zündholzschachtel – also ich bitte Sie, die Finger davon zu lassen. Wir wissen nicht, was es ist, doch wir vermuten, es hat etwas mit dem zu tun, was *er* tat. Wir vermeiden sogar, es allzu ausgiebig anzusehen.«

Nach einer Weile ließ mich der Mann in der Bodenkammer allein. Sie war sehr schäbig und staubig und nur primitiv eingerichtet, doch von einer Ordentlichkeit, die bewies, daß dies nicht die Bleibe eines Slumbewohners war. Es gab Regale voller theologischer und klassischer Literatur und ein weiteres Bücherregal, das Traktate über Magie enthielt – Paracelsus, Albertus Magnus, Trithemius, Hermes Trismegistus, Borellus und andere in sonderbaren Alphabeten, deren Titel ich nicht entziffern konnte. Das Mobiliar war äußerst einfach. Es gab eine Tür, aber sie führte bloß in einen Wandschrank. Der einzige Ausgang war die Öffnung im Fußboden, zu der die rohe, steile Treppe hochführte. Die Fenster hatten Butzenscheiben, und die schwarzen Eichenbalken sprachen von einem unglaublichen Alter. Dieses Haus gehörte eindeutig zur Alten Welt. Ich schien zu wissen, wo ich mich befand, aber erinnere jetzt nicht mehr, was ich damals wußte. Die Stadt war mit Sicherheit *nicht* London. Ich bewahre den Eindruck von einem kleinen Seehafen.

Der kleine Gegenstand auf dem Tisch faszinierte mich ungeheuer. Ich schien zu wissen, was ich damit tun mußte, denn ich zog eine elektrische Taschenlampe – oder etwas, das wie eine aussah –

aus meiner Tasche und probierte nervös ihren Strahl aus. Das Licht war nicht weiß, sondern violett, und wirkte weit weniger wie richtiges Licht als vielmehr wie ein radioaktives Bombardement. Ich entsinne mich, daß ich sie nicht als normale Taschenlampe ansah – in einer anderen Tasche trug ich *tatsächlich* eine normale Taschenlampe.

Es dunkelte, und die uralten Dächer und Schornsteinkappen draußen wirkten durch die Butzenscheiben sehr befremdlich. Schließlich bot ich all meinen Mut auf und lehnte den kleinen Gegenstand auf dem Tisch hochkant gegen ein Buch – und lenkte dann die Strahlen des eigenartig violetten Lichts darauf. Das Licht wirkte jetzt eher wie ein Regen oder Hagel aus kleinen violetten Partikeln als wie ein durchgängiger Strahl. Als die Partikel auf die glasige Oberfläche im Zentrum des Gegenstandes trafen, schienen sie ein prasselndes Geräusch zu erzeugen, ähnlich dem Knattern einer Vakuumröhre, durch die Funken geleitet werden. Die dunkle, glasige Oberfläche glühte hellrosa auf, und im Zentrum schien eine verschwommene weiße Figur Gestalt anzunehmen. Dann merkte ich, daß ich nicht allein im Raum war – und steckte den Strahlenprojektor in die Tasche zurück.

Doch der Neuankömmling sagte nichts – und während der unmittelbar folgenden Augenblicke vernahm ich auch sonst kein anderes Geräusch. Alles war Schattenpantomime, wie aus gewaltiger Entfernung durch einen Dunst dazwischen gesehen – obwohl andererseits der Neuankömmling und alle noch Kommenden groß und nah aufragten, als wären sie infolge einer abnormen Geometrie sowohl nah als fern.

Der Neuankömmling war ein dünner, dunkler Mann von mittlerem Wuchs, im geistlichen Amtskleid der anglikanischen Kirche. Er war offensichtlich um die Dreißig, mit fahlem, olivgrauen Teint und recht gut geschnittenen Zügen, wenngleich anormal hoher Stirn. Sein schwarzes Haar war sauber geschnitten und ordentlich gebürstet, er war glattrasiert, obwohl an seinem Kinn ein kräftiger Bartwuchs bläulich schimmerte. Er trug eine randlose Brille mit Stahlbügeln. Seine Statur und die untere Gesichtshälfte glichen der anderer Geistlicher, die ich gesehen hatte, doch besaß er eine ungleich höhere Stirn, war dunkler und wirkte intelligenter – und auch auf subtile und versteckte Art *boshafter*. Im Augenblick – er hatte gerade eine trübe Öllampe angezündet – wirkte er nervös und warf, ehe ich es ahnte, all seine magischen Bücher in einen

Kamin auf der Fensterseite des Zimmers (wo die Wand scharf abknickte), der mir vorher nicht aufgefallen war. Die Flammen verschlangen gierig die Folianten – züngelten in seltsamen Farben hoch und verströmten unbeschreiblich gräßliche Gerüche, als die mit sonderbaren Hieroglyphen bedeckten Seiten und wurmstichigen Einbände ein Raub des verheerenden Elements wurden. Ganz plötzlich sah ich, daß noch andere im Raum waren – ernst dreinblickende Männer in klerikalen Gewändern, von denen der eine das Beffchen und die Kniehosen eines Bischofs trug. Obwohl ich nichts hören konnte, konnte ich doch sehen, daß sie dem zuerst Angekommenen eine Entscheidung von gewaltiger Tragweite überbrachten. Sie schienen ihn gleichzeitig zu hassen und zu fürchten, und er schien diese Gefühle zu erwidern. Sein Gesicht nahm einen grimmigen Ausdruck an, doch ich konnte sehen, daß seine rechte Hand zitterte, als er versuchte, sich an einer Stuhllehne festzuhalten. Der Bischof wies auf das leere Regal und den Kamin (wo die Flammen zwischen einer verkohlten, nichts preisgebenden Masse erstorben waren) und schien von eigentümlicher Abscheu erfüllt. Der Zuerstangekommene lächelte daraufhin verzerrt und griff mit der linken Hand nach dem kleinen Gegenstand auf dem Tisch. Alle wirkten erschreckt. Die Prozession der Geistlichen marschierte im Gänsemarsch durch die Falltür im Boden die steilen Stufen hinunter, wobei sie sich umwandten und im Gehen Drohgebärden vollführten. Der Bischof ging als letzter.

Der Zuerstangekommene trat jetzt an einen Schrank an der Innenseite des Raums und zog eine Seilrolle heraus. Er kletterte auf einen Stuhl, befestigte ein Ende des Seils an einem Haken in dem großen freiliegenden Mittelbalken aus schwarzer Eiche und begann aus dem anderen Ende eine Schlinge zu knüpfen. Als ich begriff, daß er drauf und dran war, sich zu hängen, stürzte ich vor, um ihn abzuhalten oder zu retten. Er sah mich und brach seine Vorbereitungen ab, wobei er mich mit einer Art von *Triumph* anblickte, die mich verwirrte und beunruhigte. Er stieg langsam vom Stuhl herunter und begann mit einem eindeutig wölfischen Grinsen auf seinem dunklen, schmallippigen Gesicht auf mich zuzugleiten.

Ich fühlte mich irgendwie in tödlicher Gefahr und zog als Verteidigungswaffe den eigenartigen Strahlenprojektor hervor. Wie ich auf den Gedanken kam, er könnte mir helfen, weiß ich nicht. Ich knipste ihn an – ihm mitten ins Gesicht und sah die fahlen Züge erst in violettem und dann in hellrosa Licht erglühen. Sein Ausdruck wölfischen Triumphes wurde stückweise von einem Blick tiefster Furcht verdrängt – was jedoch den Triumph nicht restlos wegwischte. Er hielt inne – und begann dann mit wild in der Luft herumfuchtelnden Armen rückwärts zu torkeln. Ich sah, daß er auf den offenen Treppenschacht im Fußboden zusteuerte, und versuchte eine Warnung zu rufen, aber er hörte mich nicht. Im nächsten Moment war er rücklings durch die Öffnung getaumelt und aus dem Blickfeld verschwunden.

Es bereitete mir Schwierigkeiten, mich zum Treppenschacht hinzubewegen, doch als ich dort anlangte, fand ich auf dem Boden unten keinen zerschmetterten Körper. Statt dessen gab es ein Lärmen von Leuten, die mit Laternen hinaufkamen, denn der Bann der halluzinatorischen Stille war gebrochen, und ich vernahm wieder Geräusche und sah Gestalten normal dreidimensional. Irgend etwas hatte augenscheinlich eine Menschenmenge an diesen Ort gezogen. War da ein Lärm gewesen, den ich nicht gehört hatte? Sofort sahen mich die beiden vordersten Leute (offenkundig einfache Dorfbewohner) – und standen wie gelähmt. Einer von ihnen kreischte laut und widerhallend:

»Ahrrh! . . . Sinn'Sies, Sör? Schon wieder?«

Dann machten alle kehrt und flohen wie toll davon. Das heißt, alle bis auf einen. Als die Menge fort war, sah ich den ernst bebarteten Mann, der mich an diesen Ort gebracht hatte – alleine mit einer Laterne dastehen. Er starrte mich nach Atem ringend und fasziniert an, schien aber keine Furcht zu haben. Dann begann er die Stufen hochzusteigen und gesellte sich in der Dachkammer zu mir. Er sprach:

»Sie haben also die Finger *nicht* davongelassen! Tut mir leid. Ich weiß, was geschehen ist. Es passierte schon einmal, doch der Mann bekam einen Schreck und erschoß sich. Sie hätten *ihn* nicht zurückkommen lassen sollen. Sie wissen doch was *er* will. Aber Sie dürfen nicht so erschrecken wie der andere Mann, den er bekam. Ihnen ist etwas sehr Seltsames und Fürchterliches widerfahren, aber es ging nicht weit genug, um Ihren Geist und Ihre Persönlichkeit zu verletzen. Wenn Sie Ruhe bewahren und die Notwendigkeit akzeptieren, gewisse radikale Neuordnungen in Ihrem Leben durchzuführen, können Sie die Welt und die Früchte Ihrer Gelehrsamkeit genauso weitergenießen wie bisher! Doch hier können Sie nicht leben – und ich glaube nicht, daß Sie zurück nach London möchten. Ich würde zu Amerika raten.

Sie dürfen nichts mehr versuchen mit diesem – Ding. Jetzt läßt sich nichts mehr rückgängig machen. Es würde alles nur noch schlimmer machen – oder alles mögliche auf den Plan rufen. Sie sind nicht so übel dran, wie es hätte sein können – doch Sie müssen sofort von hier verschwinden und wegbleiben. Danken Sie dem Himmel dafür, daß es nicht weiter ging ...

Ich werde Sie so barsch darauf vorbereiten wie ich kann. Es hat eine gewisse Veränderung stattgefunden – in Ihrer persönlichen Erscheinung. Das bewirkt *er* immer. Doch in einem neuen Land können Sie sich daran gewöhnen. Am anderen Ende des Zimmers hängt ein Spiegel und ich werde Sie jetzt dahinbringen. Sie werden einen Schock bekommen – obwohl Sie nichts Widerliches sehen werden.«

Ich zitterte jetzt vor Todesangst, und der bärtige Mann mußte mich fast stützen, als er mich, die trübe Lampe (nämlich die, die vorher auf dem Tisch gewesen war, nicht die noch trübere Laterne, die er mitgebracht hatte) in der freien Hand, quer durch den Raum vor den Spiegel führte. Dies ist was ich darin sah:

Einen dünnen, dunklen Mann von mittlerem Wuchs im geistlichen Amtskleid der anglikanischen Kirche, offensichtlich um die Dreißig, und mit einer randlosen Stahlbügelbrille, die unter einer fahlen, olivgrauen Stirn anormaler Höhe funkelte.

Es war der stumme Zuerstangekommene, der seine Bücher verbrannt hatte.

Für den ganzen Rest meines Lebens würde ich der äußeren Gestalt nach dieser Mann sein müssen!

Das Tier in der Höhle

Die grauenhafte Schlußfolgerung, die sich meinem verwirrten und widerstrebenden Hirn nach und nach aufgezwängt hatte, war nunmehr schreckliche Gewißheit. Ich hatte mich verirrt, restlos, hoffnungslos verirrt in der gewaltigen, labyrinthischen Abgeschiedenheit der Mammut-Höhle. Ich mochte mich immer wenden, wohin ich wollte, in keiner Richtung konnte sich mein angestrengter Blick eines Gegenstandes versichern, der als Wegweiser dienlich war, mich auf den Weg nach draußen zu bringen. Daß ich nimmermehr das gesegnete Licht des Tages schauen oder die hübschen Berge und Täler der schönen Welt draußen betrachten sollte, daran konnte mein Verstand nicht länger mehr den leisesten Zweifel hegen. Ich hatte alle Hoffnung fahrenlassen. Doch indoktriniert durch lebenslange philosophische Studien, gereichte mir meine leidenschaftslose Haltung zu keiner kleinen Befriedigung; denn obwohl ich oft von den wilden Rasereien gelesen hatte, in welche die Opfer einer ähnlichen Situation verfielen, erfuhr ich nichts davon, sondern blieb ruhig stehen, sobald mir klar zum Bewußtsein kam, daß ich die Orientierung verloren hatte.

Und auch der Gedanke, daß ich mich wahrscheinlich über die äußerste Grenze einer gewöhnlichen Suchaktion hinaus begeben hatte, konnte mich nicht dahinbringen, meine Fassung auch nur für einen Moment lang zu verlieren. Wenn ich schon sterben mußte, so sann ich, dann war diese fürchterliche, doch majestätische Höhle ein ebenso willkommenes Grabmal wie jenes, das mir jeder x-beliebige Friedhof bieten könnte; eine Vorstellung, die mehr Gelassenheit denn Verzweiflung mit sich brachte.

Der Hungertod würde mir letztlich das Ende bereiten; dessen war ich gewiß. Einige, so wußte ich, waren unter solchen Umständen wie diesen wahnsinnig geworden, doch ich spürte, daß dies nicht mein Geschick sein würde. An meinem Mißgeschick trug nur ich ganz allein Schuld, denn ich hatte mich ohne Wissen des Führers von der regulären Besichtigungsgruppe getrennt; und mich, nachdem ich mehr als eine Stunde auf verbotenen Höhlenwegen gewandert war, nicht mehr in der Lage befunden, die abirrenden Windungen, denen ich seit dem Verlassen meiner Gefährten nachgegangen war, zurückzuverfolgen.

Schon hatte meine Taschenlampe zu erlöschen begonnen; bald

würde ich von der totalen und fast greifbaren Schwärze der Eingeweide der Erde umfangen sein. Als ich in dem schwindenden, unsteten Licht stand, strengte ich müßige Gedanken über die genauen Umstände meines nahenden Endes an. Ich entsann mich der Berichte, die ich über die Kolonie der Schwindsüchtigen gehört hatte, die in dieser gigantischen Grotte Quartier bezogen hatten, um an der anscheinend heilsamen Atmosphäre der unterirdischen Welt, mit ihrer stetig gleichbleibenden Temperatur, der reinen Luft und friedvollen Stille Genesung zu finden, und die statt dessen auf seltsame und gespenstische Weise den Tod gefunden hatten. Ich hatte die traurigen Überreste ihrer schlechtgezimmerten Hütten gesehen, als ich mit der Gruppe daran vorbeiging, und mich gefragt, welchen naturwidrigen Einfluß ein längerer Aufenthalt in dieser immensen und stillen Höhle auf jemanden von meiner Gesundheit und Rüstigkeit ausüben würde. Jetzt, sagte ich mir grimmig, war die Gelegenheit für mich gekommen, diesen Punkt zu klären, vorausgesetzt, Nahrungsmangel würde nicht für meinen schleunigen Abgang aus diesem Leben sorgen.

Als der letzte launische Strahl meiner Taschenlampe in Düsterkeit verblaßte, beschloß ich, nichts unversucht, keine Entkommensmöglichkeit außer acht zu lassen; so pumpte ich mir die Lungen voll und stieß eine Serie lauter Rufe aus, in der vergeblichen Hoffnung, durch mein Lärmen die Aufmerksamkeit des Führers zu erregen. Doch als ich rief, war ich im Herzen davon überzeugt, daß meine Schreie keinen Sinn hatten und daß meine von den zahllosen Wällen des schwarzen Irrgartens ringsum verstärkte und zurückgeworfene Stimme nur auf meine eigenen Ohren traf.

Urplötzlich jedoch war meine Aufmerksamkeit mit einem Ruck gebannt, weil ich das Geräusch sich leise über den felsigen Höhlenboden nähernder Schritte zu hören glaubte.

Stand meine Errettung kurz bevor? Waren also all meine grausigen Befürchtungen umsonst gewesen, und folgte der Führer, der meine unerlaubte Entfernung von der Gruppe bemerkt hatte, meinem Weg und suchte mich in diesem Kalksteinlabyrinth? Während diese freudigen Fragen in meinem Kopf aufstiegen, war ich drauf und dran, mein Rufen zu wiederholen, damit ich schneller entdeckt würde, da verwandelte sich unter dem Hinlauschen mein Entzücken in einem Moment in Grausen; denn mein von Haus aus gutes Gehör, das durch die völlige Stille in der Höhle jetzt noch geschärfter war, übermittelte meinem erstarrten Verstand die unerwartete und schreckliche Einsicht, daß diese Schritte *nicht denen irgendeines sterblichen Menschen glichen.* In dem unirdischen Schweigen dieser subterranen Region würde der Tritt des bestiefelten Führers wie eine Reihe scharfer und schneidender Schläge getönt haben. Dieses Auftreten war weich und verstohlen, wie von den Pfoten einer Katze. Und außerdem schien ich, wenn ich ganz genau hinhörte, das Auftreten von *vier* statt von *zwei* Beinen auszumachen.

Ich war jetzt überzeugt, daß ich mit meinem eigenen Schreien irgendein wildes Tier aufgestört und angelockt hatte, vielleicht einen wilden Berglöwen, der zufällig in der Höhle umhergestreunt war. Vielleicht, so erwog ich, hatte der Allmächtige ein rascheres und gnädigeres Ende als den Hungertod für mich ausersehen; trotzdem regte sich in meiner Brust der nie ganz schlummernde Selbsterhaltungstrieb, und obwohl mich ein Entkommen aus der gerade bevorstehenden Gefahr doch nur für ein düstereres und sich länger hinschleppendes Ende aufsparen mochte, beschloß ich dennoch, mein Leben so teuer wie möglich zu verkaufen. Es mag sonderbar klingen, aber mein Geist vermochte sich nur vorzustellen, daß der Besucher in keiner anderen als einer feindlichen Absicht kam. Folglich verhielt ich mich mucksmäuschenstill, in der Hoffnung, das unbekannte Tier werde durch das Fehlen eines leitenden Geräusches wie ich die Richtung verlieren und so an mir vorüberziehen. Doch diese Hoffnung sollte sich nicht erfüllen, denn die seltsamen Schritte näherten sich stetig; das Tier hatte offensichtlich meine Witterung aufgenommen, die in einer von allen ablenkenden Einflüssen so freien Atmosphäre wie der dieser Höhle zweifellos über eine große Entfernung verfolgt werden konnte.

Als ich einsah, daß ich zur Abwehr einer unheimlichen und unsichtbaren Attacke im Finstern bewaffnet sein mußte, raffte ich die größten der Felsbrocken, mit denen der ganze Höhlenboden in meiner Nachbarschaft übersät war, an mich, hielt in jeder Hand einen zur sofortigen Verwendung gepackt und erwartete resigniert das unvermeidliche Ergebnis. Unterdessen näherte sich das gräßliche Tapsen der Pfoten. Das Verhalten des Wesens war ganz ohne Zweifel höchst sonderbar. Die meiste Zeit schienen die Schritte die eines Vierbeiners zu sein, der sich mit eigentümlich *mangelndem Einklang* zwischen Hinter- und Vorderbeinen zu bewegen schien, und doch glaubte ich zwischendurch immer wieder kurz einmal, daß nur zwei Beine an dem Bewegungsprozeß beteiligt waren. Ich fragte mich, was für eine Tiergattung mir gegenüberstehen würde; es mußte, dachte ich, ein unglückliches Vieh sein, das seine Neugier, einen der Eingänge der schrecklichen Grotte zu untersuchen, mit lebenslänglicher Gefangenschaft in ihren unermeßlichen Tiefen bezahlt hatte. Es bekam zur Nahrung sicher die augenlosen Fische, die Fledermäuse und Ratten der Höhle, sowie auch ein paar gewöhnliche Fische, die jedes Hochwasser des Green River hereinspült, der auf dunkle Art mit den Wassern der Höhle in Verbindung steht. Ich kürzte mir mein schreckliches Wachestehen mit grotesken Vorstellungen über die Veränderung, die das Höhlenleben vielleicht im Körberbau des Tieres bewirkt hatte, und erinnerte mich an das furchtbare Äußere, das die hiesige Überlieferung den Schwindsüchtigen zuschrieb, die nach einem langen Aufenthalt in der Höhle gestorben waren. Und dann fiel mir mit einem Ruck ein, daß ich, selbst wenn es mir gelingen sollte, meinen Gegner zu fällen, *nie dessen Gestalt erschauen würde*, weil meine Taschenlampe schon längst erloschen war, und Streichhölzer hatte ich nicht bei mir. Mein Gehirn stand jetzt unter einer schrecklichen Spannung. Meine zerrüttete Phantasie beschwor gräßliche und fürchterliche Gestalten aus der bedrohlichen Dunkelheit herauf, die mich umgab und mir wahrhaftig den Leib *einzuschnüren* schien. Näher und immer näher kamen die gefürchteten Tritte. Mir war, als müßte ich einen gellenden Schrei ausstoßen, und doch, wäre ich schwankend genug gewesen, so etwas zu versuchen, meine Stimme würde schwerlich reagiert haben. Ich war versteinert, im Boden festgewurzelt. Ich bezweifelte, ob es mir mein rechter Arm erlauben würde, das Geschoß dem kommenden Ding im kritischen Moment entgegenzuschleudern. Jetzt war das stetige *Tapp, Tapp* der Schritte nahe; jetzt *ganz* nahe. Ich konnte das schwere Atmen des Tiers hören, und entsetzensgelähmt wie ich war, begriff ich, daß es aus beträchtlicher Entfernung gekommen sein mußte und dementsprechend erschöpft war. Plötzlich war der Bann gebrochen. Geleitet von meinem immer zuverlässigen Gehörsinn, warf meine rechte Hand mit aller Kraft den scharfkantigen Kalksteinbrocken nach jenem Punkt in der Dunkelheit, von dem das Atmen und Tappen ausging, und so wunderbar es klingen mag, er fand beinahe sein Ziel, denn ich hörte das Ding springen und in einiger Entfernung wieder landen, wo es dann innezuhalten schien.

Als ich mein Ziel neu erfaßt hatte, feuerte ich mein zweites Geschoß ab, diesmal höchst wirkungsvoll, denn in einem Freudenrausch hörte ich, wie das Wesen, dem Geräusch nach zu urteilen, in völligem Zusammenbruch niederstürzte und eindeutig hingestreckt und reglos liegen blieb. Beinahe überwältigt von der großen Erleichterung, die mich durchwogte, taumelte ich rückwärts gegen die Wand. Das Keuchen dauerte fort, in schweren, japsenden Zügen, und da begriff ich, daß ich das Wesen nur verwundet hatte. Und jetzt verschwand jedes Verlangen, das *Ding* zu untersuchen. Zuletzt hatte sich mir doch eine Spur grundloser, abergläubischer Angst ins Hirn geschlichen, und ich näherte mich dem Körper nicht und fuhr auch nicht fort, Steine nach ihm zu werfen, um ihm das Lebenslicht ganz auszublasen. Statt dessen lief ich im Eiltempo in die Richtung, aus der ich gekommen war, so gut ich dies eben in meinem verwirrten Zustand abzuschätzen vermochte. Plötzlich hörte ich ein Geräusch oder vielmehr eine regelrechte Geräuschfolge. Im nächsten Moment hatte sie sich in ein scharfes, metallisches Klacken aufgelöst. Diesmal bestand kein Zweifel. *Es war der Führer.* Und dann rief, gellte, schrie, ja kreischte ich sogar vor Freude, als ich in den Gewölbegängen oben das schwache und schimmernde Funkeln sah, von dem ich wußte, daß es das zurückgeworfene Licht einer sich nähernden Taschenlampe war. Ich rannte dem Glanz entgegen, und bevor ich noch recht begriff, was geschehen war, lag ich auf dem Boden, dem Führer zu Füßen, umarmte seine Stiefel, plapperte trotz meiner vielgerühmten Zurückhaltung in absolut unsinniger und idiotischer Manier, sprudelte meine ganze schaurige Geschichte heraus und überwältigte meinen Zuhörer gleichzeitig mit Dankbarkeitsbeteuerungen. Schließlich kam ich wieder einigermaßen zu Verstand. Der Führer hatte mein Fehlen bei der Ankunft der Gruppe am Höhlenausgang bemerkt und sich, seinem eigenen intuitiven Orientierungssinn vertrauend, zu einer sorgfältigen Durchsuchung der Nebengänge angeschickt, die nach dem Punkt abzweigten, wo er zum letztenmal mit mir gesprochen hatte; nach rund vier Stunden Suche hatte er meinen Aufenthaltsort lokalisiert.

Als er mir dies erzählt hatte, begann ich, ermutigt durch seine Taschenlampe und Gesellschaft, über das seltsame Tier nachzudenken, das ich nur ein kleines Stückchen weiter hinten in der Dunkelheit verwundet hatte, und schlug vor, daß wir uns mit Hilfe der Taschenlampe vergewissern sollten, was für eine Art von Geschöpf mein Opfer war. Folglich lenkte ich meine Schritte diesmal mit aus der Gefährtenschaft geborener Courage zu der Szene meines schrecklichen Erlebnisses zurück. Bald machten wir ein weißes Objekt auf dem Boden aus, ein Objekt, das sogar noch weißer war als der glänzende Kalkstein selbst. Vorsichtig nähertretend entfuhr uns beiden gleichzeitig ein Ausruf der Verwunderung, denn von allen widernatürlichen Monstern, die jeder von uns in seinem Leben zu Gesicht bekommen hatte, war dieses hier bei weitem das seltsamste. Es schien ein Menschenaffe von gewaltigen Proportionen zu sein, der vielleicht aus einer Wandermenagerie entsprungen war. Sein Haar war schneeweiß, ein Faktum, das gewiß der Bleichwirkung eines langen Daseins in den tintenschwarzen Regionen der Höhle zuzurechnen war, doch es war auch überraschend dünn, ja fehlte eigentlich weitgehend, nur nicht auf dem Kopf, wo es in solcher Länge und Menge vorhanden war, daß es in beträchtlicher Fülle auf die Schultern fiel. Das Gesicht war von uns abgewandt, weil das Wesen beinahe genau auf ihm lag. Der Winkel, in dem die Gliedmaßen zueinander lagen, war sehr eigenartig, erklärte jedoch ihren abwechselnden Gebrauch, der mir früher schon aufgefallen war, will sagen, daß das Tier manchmal alle vier Extremitäten und bei anderer Gelegenheit nur zwei von ihnen zur Fortbewegung benutzte. Die Spitzen der Finger oder Zehen liefen in lange, rattenähnliche Krallen aus. Die Hände oder Füße waren nicht zum Greifen geeignet, eine Tatsache, die ich dem langen Aufenthalt in der Höhle zuschrieb, der sich, wie bereits von mir erwähnt, in der allesumfassenden und beinahe überirdischen Weiße, die für die ganze Anatomie so charakteristisch war, deutlich auszusprechen schien. Ein Schwanz schien nicht vorhanden.

Die Atmung war jetzt sehr flach geworden, und der Führer hatte seine Pistole in der offenkundigen Absicht gezückt, die Kreatur zu erledigen, als ein plötzlicher *Ton*, den letztere von sich gab, die Waffe ungebraucht zu Boden poltern ließ. Der Ton war von sehr schwer zu beschreibender Art. Er glich nicht den normalen Lauten irgendeiner bekannten Affenart, und ich fragte mich, ob diese unnatürliche Qualität nicht das Ergebnis eines lange fortwährenden und vollkommenen Schweigens war, das durch die Empfindungen gebrochen wurde, die das Nahen des Lichts ausgelöst hatte, etwas, das das Tier seit seinem ersten Betreten der Höhle nicht mehr gesehen haben konnte. Das Geräusch, das ich einmal ungenau versuchen will, als eine Art tiefen Geplappers zu beschreiben, ging leise weiter.

Urplötzlich schien ein flüchtiger Energiestoß durch den Körper des Tiers zu laufen. Die Pfoten bewegten sich konvulsivisch, und die Gliedmaßen kontraktierten. Mit einem Ruck rollte der weiße Körper herum, so daß sein Gesicht in unsere Richtung wies. Einen Augenblick lang machten mich die auf diese Weise enthüllten Augen so starr vor Entsetzen, daß ich nichts anderes bemerkte. Sie waren schwarz, diese Augen, tief pechschwarz, in gräßlichem Kontrast zu den schneeweißen Haaren und der Haut. Wie die anderer Höhlenbewohner waren sie tief in den Kopf eingesunken und ganz ohne Iris. Als ich genauer hinschaute, sah ich, daß sie zu einem Gesicht gehörten, das weniger prognathisch war als das des Durchschnittsaffen und viel, viel haarloser. Die Nase war recht ausgeprägt. Als wir auf den unheimlichen Anblick starrten, der sich uns bot, öffneten sich die dicken Lippen und entließen einige Töne, danach streckte sich das *Ding* im Tode aus.

Der Führer krallte sich in meinen Mantelärmel und bebte so heftig, daß die Lampe stoßweise ruckte und unheimliche Schatten an die Wände warf.

Ich rührte mich nicht, sondern stand stocksteif da, die entsetzten Augen vor mir auf den Boden geheftet.

Die Furcht wich, und Staunen, Scheu, Mitleid und Ehrerbietung traten an ihre Stelle, denn die *Töne*, die die dahingeraffte Gestalt, die ausgestreckt auf dem Kalksteinboden lag, von sich gegeben hatte, hatten uns die entsetzliche Wahrheit verraten. Das Wesen, das ich getötet hatte, das seltsame Tier aus der unergründlichen Höhle, war, zumindest früher einmal, ein MENSCH!!!

Der Alchimist

Hoch oben, den grasigen Gipfel eines Berges krönend, dessen Flanken an seinem Fuße mit den knorrigen Bäumen des urzeitlichen Forstes bewaldet sind, steht das Schloß meiner Ahnen. Jahrhundertelang haben seine luftigen Zinnen finster auf das wilde und zerklüftete Land ringsum herabgeblickt und dem stolzen Haus, dessen rühmliche Linie sogar noch älter ist denn die moosbewachsenen Burgmauern, als Heimstatt und Bollwerk gedient. Diese uralten Ecktürme, verwittert durch die Stürme von Generationen und zerbröckelnd unter dem langsamen, doch mächtigen Druck der Zeit, bildeten im Zeitalter des Feudalismus eine der meistgefürchteten und formidabelsten Festungen in ganz Frankreich. Von ihren pechnasenbewehrten Brustmauern und erhöhten Zinnen aus waren Barone, Grafen und sogar Könige geschlagen worden, doch nie hatten ihre ausladenden Hallen die Schritte des Angreifers widerschallen lassen.

Doch seit diesen glorreichen Tagen ist alles anders geworden. Eine Armut, die nur wenig über der Stufe der ärgsten Not liegt, und ein Namensstolz, der ihre Linderung durch das Betreiben eines Geschäfts verbietet, haben die Sprößlinge unserer Linie daran gehindert, ihre Besitzungen in der vormaligen Pracht zu erhalten; und die von den Mauern niederstürzenden Steine, die wuchernde Vegetation in den Parks, der ausgetrocknete und staubige Burggraben, die schlechtgepflasterten Höfe draußen, wie auch die durchsackenden Böden, das wurmstichige Tafelwerk und die verschossenen Wandteppiche drinnen, alles erzählt die düstere Geschichte gefallener Größe. Im Verlauf der Jahrhunderte wurde erst einer, dann noch einer der vier großen Ecktürme dem Verfall ausgesetzt, bis zuletzt nur noch ein einziger Turm die traurig heruntergekommenen Nachfahren der einst mächtigen Herren des Besitzes beherbergte.

In einem der gewaltigen und düsteren Zimmer dieses übriggebliebenen Turms erblickte ich, Antoine, der letzte der unseligen und verfluchten Counts de C-, vor neunzig langen Jahren zuerst das Licht der Welt. Innerhalb dieser Mauern und in den dunklen und schattigen Forsten, den wilden Schluchten und Grotten der Bergflanke darunter, vergingen die ersten Jahre meines kummervollen Lebens. Meine Eltern habe ich nie gekannt. Meinen Vater hatte, einen Monat bevor ich geboren wurde, ein herabfallender Stein getötet, der sich irgendwie in einer der verödeten Brustwehren der Burg gelockert hatte. Und da meine Mutter bei meiner Geburt gestorben war, blieb meine Pflege und Erziehung ausschließlich einem übriggebliebenen Diener anheimgestellt, einem alten und treuen Mann von beträchtlicher Intelligenz, dessen Name mir als Pierre im Gedächtnis geblieben ist. Ich war ein Einzelkind, und der Mangel an Gefährten, den mir dieser Umstand aufbürdete, wurde noch durch die seltsame Obhut gesteigert, die mir mein betagter Beschützer angedeihen ließ, indem er mich nämlich von der Gesellschaft der Bauernkinder ausschloß, deren Wohnungen hier und dort auf den Ebenen verstreut lagen, die den Fuß des Hügels umgeben. Pierre sagte damals, daß mir diese Beschränkung auferlegt werde, weil mich meine adlige Geburt über das Zusammensein mit so plebejischer Gesellschaft erhebe. Jetzt weiß ich, daß ihr wahrer Zweck darin bestand, die müßigen Geschichten über den furchtbaren Fluch auf unserem Geschlecht von mir fernzuhalten, die sich die einfachen Pächter allnächtlich erzählten und dabei übertrieben, wenn sie sich im Schein ihrer Cottage-Feuerstellen mit gedämpften Stimmen unterhielten.

Derart isoliert und auf mich selbst zurückgeworfen, verbrachte ich die Stunden meiner Kindheit mit dem Brüten über den uralten Bänden, die die schattenbelagerte Schloßbibliothek füllten, und mit ziel- und planlosen Streifzügen durch den ewigen Dust des gespenstischen Waldes, der die Bergflanke an ihrem Fuß bekleidet. Es war vielleicht ein Effekt solcher Umgebung, daß mein Sinn frühzeitig eine melancholische Färbung annahm. Jene Studien und Verfolgungen, die am Dunklen und Obskuren in der Natur teilhaben, beanspruchten meine Aufmerksamkeit am stärksten.

Über mein eigenes Geschlecht war mir nur eigentümlich wenig zu erfahren erlaubt, doch die paar Kenntnisse, die ich erlangen konnte, schienen mich sehr zu deprimieren. Vielleicht war es anfangs nur die standhafte Weigerung meines alten Erziehers, mit mir über meine Ahnen väterlicherseits zu sprechen, die das Grausen gebar, das ich bei der Erwähnung meines großen Hauses immer empfand, doch als ich der Kindheit entwuchs, gelang mir die Zuordnung wirrer Gesprächsfetzen, die der unwilligen Zunge, die in der nahenden Senilität zu stammeln begonnen hatte, entschlüpft waren und die in einer gewissen Beziehung zu einem bestimmten Umstand standen, der mir immer merkwürdig erschienen war, der aber jetzt einen dunklen Schrecken gewann. Der Umstand, auf den ich anspiele, ist das frühe Alter, in dem alle Counts meiner Linie ihr Ende gefunden hatten. Während ich dies bisher nur als ein natürliches Attribut einer Familie kurzlebiger Männer angesehen hatte, brütete ich danach lange über diesen vorzeitigen Todesfällen und begann sie mit dem Gefasel des alten Mannes in Verbindung zu bringen, der oft von einem Fluch sprach, der jahrhundertelang die Lebensdauer der Inhaber meines Titels darin gehindert hatte, die Spanne von zweiunddreißig Jahren um ein Großes zu überschreiten. An meinem einundzwanzigsten Geburtstag gab mir der alte Pierre ein Familiendokument, von dem er sagte, es sei seit vielen Generationen vom Vater an den Sohn weitergereicht worden und jeder Besitzer habe dies so fortgesetzt. Sein Inhalt war erregendster Natur, und seine Durchsicht bestätigte meine allerschlimmsten Befürchtungen. Zu dieser Zeit war mein Glaube an das Übernatürliche fest begründet und tiefwurzelnd, sonst würde ich die vor meinen Augen ausgebreitete unglaubliche Geschichte mit Hohn von mir gewiesen haben.

Das Papier trug mich in die Tage des dreizehnten Jahrhunderts zurück, als die alte Burg, in der ich saß, eine gefürchtete und uneinnehmbare Festung gewesen war. Es erzählte von einem gewissen alten Mann, der einst auf unseren Besitzungen gewohnt hatte, eine Person mit nicht geringen Fertigkeiten, wenngleich wenig über dem Stand eines Bauern, mit Namen Michel, für gewöhnlich mit dem Beinamen Mauvais, der Schlimme, versehen, wegen seines finsteren Rufs. Er hatte über die Gewohnheit seinesgleichen hinaus studiert und solche Dinge wie den Stein der Weisen oder das Elixier des ewigen Lebens gesucht, und man rühmte ihm nach, weise zu sein in den schrecklichen Geheimnissen der Schwarzen Magie und Alchimie. Michel Mauvais hatte einen Sohn namens Charles, ein Jüngling, ebenso bewandert in den verborgenen Künsten wie er selbst, der deswegen Le Sorcier oder der Hexenmeister genannt worden war. Dieses Gespann, das alle ehrlichen Leute mieden, wurde der allergräßlichsten Praktiken geziehen. Vom alten Michel erzählte man sich, er habe seine Frau bei lebendigem Leibe dem Teufel zum Opfer verbrannt, und das unerklärliche Verschwinden vieler kleiner Bauernkinder wurde diesen beiden in die gefürchteten Schuhe geschoben. Trotzdem zog sich durch das dunkle Wesen von Vater und Sohn ein erhellender Strahl der Menschlichkeit; der schlimme alte Mann liebte seinen Sprößling mit ungestümer Heftigkeit, während der Jüngling für seinen Vater mehr als nur kindliche Zuneigung empfand.

Eines Nachts wurde die Burg auf dem Berg durch das Verschwinden des jungen Godfrey, des Sohnes des Count Henri, in höchste Verwirrung gestürzt. Ein von dem rasenden Vater angeführter Suchtrupp drang in die Hütte der Zauberer ein und traf dort auf den alten Michel Mauvais, der sich über einem riesigen und stürmisch kochenden Kessel zu schaffen machte. Ohne bestimmten Grund legte der Count im Wahnsinn des Zorns und der Verzweiflung Hand an den betagten Hexenmeister, und ehe er seinen mörderischen Griff noch wieder löste, war sein Opfer nicht mehr. Unterdes verkündeten freudestrahlende Diener die Auffindung des jungen Godfrey in einem abgelegenen und unbenutzten Zimmer des großen Gebäudes und berichteten zu spät, so daß der arme Michel ganz umsonst gemordet worden war. Als der Count und sein Gefolge der bescheidenen Behausung des Alchimisten den Rücken kehrten, tauchte zwischen den Bäumen die Gestalt von Charles Le Sorcier auf. Das aufgeregte Geschnatter des herumstehenden Gesindes unterrichtete ihn über das Vorgefallene, doch anfänglich schien er vom Geschick seines Vaters unberührt. Dann ging er langsam auf den Count zu und verkündete dabei mit dumpfer, doch schrecklicher Stimme den Fluch, der seither das Haus von C- heimgesucht hat.

»Nie soll ein Edler Eurer Mörderbrut
Mehr Jahre leben, als Ihr es tut!«

sprach er, als er, mit einem plötzlichen Sprung zurück in die schwarzen Wälder, eine Phiole mit einer farblosen Flüssigkeit aus seinem Umhang zog und sie dem Schlächter seines Vaters ins Gesicht schleuderte, indes er hinter dem Tintenvorhang der Nacht verschwand. Der Count starb ohne ein Wort und wurde am nächsten Tag begraben, nur wenig älter als zweiunddreißig Jahre war er von der Stunde seiner Geburt an geworden. Von dem Meuchelmörder fand sich keine Spur, obwohl unbarmherzige Bauernbanden die benachbarten Wälder und den Wiesengrund um den Berg durchstöberten.

So sehr schläferten die Zeit und das Fehlen eines Mahners die Erinnerung an den Fluch in den Hirnen der Familie des verstorbenen Counts ein, daß es, als Godfrey, der der arglose Anlaß der ganzen Tragödie war und jetzt den Titel trug, im Alter von zweiunddreißig auf der Jagd von einem Pfeil getötet wurde, nur Trauergedanken über sein Hinscheiden gab. Doch als Jahre später der nächste junge Count, Robert geheißen, ohne erkennbare Ursache tot in einem nahegelegenen Feld aufgefunden wurde, erzählten sich die Bauern gerüchteweise, daß ihr Seigneur kürzlich erst seinen zweiunddreißigsten Geburtstag begangen hätte, als ihn ein früher Tod überraschte. Louis, den Sohn von Robert, fand man im gleichen verhängnisvollen Alter ertrunken im Burggraben, und so ging durch die Jahrhunderte die ominöse Chronik weiter: Henri, Robert, Antoine und Armand – alle aus ihrem glücklichen und tugendhaften Leben gerissen, wenn sie knapp das Alter hatten, das ihr unseliger Vorfahr bei seiner Ermordung besaß.

Daß mir im Höchstfall nur noch elf weitere Lebensjahre blieben, davon überzeugten mich die Worte, die ich gelesen hatte. Mein Leben, das mir bislang wenig gegolten hatte, wurde mir jetzt mit jedem Tag teurer, während ich immer tiefer in die Mysterien der verborgenen Welt der schwarzen Magie eintauchte. Isoliert wie ich war, hatte die moderne Wissenschaft keinen Eindruck bei mir hinterlassen, und ich plagte mich wie im Mittelalter, genauso vertieft in die Erlangung dämonologischen und alchimistischen Wissens, wie es der alte Michel und der junge Charles gewesen waren. Doch soviel ich auch las, ich fand keine Erklärung für den seltsamen Fluch auf meinem Geschlecht. In ungewöhnlich rationalen Momenten ging ich sogar soweit, nach einer natürlichen Erklärung zu suchen, und die frühen Tode meiner Ahnen dem finsteren Charles Le Sorcier und seinen Erben zuzuschreiben; doch da ich bei sorgfältiger Nachforschung herausgefunden hatte, daß es keine bekannten Abkömmlinge des Alchimisten gab, fiel ich wieder in okkulte Studien zurück und unterfing mich erneut, eine Zauberformel zu finden, die mein Haus von seiner schrecklichen Last befreien würde. In einem stand mein Entschluß felsenfest. Ich würde niemals heiraten, denn, da es keinen anderen Zweig meiner Familie gab, könnte ich so mit mir selbst den Fluch beenden.

Als ich auf die Dreißig zuging, wurde der alte Pierre ins Jenseits abberufen. Ich begrub ihn allein unter den Steinen des Hofs, über den er im Leben so gern gegangen war. So blieb ich denn als einziges menschliches Wesen in der großen Festung zurück, um über mich nachzugrübeln, und in meiner absoluten Einsamkeit begann mein Geist seinen vergeblichen Protest gegen das drohende Verhängnis aufzugeben, sich fast mit dem Schicksal auszusöhnen, das so viele meiner Ahnen ereilt hatte. Ich widmete jetzt einen Großteil meiner Zeit der Erforschung der verfallenen und verlassenen Hallen und Türme des alten Schlosses, die ich in der Jugend aus Angst gemieden hatte und von denen einige, wie mir der alte Pierre einmal erzählt hatte, seit über vier Jahrhunderten kein menschlicher Fuß mehr betreten hatte. Seltsam und ehrfurchtgebietend waren viele der Dinge, denen ich begegnete. Auf Möbel, die der Staub der Epochen deckte und die unter der Fäulnis langer Feuchtigkeit zerbröselten, traf mein Blick. Überall spannten sich Spinnweben in nie geschauter Fülle, und Riesenfledermäuse flappten allüberall in dem sonst unbewohnten Düster mit ihren knochigen und unheimlichen Flügeln.

Über mein exaktes Alter führte ich sogar bis auf Tage und Stunden genau Buch, denn jede Pendelbewegung der klotzigen Uhr in der Bibliothek zählte so viel von meinem dem Untergang geweihten Dasein ab. Schließlich näherte ich mich der Zeit, die ich so lange mit Befürchtung hatte kommen sehen. Da die meisten meiner Ahnen eine kleine Weile, bevor sie das genaue Alter von Count Henri erreichten, hinweggerafft worden waren, blieb ich jeden Augenblick auf der Hut vor dem Kommen des unbekannten Todes. In welcher sonderbaren Gestalt der Fluch mich einholen würde, wußte ich nicht; doch ich war entschlossen, daß er mich zumindest nicht als feiges oder passives Opfer antreffen sollte. Mit neuem Elan widmete ich mich meiner Erkundung des alten Schlosses und seiner Bestände.

Es geschah auf einem der längsten von all meinen Entdeckungsausflügen in den verlassenen Teil der Burg – keine Woche vor jener fatalen Stunde, die nach meinem Gefühl die äußerste Grenze meines Erdenaufenthaltes markieren mußte, über die hinaus ich nicht einmal die allerleiseste Hoffnung haben durfte, noch weiter Atem zu schöpfen – daß mir das krönende Ereignis meines ganzen Lebens begegnete. Ich hatte mehr als die Hälfte des Morgens damit verbracht, halb ruinöse Treppen in einem der baufälligsten alten Ecktürme hinauf- und hinabzusteigen. Mit dem Vorschreiten des Nachmittags durchforschte ich die unteren Ebenen und stieg hinunter in einen Raum, der entweder ein mittelalterliches Verlies oder eine später angelegte Pulverkammer zu sein schien. Als ich langsam den salpeterverkrusteten Gang am Fuß der letzten Treppe durchquerte, wurden die Platten sehr feucht, und bald erkannte ich im flackernden Schein meiner Fackel, daß eine nackte, wasserfleckige Mauer meinen Ausflug hemmte. Als ich mich zur Umkehr wandte, fiel mein Blick auf eine kleine Falltür mit einem Ring, die direkt unter meinem Fuß lag. Ich verharrte und schaffte es mit Mühe, sie zu heben, worauf eine schwarze Öffnung zum Vorschein kam, die schädliche Dämpfe verströmte, von denen meine Fackel zu sprühen begann, und die im schwankenden Licht den Anfang einer steinernen Treppenflucht freigab.

Sowie die Fackel, die ich in die abstoßenden Tiefen senkte, ungehindert und stetig brannte, begann ich meinen Abstieg. Die Stufen waren zahlreich und führten zu einem engen, mit Steinfliesen ausgelegten Gang, der, wie ich wußte, tief unter der Erde liegen mußte. Dieser Gang erwies sich von großer Länge und endete in einer massiven Eichentür, die von der Feuchtigkeit des Orts triefte und sich standhaft all meinen Versuchen, sie zu öffnen, widersetzte. Ich stellte nach einiger Zeit meine diesbezüglichen Bemühungen ein und war schon wieder ein Stück in Richtung Stufen zurückgegangen, da überfiel meine Erfahrung plötzlich einer der tiefsten, tollmachendsten Schocks, die zu empfangen der menschliche Geist fähig ist. Ohne Warnung hörte ich die schwere Tür hinter mir in ihren rostigen Angeln langsam aufknarren. Meine augenblicklichen Empfindungen ließen keine Analyse zu. An einem so gründlich verlassenen Ort, für den ich die alte Burg gehalten hatte, mit dem Beweis für die Gegenwart eines Menschen oder Geistes konfrontiert zu werden, löste in meinem Gehirn ein Grauen allerheftigster Art aus. Als ich mich schließlich umdrehte und dem Herd des Geräusches gegenüberstand, müssen meine Augen bei dem Anblick, der sich ihnen bot, aus den Höhlen gequollen sein.

Dort in dem uralten gotischen Türbogen stand eine menschliche Gestalt. Es war die eines mit Sturmhaube und langem mittelalterlichen Umhang dunkler Farbe bekleideten Mannes. Sein langes Haar und sein wallender Bart besaßen eine schreckliche und tiefschwarze Färbung und unglaubliche Fülle. Seine Stirn, über das normale Maß hoch, seine Wangen, tief eingefallen und schwer von Falten zerfurcht, und seine Hände, lang, klauenähnlich und knorrig, waren von einer so tödlichen, marmorgleichen Weiße, wie ich sie sonst nie an einem Menschen gesehen habe. Seine Gestalt, dürr wie ein Skelett, war sonderbar gebeugt und verlor sich fast in den voluminösen Falten seines eigenartigen Kleidungsstücks. Doch am seltsamsten waren seine Augen, Zwillingshöhlen abgrundtiefer

Schwärze, profund im Ausdruck von Einsicht, doch unmenschlich im Grad ihrer Bosheit. Sie waren jetzt auf mich geheftet, durchbohrten meine Seele mit ihrem Haß, ließen mich wie angewurzelt stehen.

Endlich sprach die Gestalt mit einer polternden Stimme, die mich mit ihrer dumpfen Hohlheit und unterschwelligen Feindseligkeit eisig durchschauerte. Die Sprache, in die der Diskurs gekleidet war, war jene heruntergekommene Form des Lateins, die bei den gelehrteren Menschen des Mittelalters in Gebrauch stand und mir von meinem ausgedehnten Studium der Werke der alten Alchimisten und Dämonologen her vertraut war. Die Erscheinung sprach von dem Fluch, der über meinem Haus geschwebt hatte, verkündete mir mein nahes Ende, verweilte bei dem Unrecht, das mein Ahnherr Michel Mauvais zugefügt hatte, und weidete sich an der Rache von Charles Le Sorcier. Er erzählte, wie der junge Charles in die Nacht entkommen war, in späteren Jahren zurückkehrte, um Godfrey, den Erben, mit einem Pfeil zu töten, gerade als er sich dem Alter näherte, das sein Vater bei seiner Ermordung besessen hatte; wie er heimlich auf den Besitz zurückgekehrt war und sich unbemerkt in dem schon damals verödeten unterirdischen Gemach, dessen Türbogen jetzt den gräßlichen Erzähler umrahmte, eingerichtet hatte, wie er Robert, Godfreys Sohn, auf einem Feld ergriffen, ihm mit Gewalt Gift eingeflößt und ihn so im Alter von zweiunddreißig dem Tod überlassen und auf diese Weise die üblen Statuten seines rachsüchtigen Fluchs gewahrt hatte. An dieser Stelle blieb es mir überlassen, die Lösung des größten Geheimnisses selbst zu ersinnen, wie nämlich der Fluch seit der Zeit erfüllt worden war, nachdem Charles Le Sorcier dem Laufe der Natur folgend gestorben sein mußte, denn der Mann schweifte nun in einen Bericht über die tiefen alchimistischen Studien der beiden Zauberer, Vater und Sohn, ab, wobei er ganz besonders der Forschungen von Charles Le Corcier Erwähnung tat, die das Elixier betrafen, das dem, der es einnahm, ewiges Leben und Jugend gewähren sollte.

Seine Begeisterung schien für den Moment die schwarze Feindseligkeit, die mich zuerst so erschreckt hatte, aus seinem entsetzlichen Blick genommen zu haben, doch plötzlich kehrte das teuflische Funkeln zurück, und mit einem schockierenden Geräusch wie dem Zischen einer Schlange hob der Fremde eine Glasphiole, in der eindeutigen Absicht, mein Leben in der gleichen Art zu beenden, wie Charles Le Sorcier sechshundert Jahre zuvor das meines

Ahnen beendet hatte. Getrieben von einem rettenden Instinkt der Selbstverteidigung, durchbrach ich den Bann, der mich bisher gelähmt hatte, und schleuderte meine jetzt ersterbende Fackel nach der Kreatur, die mein Leben bedrohte. Ich hörte die Phiole unschädlich an den Steinen des Ganges zerbrechen, als der Umhang des seltsamen Mannes Feuer fing und die grausige Szene mit einem geisterhaften Glanz erhellte. Das Angst- und machtlose Haßgeschrei, das der Möchtegern-Meuchelmörder ausstieß, erwies sich für meine bereits erschütterten Nerven als zuviel, und ich schlug in totaler Bewußtlosigkeit der Länge nach auf den schleimigen Boden hin.

Als mir schließlich die Sinne wiederkehrten, war alles fürchterlich dunkel, und als sich mein Geist an das Geschehene entsann, schrak er vor der Idee, noch mehr zu sehen, zurück; doch Neugier gewann über alles die Oberhand. Wer, so fragte ich mich, war dieser Mann des Bösen, und wie kam er in die Burgmauern? Warum sollte er den Tod von Michel Mauvais rächen wollen, und wie war der Fluch durch all die langen Jahrhunderte seit der Zeit von Charles Le Sorcier weitergetragen worden? Die Furcht von Jahren war mir von den Schultern genommen, denn ich wußte, daß er, den ich gefällt hatte, die Quelle aller Gefahr war, die mir aus dem Fluch erwuchs; und jetzt, da ich frei war, brannte ich vor Verlangen, mehr über die finstere Sache zu erfahren, die mein Geschlecht jahrhundertelang heimgesucht und aus meiner eigenen Jugend einen einzigen langandauernden Alptraum gemacht hatte. Zu weiterer Erkundung entschlossen, tastete ich in meinen Taschen nach Flintstein und Feuerstahl und entzündete die unbenutzte Fackel, die ich bei mir hatte.

Zuallererst enthüllte neues Licht die entstellte und geschwärzte Gestalt des mysteriösen Fremden. Die gräßlichen Augen waren jetzt geschlossen. Den Anblick mißbilligend, wandte ich mich ab und betrat das Zimmer hinter der gotischen Tür. Hier fand ich etwas, das sehr dem Laboratorium eines Alchimisten glich. In einer Ecke lagerte ein ungeheurer Haufen glänzenden gelben Metalls, das im Schein der Fackel herrlich funkelte. Es mag Gold gewesen sein, doch ich hielt nicht inne, um es zu untersuchen, denn ich war von dem, was ich durchgemacht hatte, sonderbar betroffen. Auf der gegenüberliegenden Seite des Raums war eine Öffnung, die in eine der zahlreichen wilden Schluchten des dunklen Bergflankenwaldes hinausführte. Von Staunen erfüllt, aber nun trotzdem begreifend, wie der Mann Zugang ins Schloß gefunden hatte, schickte ich mich zur Rückkehr an. Ich hatte beabsichtigt, mit abgewandtem Gesicht an den Überresten des Fremden vorbeizugehen, doch als ich mich dem Körper näherte, schien ich ein schwaches Geräusch von ihm ausgehen zu hören, als sei das Leben noch nicht völlig in ihm erloschen. Entgeistert drehte ich mich um, um die verkohlte und eingeschrumpfte Gestalt auf dem Boden prüfend zu betrachten.

Da weiteten sich plötzlich die gräßlichen Augen, schwärzer noch als das versengte Gesicht, in das sie eingelassen waren, mit einem Ausdruck, den ich nicht zu deuten vermochte. Die rissigen Lippen versuchten Worte zu formen, die ich nicht gut verstehen konnte. Einmal erhaschte ich den Namen von Charles Le Sorcier, und dann wieder bildete ich mir ein, daß die Worte »Jahre« und »Fluch« aus dem verzerrten Mund kamen. Trotzdem gelang es mir nicht, den Sinn seiner unzusammenhängenden Rede zu erraten. Als ich offensichtlich nicht begriff was er meinte, blitzten mich die pechschwarzen Augen erneut feindselig an, bis ich zitterte, als ich ihn ansah, so hilflos mir mein Gegner auch erschien.

Plötzlich erhob der arme Teufel in einer letzten Kraftanstrengung den jämmerlichen Kopf von den feuchten und eingesunkenen Platten. Dann, als ich von Furcht gelähmt stehenblieb, fand er seine Stimme und kreischte in seinem Todesröcheln jene Worte heraus, die mich seither Tag und Nacht verfolgt haben. »Narr!« kreischte er. »Kannst du mein Geheimnis nicht erraten? Fehlt dir das Hirn, den Willen zu erkennen, der durch sechs Jahrhunderte hindurch den fürchterlichen Fluch an deinem Haus erfüllt hat? Habe ich dir denn nicht von dem großen Elixier des ewigen Lebens erzählt? Weißt du nicht, wie das Geheimnis der Alchimie gelöst wurde? Ich sag' es dir, ich bin es! Ich! Ich! der sechshundert Jahre gelebt hat, um meine Rache fortzusetzen, denn ich bin Charles Le Sorcier!«

Das Grab

Wenn ich über die Umstände berichte, die zu meiner Haft in diesem Refugium für die Blödsinnigen geführt haben, so tue ich dies in dem Bewußtsein, daß meine momentane Situation an der Authentizität meiner Geschichte ganz natürliche Zweifel aufkommen lassen wird. Es ist ein bedauerlicher Umstand, daß das Gros der Menschheit in seiner geistigen Schau zu beschränkt ist, um mit Geduld und Verstand jene isolierten Phänomene zu erwägen, die, nur von ein paar wenigen psychologisch Sensiblen gesehen und gefühlt, außerhalb seiner Alltagserfahrung liegen. Menschen von weiterreichendem Verstand wissen, daß zwischen dem Realen und Irrealen keine scharfe Trennung existiert; daß alle Dinge nur kraft der delikaten individuellen physikalischen und mentalen Medien, durch die sie uns bewußt gemacht werden, so erscheinen, wie sie es tun; doch der prosaische Materialismus der Mehrheit verdammt die Blitze der Hellsichtigkeit, die den gewöhnlichen Schleier platten Empirismus durchdringen, als Wahnsinn.

Mein Name ist Jervas Dudley, und ich bin von Kindesbeinen an ein Träumer und Visionär gewesen. Wohlhabend genug, um der Notwendigkeit eines Brotberufs enthoben zu sein und vom Temperament her zu den akademischen Studien und gesellschaftlichen Vergnügungen meiner Bekannten ungeeignet, habe ich seit jeher in von der sichtbaren Welt abgesonderten Regionen geweilt; verbrachte meine Kindheit und Jugend mit uralten und wenig bekannten Büchern und mit dem Durchstreifen der Felder und Haine in der Umgebung meines Vaterhauses. Ich glaube nicht, daß das, was ich in diesen Büchern las oder in diesen Feldern und Hainen sah, genau dem entsprach, was andere Jungen dort lasen oder sahen; doch hiervon darf ich wenig sagen, denn ginge ich ins Detail, würde dies nur jene grausamen Verleumdungen meines Verstandes bestätigen, die ich manchmal dem Geflüster der verstohlenen Pfleger um mich her ablausche. Es genügt mir, Ereignisse zu berichten, ohne Ursachen zu analysieren.

Ich habe gesagt, daß ich abgesondert von der sichtbaren Welt weilte, aber ich habe nicht gesagt, daß ich dort alleine weilte. Dies darf kein menschliches Wesen tun; denn wenn es der Kameradschaft der Lebendigen entbehrt, beschwört es unvermeidlich die Kameradschaft von Dingen herauf, die nicht, oder nicht mehr lebendig sind. Nahe bei meinem Heim liegt eine eigentümliche bewaldete Mulde, in deren Zwielichttiefen ich die meiste Zeit zubrachte; lesend, nachdenkend, träumend. Ihre moosbedeckten Hänge hinunter führten meine ersten Kinderschritte, und um ihre grotesk-knorrigen Eichenbäume wob ich die ersten Phantasien meiner Knabenzeit. Wohl lernte ich die gebietenden Dryaden dieser Bäume kennen, und oft habe ich ihre wilden Tänze in den zitternden Strahlen eines schwindenden Mondes beobachtet – doch von diesen Dingen darf ich jetzt nicht sprechen. Ich will nur von dem einsamen Grab im dunkelsten Dickicht der Hügelflanke erzählen; vom verödeten Grab der Hydes, einer alten und exaltierten Familie, deren letzter direkter Nachfahre viele Dekaden vor meiner Geburt in seine schwarzen Tiefen gebettet worden war.

Die Gruft, auf die ich mich beziehe, ist aus uraltem Granit, verwittert und fleckig von den Nebeln und der Feuchtigkeit von Generationen. Da sie nach rückwärts in die Hügelflanke gegraben ist, sieht man von der Anlage nur den Eingang. Die Tür, eine massive und häßliche Steinplatte, hängt in verrosteten Angeln und wird auf sonderbar düstere Art vermittels schwerer Eisenketten und Vorhängeschlösser einen Spalt weit offengehalten, so wie es vor einem halben Jahrhundert die gruslige Mode war. Die Wohnstatt des Geschlechts, dessen Sprößlinge hier beigesetzt sind, hatte einst den Hang gekrönt, der das Grab aufnimmt, war jedoch vor langer Zeit den Flammen zum Opfer gefallen, die aus einem Blitzschlag hochschossen. Von dem mitternächtlichen Sturm, der dieses düstere Herrenhaus zerstörte, sprechen die älteren Bewohner der Gegend manchmal mit flüsternder und unbehaglicher Stimme; und spielen auf das, was sie »göttlichen Zorn« nennen, in einer Art an, die in späteren Jahren die schon immer große Faszination, die das vom Forst verfinsterte Grabmal auf mich ausübte, noch vage verstärkte. Nur ein Mann war im Feuer umgekommen. Als der letzte der Hydes an diesem Ort der Schatten und der Stille begraben wurde, war die traurige Urne voll Asche aus einem fernen Land gekommen, in das die Familie zurückgekehrt war, als das Herrenhaus niederbrannte. Es ist keiner mehr übrig, um Blumen vor das Granitportal zu legen, und wenige verspüren Lust, den bedrückenden Schatten zu trotzen, die die vom Wasser ausgespülten Steine seltsam zu umlagern scheinen.

Ich werde nie den Nachmittag vergessen, an dem ich zum ersten Mal per Zufall auf das halbversteckte Haus des Todes stieß. Es war im Hochsommer, wenn die magische Verwandlungskraft der Natur die waldreiche Landschaft in eine leuchtende und fast homogene grüne Masse verwandelt; wenn die Sinne nahezu von den wogenden Meeren feuchten Grüns und den zarten, undefinierbaren Düften der Erde und Vegetation berauscht sind. In solcher Umgebung verliert der Geist seine Perspektive; Zeit und Raum werden trivial und unwirklich, und die Echos einer vergessenen prähistorischen Vergangenheit branden beharrlich gegen das bezauberte Bewußtsein.

Ich war den ganzen Tag durch die mystischen Haine der Senke gewandert; dachte Gedanken, die ich nicht zur Sprache zu bringen brauche, und unterhielt mich mit Dingen, die ich nicht zu benennen brauche. Als zehnjähriges Kind hatte ich viele, der großen Menge unbekannte Wunder gesehen und gehört; und war in gewisser Hinsicht merkwürdig alt. Als ich plötzlich dem Eingang der Gruft gegenüberstand, nachdem ich mir eben meinen Weg zwischen zwei wüsten Dornstrauchgebirgen hindurch erkämpft hatte, hatte ich keine Ahnung, was ich entdeckt hatte. Die dunklen Granitblöcke, die so eigenartig halboffene Tür und der eingemeißelte Grabschmuck über dem Bogen erweckten in mir keine kummervollen oder schrecklichen Assoziationen. Was Gräber und Grüfte waren, wußte ich und malte mir viel darüber aus, doch auf Grund meines eigentümlichen Temperaments hatte man mich nie in direkte Berührung mit Kirchhöfen und Friedhöfen kommen lassen. Das seltsame Steinhaus am Waldhang war mir nur eine Quelle des Interesses und der Spekulation; und sein kaltes, dumpfiges Inneres, in das ich durch den so quälend offengelassenen Ritz vergebens spähte, barg für mich keine Andeutung von Tod oder Verwesung. Doch in jenem Moment der Neugier wurde das irrsinnig vernunftlose Verlangen geboren, das mich in diese Hölle des Eingesperrtseins gebracht hat. Angestachelt von einer Stimme, die aus der gräßlichen Seele des Forsts gekommen sein muß, beschloß ich, das mich herzuwinkende Düster trotz der massiven Ketten, die meinen Durchgang hinderten, zu betreten. Im sinkenden Tageslicht rüttelte ich abwechselnd an den rostigen Hemmnissen, in der Absicht, die Steintür weit aufzureißen, und versuchte dann wieder, meine schlanke Gestalt durch die bereits vorhandene Lücke zu quetschen; doch keinem der Pläne war Erfolg beschieden. Anfangs neugierig, war ich jetzt rasend; und als ich im wachsenden Zwielicht nach Hause zurückkehrte, da hatte ich bei den hundert Göttern des Hains geschworen, daß ich mir *um jeden Preis* eines Tages einen Zugang zu den schwarzen, frostigen Tiefen erzwingen würde, die mich zu rufen schienen. Der Arzt mit dem eisgrauen Bart, der täglich in mein Zimmer kommt, erzählte einmal einem Besucher, daß dieser Entschluß den Beginn einer mitleiderregenden Monomanie markiere; doch das Schlußurteil soll meinen Lesern vorbehalten bleiben, wenn sie alles gehört haben werden.

Die auf meine Entdeckung folgenden Monate vergingen mit vergeblichen Versuchen, das komplizierte Vorhängeschloß an der leicht geöffneten Gruft zu erbrechen und mit vorsichtig-behutsamen Erkundigungen betreffs der Art und Geschichte des Bauwerks. Mit den traditionell offenen Ohren des kleinen Jungen erfuhr ich viel; obwohl mich eine angeborene Verschwiegenheit veranlaßte, keinem von meiner Kenntnis und meinem Entschluß zu erzählen. Es ist vielleicht erwähnenswert, daß ich überhaupt nicht überrascht oder entsetzt war, als ich den Zweck der Gruft erfuhr. Meine ziemlich originellen Ideen über Leben und Tod hatten mich dazu gebracht, den kalten Lehm mit dem atmenden Körper verschwommen in Verbindung zu setzen; und ich spürte, daß die große und düstere Familie des niedergebrannten Herrenhauses irgendwie innerhalb des Steinraums, den ich zu erforschen trachtete, vertreten war. Gemunkelte Geschichten von den unheimlichen Riten und gottlosen Orgien verflossener Jahre in den uralten Hallen, gaben mir ein neues und mächtiges Interesse an dem Grab, vor dessen Tür ich zu jeder Tageszeit stundenlang zu sitzen pflegte. Einmal stieß ich eine Kerze in den fast geschlossenen Eingang, konnte aber außer einer abwärtsführenden feuchten Steintreppe nichts sehen. Der Geruch des Orts stieß mich ab und bestrickte mich doch auch. Ich fühlte, daß ich ihn früher schon gekannt hatte, in einer Vergangenheit jenseits allen Erinnerns; jenseits sogar meines Innewohnens in dem Körper, den ich jetzt besitze.

In dem Jahr, das meinem ersten Ansichtigwerden des Grabes folgte, stieß ich in der mit Büchern vollgestopften Mansarde meines Zuhauses auf eine wurmstichige Übersetzung von Plutarchs »Parallelbiographien«. Als ich den Lebenslauf von Theseus las, beeindruckte mich die Stelle sehr, die von dem großen Stein erzählte, unter dem der knabenhafte Held die Zeichen seiner Bestimmung finden sollte, sobald er alt genug sein würde, um dessen enormes Gewicht zu heben. Die Legende zeitigte die Wirkung, meine allerheftigste Ungeduld, die Gruft zu betreten, zu zerstreuen, denn sie gab mir das Gefühl, daß die Zeit jetzt noch nicht reif war. Später, sagte ich mir, würde ich zu einer Stärke und Erfindungsgabe heranwachsen, die mich befähigen könnte, die schwer mit Ketten verhängte Tür mühelos zu entriegeln; doch bis dahin täte ich besser daran, mich dem scheinbaren Willen des Schicksals zu beugen.

Folglich wurden meine Wachen an dem dumpfigen Portal weniger ausdauernd, und ich verbrachte viel Zeit mit anderem, wenn auch ebenso sonderbarem Treiben. So stand ich manchmal mitten in der Nacht ganz leise auf und stahl mich zu Spaziergängen in jenen Kirchhöfen und Begräbnisstätten hinaus, von denen mich meine Eltern ferngehalten hatten. Was ich dort tat, darf ich nicht sagen, denn ich bin mir der Realität gewisser Dinge nicht sicher; aber ich weiß, daß ich an dem Tag nach einem solchen nächtlichen Streifzug meine Umgebung oft mit meiner Kenntnis über Themen überraschte, die nach vielen Generationen beinahe vergessen waren. Es war nach einer solchen Nacht, da schockierte ich die Gemeinde mit einer verqueren Idee über das Begräbnis des reichen und berühmten Squire Brewster, eines Lokalhistorikers, der 1711 beigesetzt wurde und dessen Schiefergrabstein, der einen gemeißelten Totenschädel nebst gekreuzten Knochen trug, langsam zu Pulver zerbröselte. In einem Augenblick kindlicher Phantasie erklärte ich nicht nur feierlich, daß der Begräbnisunternehmer Goodman Simpson die mit Silberschnallen besetzten Schuhe, die Seidenstrümpfe und samtenen Beinkleinkleider des Verstorbenen vor dem Begräbnis gestohlen hätte, sondern auch, daß sich der nicht ganz tote Squire selbst am Tage nach der Beisetzung zweimal in seinem Sarg unter dem Erdhügel umgedreht hätte.

Doch der Gedanke, das Grab zu betreten, geriet mir nie aus dem Sinn; war ich doch immerhin stimuliert durch die unvermutete genealogische Entdeckung, daß meine eigenen Vorfahren mütterlicherseits zumindest doch ein dünnes Bindeglied zu der angeblich erloschenen Familie der Hydes besaßen. Als letzter aus der Linie meines Vaters war ich nun gleichfalls auch der letzte dieser älteren und geheimnisvolleren Linie. Ich begann zu fühlen, daß das Grab *mein* war, und mit glühendem Eifer sehnte ich die Zeit herbei, wo ich durch diese Steintür hindurch und diese schleimigen Steinstufen hinunter ins Dunkel würde gehen können. Ich machte es mir jetzt zur Gewohnheit, ganz scharf an dem leichtgeöffneten Portal zu lauschen, wobei ich mir für diese wunderliche Vigilie meine Lieblingsstunden der Mitternachtsstille wählte. Als ich mündig wurde, hatte ich vor der schimmelfleckigen, Fassade eine kleine Lichtung im Dickicht der Bergflanke geschaffen und es der umgebenden Vegetation gestattet, den Ort wie Wände und Dach einer Waldlaube zu umschließen und überwachsen. Diese Laube war mein Tempel, die versperrte Tür mein Schrein, und hier lag ich ausgestreckt auf dem Moosboden und dachte seltsame Gedanken und träumte seltsame Träume.

Die Nacht der ersten Enthüllung war schwül. Ich muß vor Erschöpfung eingeschlafen sein, denn als ich die Stimme hörte, hatte ich das deutliche Gefühl aufzuwachen. Von diesen Tönen und Akzenten zögere ich zu sprechen; von ihrer Beschaffenheit will ich nicht sprechen; aber ich darf sagen, daß ihnen gewisse unheimliche Abweichungen im Vokabular, der Aussprache und Sprechweise eigen waren. Jede Schattierung des Neuengland-Dialekts, von den groben Silbenfällen der puritanischen Kolonisten bis zur präzisen Rhetorik von vor fünfzig Jahren, schien in jenem Schattenkolloquium vertreten; wenngleich mir dieser Umstand erst später auffiel. Damals freilich lenkte ein anderes Phänomen meine Aufmerksamkeit von dieser Sache ab; ein so flüchtiges Phänomen, daß ich seine Realität nicht auf meinen Eid nehmen könnte. Mir war beim Erwachen beinahe so, als wäre in dem tiefliegenden Grabmal hastig *ein Licht* gelöscht worden. Ich glaube, daß ich weder verblüfft noch panikerfüllt war, aber ich weiß, daß ich in dieser Nacht gewaltig und dauerhaft *verändert* wurde. Beim Nachhausekommen ging ich zielstrebig zu einer verfaulenden Kiste in der Mansarde, in der ich den Schlüssel fand, der mir am nächsten Tag mühelos das Hindernis aufschloß, das ich so lange vergebens bestürmt hatte.

Es war im sanften Glanz des Spätnachmittags, da ich die Gruft in dem verlassenen Hang zum ersten Mal betrat. Ich stand wie unter einem Bann, und mein Herz hüpfte vor einer Erregung, die ich nur schlecht zu schildern vermag. Als ich die Tür hinter mir schloß und die triefenden Stufen im Licht meiner einsamen Kerze hinunterschritt, schien ich den Weg zu kennen; und obwohl die Kerze in den erstickenden Ausdünstungen des Orts sprühte und prasselte, fühlte ich mich in der muffigen Beinhausluft eigenartig zu Hause. Beim Umsehen erblickte ich zahlreiche Marmorplatten, die Särge oder die Überreste von Särgen trugen. Einige davon waren verpicht und intakt, doch andere waren nahezu verschwunden und hinterließen die Silbergriffe und Tafeln isoliert zwischen sonderbaren weißlichen Staubhäufchen. Auf einer Tafel las ich den Namen von Sir Geoffrey Hyde, der 1640 aus Sussex gekommen war und hier ein paar Jahre später starb. In einer augenfälligen Nische war ein ziemlich guterhaltener und unbelegter Sarg, den ein einziger Name zierte, der mir sowohl ein Lächeln wie ein Erschauern abforderte. Ein unheimlicher Drang ließ mich auf die breite Platte klettern, meine Kerze löschen und mich in die leere Kiste legen.

Im grauen Licht der Morgendämmerung stolperte ich aus der Gruft und schloß die Türkette hinter mir ab. Ich war kein junger Mann mehr, obwohl erst einundzwanzig Winter meine körperliche Gestalt durchfröstelt hatten. Früh aufgestandene Dorfbewohner, die mich auf dem Heimweg beobachteten, musterten mich sonderbar und wunderten sich über die Spuren ausschweifender Orgien, die sie an jemandem wahrnahmen, von dem man wußte, daß er ein nüchternes und einsames Leben führte. Ich erschien vor meinen Eltern erst nach einem langen und erfrischenden Schlaf.

Hinfort suchte ich das Grab allnächtlich auf; sah, hörte und tat Dinge, an die ich mich nie mehr entsinnen darf. Meine Sprache, für Umwelteinflüsse immer anfällig, war das erste, was der Veränderung unterlag; und mein plötzlich erworbener Archaismus der Diktion war bald in aller Munde. Später trat eine wunderliche Kühnheit und Verwegenheit in mein Benehmen, bis ich trotz meiner lebenslangen Abgeschiedenheit unbewußt das Auftreten eines Mannes von Welt gewann. Meine vormals stille Zunge wurde beredt mit der spielerischen Grazie eines Chesterfield oder dem gottlosen Zynismus eines Rochester. Ich glänzte mit einer eigentümlichen Belesenheit, die so gar nicht zu den mönchischen Wissensschätzen stimmte, über denen ich in der Jugend gebrütet hatte; und ich bedeckte die Vorsatzblätter meiner Bücher mit gefälligen improvisierten Epigrammen, die an Gay, Prior und die spritzigsten unter den augusteischen Geistern und Reimschmieden denken ließen. Eines Morgens beim Frühstück erlebte ich fast ein Desaster, als ich in deutlich angetrunkenen Tönen einen Erguß bacchantischen Frohsinns des achtzehnten Jahrhunderts deklamierte, ein Stück georgischer Ausgelassenheit, das nie in einem Buch aufgezeichnet wurde und etwa so lautete:

Her zu mir, Freunde, mit den Humpen voll Bier,
Und trinkt auf das Jetzt, solang Ihr noch hier;
Häuft auf die Teller Euch ein gut's Stück vom Rind,
Denn Speisen und Trank geben, daß fröhlich wir sind:
So füllt Euer Glas,
Bald endet der Spaß;
Weil auf König und Maid leert ein Toter kein Faß!

Anakreons Nase war rot, sag einer an;
Doch stört so'n Zinken einen lustigen Mann?
Zum Henker! Rot bin ich lieber vom Gerstensaft,
Als weiß wie 'ne Lilie – und in Grabeshaft!
Nun, Betty, mein Schatz,
Komm, gib mir 'nen Schmatz;
Denn für Wirtstöchter ist in der Hölle kein Platz!

Jung Harry ist auch nicht mehr ganz taufrisch,
Verliert bald die Peruck' und rutscht unter'n Tisch,
Doch füllt die Pokale, laßt mir keinen geleert –
Besser doch unter'm Tisch, als unter der Erd!
So schwelget und schluckt,
Wenn der Durst Euch juckt:
Sechs Fuß unter'm Rasen wird sich nicht gemuckt!

Hol's der Teufel! Ich kann kaum mehr geh'n;
Verdammich, und auch weder reden noch steh'n!
Heh, Gastwirt, schaff' Er mir Platz auf einer Bank;
Ich bleib' noch was hier, denn meine Frau ist krank!
Jetzt setz' ich mich hin;
Sonst schlag' ich lang hin,
Doch treib' ich's lustig, solang ich auf Erden bin!

Etwa um diese Zeit pflanzte sich mir meine heutige Angst vor Feuer und Gewittern ein. War ich bisher solchen Dingen gleichgültig gegenübergestanden, so empfand ich jetzt ein unaussprechliches Grauen davor und zog mich in die hintersten Winkel des Hauses zurück, wann immer die Himmel mit einem elektrischen Schauspiel drohten. Einer meiner Lieblingsplätze bei Tage war der zerfallene Keller des Herrenhauses, das abgebrannt war, und in der Einbildung malte ich mir das Gebäude immer so aus, wie es in seiner Blüte gewesen war. Bei einer Gelegenheit verblüffte ich einen Dorfbewohner dadurch, daß ich ihn zuversichtlich zu einem flachen Unterkeller führte, von dessen Existenz ich trotz des Umstandes zu wissen schien, daß er seit vielen Generationen unsichtbar und vergessen gewesen war.

Schließlich trat ein, was ich lange befürchtet hatte. Alarmiert durch das veränderte Gebaren und Aussehen ihres einzigen Sohnes, begannen meine Eltern über meine Bewegungen ein wohlmeinendes Netz der Spionage zu legen, und dies drohte in einer Katastrophe zu enden. Ich hatte keinem von meinen Besuchen bei dem Grab erzählt und mein Geheimziel seit der Kindheit mit religiöser Inbrunst gehütet; doch jetzt war ich gezwungen, beim Durchziehen der Irrgärten der bewaldeten Senke Vorsicht walten zu lassen, damit ich einen eventuellen Verfolger abschütteln konnte. Meinen Schlüssel zur Gruft hatte ich an einer Kordel um den Hals hängen; daß es ihn gab, wußte nur ich allein. Ich schaffte keins der Dinge, auf die ich stieß, wenn ich mich innerhalb seiner Mauern aufhielt, aus dem Grabmal.

Als ich eines Morgens aus dem feuchten Grab trat und mit nicht allzu sicherer Hand die Kette des Portals festmachte, sah ich in einem angrenzenden Gebüsch das gefürchtete Gesicht eines Beobachters. Das Ende stand zweifellos kurz bevor; denn meine Laube war entdeckt und der Zweck meiner nächtlichen Ausflüge enthüllt. Der Mann sprach mich nicht an, deshalb hastete ich in dem Bemühen nach Hause, das zu belauschen, was er meinem abgehärmten Vater berichten würde. Sollten meine Aufenthalte jenseits der mit Ketten verschlossenen Tür bald der Welt verkündet werden? Stellen Sie sich mein beglücktes Erstaunen vor, als ich den Spion meinen Vater mit vorsichtigem Flüstern darüber informieren hörte, *daß ich die Nacht in der Laube außerhalb des Grabes verbracht hatte*; meine schlafüberzogenen Augen auf den Spalt geheftet, wo das mit einem Vorhängeschloß bewehrte Portal halb offenstand! Welches Wunder hatte den Beobachter derartig in die Irre geleitet? Ich war jetzt überzeugt, daß mich eine übernatürliche Macht beschützte. Durch diesen vom Himmel gesandten Umstand kühn gemacht, begann ich, bei dem Weg zur Gruft völlige Offenheit walten zu lassen; im Vertrauen darauf, daß niemand Zeuge meines Hineingehens werden konnte. Eine Woche kostete ich in vollen Zügen die Freuden dieser Leichenschmauserei, die ich nicht beschreiben darf, dann geschah *Es*, und ich wurde zu dieser verfluchten Heimstatt des Kummers und der Monotonie davongeschafft.

Ich hätte mich diese Nacht nicht hinauswagen sollen; denn der Schatten des Donners hing in den Wolken, und aus dem stinkenden Sumpf am Grunde der Senke stieg eine höllische Phosphoreszenz. Auch der Ruf der Toten war anders. Anstelle des Berghanggrabes war es der verkohlte Keller auf dem Hügelkamm, dessen herrschender Dämon mich mit unsichtbaren Fingern herzuwinkte. Als ich aus einem dazwischenliegenden Hain auf den ebenen Platz vor der Ruine trat, erschaute ich im Mondlicht etwas, das ich schon immer undeutlich erwartet hatte. Das ein Jahrhundert lang verschwundene Herrenhaus erhob sich vor dem verzückten Blick erneut zu seiner stattlichen Höhe; jedes Fenster flammte im Glanz vieler Kerzen. Die lange Auffahrt hoch rollten die Kutschen der Bostoner Gentry, dieweil von den benachbarten Herrenhäusern eine zahlreiche Versammlung gepuderter Stutzer zu Fuß kam. Ich mischte mich unter diese Schar, obgleich ich wußte, daß ich eher zu den Gastgebern denn zu den Gästen gehörte. In der Halle gab es Musik, Gelächter und allenthalben Wein. Mehrere Gesichter erkannte ich; obwohl sie mir hätten besser bekannt sein sollen, wären sie verschrumpft oder von Tod und Fäulnis zerfressen gewesen. Inmitten eines wilden und ruchlosen Haufens war ich der wildeste und hemmungsloseste. Muntere Blasphemien ergossen sich mir in wahren Strömen von den Lippen, und in schockierenden Eskapaden achtete ich kein Gesetz Gottes, der Menschen oder der Natur.

Plötzlich spaltete ein Donnerkeil, der selbst noch das Getöse der schweinischen Orgie überdröhnte, das Dach und legte ein Schweigen der Angst auf die lärmende Kumpanei. Rote Flammenzungen und sengende Hitzeschübe verschlangen das Haus; und entsetzensgeschüttelt von dem Niedergehen eines Unheils, das die Grenzen der gesetzlosen Natur zu überschreiten schien, flohen die Zechbrüder kreischend in die Nacht hinaus. Ich allein blieb zurück, festgenagelt auf meinem Platz von einer sklavischen Furcht, die ich nie zuvor verspürt hatte. Und dann bemächtigte sich meiner Seele ein zweites Grauen. Lebendig zu Asche verbrannt, mein Körper in alle vier Winde zerstreut, *nie würde ich im Grab der Hydes ruhen!* Stand mein Sarg nicht für mich bereit? Hatte ich nicht ein Recht darauf, bis zur Ewigkeit zwischen den Nachfahren von Sir Geoffrey Hyde zu ruhen? O ja! Ich würde mein Erbgut des Todes beanspruchen, und müßte sich meine Seele auch durch Zeitalter hindurch auf die Suche begeben nach einer anderen körperlichen Behausung, die sie auf jener unbesetzten Platte in der Nische der Gruft vertrat. *Jervas Hyde* sollte nimmermehr das traurige Schicksal des Palinurus teilen!

Als das Phantom des brennenden Hauses verblaßte, fand ich mich schreiend und um mich schlagend in den Armen zweier Männer wieder, von denen der eine der Spion war, der mich bis zum Grab verfolgt hatte. Es regnete in Strömen, und am südlichen Horizont zuckten die Blitze, die eben erst über unsere Köpfe dahingegangen waren. Mein Vater stand mit sorgenzerfurchtem Gesicht dabei, als ich meine Forderung, in das Grab gelegt zu werden, herausbrüllte, und ermahnte meine Überwältiger laufend, mich so sanft wie möglich zu behandeln. Ein geschwärzter Kreis auf dem Boden des verfallenen Kellers zeugte von einem gewaltigen Schlag aus dem Himmel; und von dieser Stelle aus erspähte eine neugierige Gruppe Dorfbewohner mit Laternen ein kleines Kästchen von alter Machart, das der Donnerkeil ans Licht gebracht hatte.

Ich gab meine vergeblichen und nun sinnlosen Befreiungsversuche auf und beobachtete die Zuschauer, wie sie ihren Schatzfund begutachteten, und man erlaubte es mir, an ihren Entdeckungen teilzuhaben. Das Kästchen, dessen Verschlüsse von dem Schlag gesprengt waren, der es zu Tage gefördert hatte, enthielt viele Papiere und Wertsachen, doch ich hatte nur Augen für eines. Es war die Porzellanminiatur eines jungen Mannes mit hübsch gelockter Haarbeutelperücke und trug die Initialen »J. H.«. Das Gesicht war so beschaffen, daß ich beim Anschauen sehr wohl mein eigenes hätte im Spiegel studieren können.

Am folgenden Tag brachte man mich in diesen Raum mit den vergitterten Fenstern, doch ich bin über gewisse Dinge auf dem laufenden gehalten worden, und zwar durch einen alten und einfältigen Diener, den ich in der Kindheit gern mochte und der wie ich den Kirchhof liebt. Was ich gewagt habe über meine Erfahrungen innerhalb der Gruft zu berichten, hat mir nur mitleidiges Lächeln eingetragen. Mein Vater, der mich häufig besuchen kommt, erklärt, daß ich zu keiner Zeit durch das kettenverhängte Portal ging und schwört, daß das verrostete Vorhängeschloß, als er es untersuchte, seit fünfzig Jahren unangetastet gewesen war. Er sagt sogar, daß das ganze Dorf von meinen Ausflügen zu dem

Grab wußte, und daß ich oft beobachtet wurde, wie ich in der Laube vor der grimmigen Fassade schlief, meine halboffenen Augen auf den Spalt geheftet, der ins Innere führt. Gegen diese Behauptungen habe ich keinen greifbaren Beweis ins Feld zu führen, denn mein Schlüssel für das Vorhängeschloß ging in dem Kampf in jener Grauensnacht verloren. Die sonderbaren Dinge aus der Vergangenheit, die ich während dieser nächtlichen Zusammenkünfte mit den Toten erfahren habe, tut er als die krausen Früchte meiner lebenslangen und allesverschlingenden Schmökerei in den uralten Bänden der Familienbibliothek ab. Wäre mein alter Diener Hiram nicht gewesen, ich wäre inzwischen von meinem Irresein gänzlich überzeugt gewesen.

Doch Hiram, loyal bis zuletzt, hat mir Glauben geschenkt und das getan, was mich dazu drängt, wenigstens einen Teil meiner Geschichte publik zu machen. Vor einer Woche sprengte er das Schloß, das die Tür zum Grab fortwährend halbaufgekettet hält, und stieg mit einer Laterne in die düsteren Tiefen hinab. Auf einer Platte in einer Nische fand er einen alten, aber leeren Sarg, dessen angelaufene Tafel dies eine Wort trägt: *Jervas*. In diesem Sarg in dieser Gruft hat man versprochen, mich zu beerdigen.

Gefangen bei den Pharaonen

I

Geheimnisvolles zieht Geheimnisvolles an. Seitdem ich mir einen weitreichenden Namen als Vollbringer unerklärter Bravourstücke gemacht habe, sind mir seltsame Geschichten und Ereignisse begegnet, die mit meinen Interessen und Aktivitäten zu verbinden mein Beruf die Leute veranlaßt hat. Einige davon sind trivial und irrelevant gewesen, einige hochdramatisch und aufzehrend, einige haben mir zu unheimlichen und gefährlichen Erfahrungen verholfen, und einige haben mich in umfangreiche wissenschaftliche und historische Forschung verstrickt. Viele dieser Dinge habe ich erzählt und werde sie auch weiterhin ganz freimütig erzählen; doch es gibt eine Sache, von der ich nur sehr widerstrebend spreche, und die ich auch jetzt nur nach einer plagenden Überredungssitzung von seiten der Herausgeber dieses Magazins berichte, die von anderen Mitgliedern meiner Familie vage Gerüchte darüber gehört hatten.

Das bislang gehütete Thema betrifft meinen nichtberuflichen Besuch Ägyptens vor vierzehn Jahren und ist von mir aus verschiedenen Gründen gemieden worden. Zum einen habe ich eine Abneigung dagegen, bestimmte, unverkennbar vorhandene Tatsachen und Zustände auszuschlachten, die den Myriaden von Touristen, die die Pyramiden umlagern, unbekannt sind und die von den Behörden in Kairo, denen sie nicht völlig fremd sein können, offenkundig mit viel Eifer verschwiegen werden. Zum anderen mißfällt es mir, einen Vorfall zu erzählen, bei dem meine eigene verstiegene Phantasie eine so große Rolle gespielt haben muß. Was ich sah – oder zu sehen glaubte – fand gewiß nicht statt, sondern muß eher als ein Ergebnis meiner damals noch frischen ägyptologischen Lektüre betrachtet werden sowie der Spekulation über diesen Gegenstand, die mir meine Umgebung naturgemäß einflößte. Diese imaginativen Stimuli, verstärkt durch ein tatsächliches, an sich schon hinreichend schreckliches Ereignis, gebaren zweifellos aus sich das kulminierende Grauen jener so lang vergangenen, grotesken Nacht.

Im Januar 1910 hatte ich ein berufliches Engagement in England beendet und einen Vertrag für eine Tournee durch australische

Theater unterschrieben. Da mir für die Fahrt reichlich Zeit bemessen war, beschloß ich, das beste daraus zu machen, indem ich auf die Art reiste, die mich am meisten interessiert; so schuckelte ich also in Begleitung meiner Frau vergnüglich durch den Kontinent und schiffte mich in Marseille auf dem P. & O.-Dampfer *Malwa* nach Port Said ein. Von dort aus schlug ich vor, vor der endgültigen Abreise nach Australien noch die historischen Hauptstätten Unterägyptens zu besuchen.

Die Reise war angenehm und von vielen amüsanten Zwischenfällen belebt, die einem Zauberkünstler abgesehen von seiner Arbeit zustoßen. Ich hatte um einer ruhigen Reise willen geplant, meinen Namen geheimzuhalten, wurde aber von einem magischen Zunftbruder angestachelt, mich selbst zu verraten, weil dessen Feuereifer, die Passagiere mit ganz gewöhnlichen Tricks zu verblüffen, mich dazu verleitete, seine Kunststücke in einer für mein Inkognito ganz verheerenden Weise nachzumachen und zu übertreffen. Ich erwähne dies wegen des letztendlichen Effekts – eines Effekts, den ich hätte vorhersehen sollen, ehe ich mich vor einer Schiffsladung Touristen demaskierte, die drauf und dran war, sich über das ganze Niltal zu zerstreuen. Was er anrichtete, war, überall wo ich nachher hinging, meine Identität auszuposaunen und meine Frau und mich all der stillen Unauffälligkeit zu berauben, die wir angestrebt hatten. Auf meinen Reisen zu Sehenswürdigkeiten mußte ich es oft über mich ergehen lassen, mich selbst als eine Art Sehenswürdigkeit bestaunen zu lassen!

Wir waren auf der Suche nach dem Pittoresken und mystisch Impressiven nach Ägypten gekommen, fanden davon aber nur wenig, als sich das Boot nach Port Said hochschob und seine Passagiere in kleine Boote verfrachtete. Flache Sanddünen, in seichtem Wasser wippende Bojen und eine langweilig-europäische Kleinstadt, mit nichts Sehenswertem, außer dem großen De Lesseps-Standbild, ließen uns eilig darauf bedacht sein, uns nach etwas Lohnenswerterem umzusehen. Nach einiger Diskussion beschlossen wir, gleich nach Kairo und den Pyramiden weiterzureisen, später dann nach Alexandria zum Schiff nach Australien und zu jedweden griechisch-römischen Sehenswürdigkeiten, die jene uralte Metropolis bieten mochte.

Die Zugfahrt ging erträglich vonstatten und beanspruchte nur viereinhalb Stunden. Wir sahen eine Menge vom Suezkanal, dessen Verlauf wir bis Ismailiya folgten, und bekamen später bei unserem flüchtigen Blick auf den restaurierten Frischwasserkanal aus dem Mittleren Reich einen Vorgeschmack auf das alte Ägypten. Dann endlich sahen wir Kairo durch die wachsende Dämmerung schimmern; ein blinkendes Sternbild, das zu einer Lohe wurde, als wir im großen Gare Central hielten.

Doch erneut harrte unser eine Enttäuschung, denn bis auf die Trachten und die Menschenmengen war alles, was wir erblickten, europäisch. Eine prosaische Unterführung führte auf einen Platz, der von Droschken, Taxis und Straßenbahnen wimmelte und dessen hohe Gebäude in der Pracht elektrischen Lichts erglänzten; alldieweil just das Theater, in dem man mich vergebens aufzutreten bat, und das ich später dann als Zuschauer besuchte, erst kürzlich in »American Cosmograph« umgetauft worden war. Wir quartierten uns im Shepheards Hotel ein, das wir in einem Taxi erreichten, das breite, schick ausgebaute Straßen entlangschoß; und inmitten des perfekten Service seines Restaurants, seiner Fahrstühle und des gewöhnlichen anglo-amerikanischen Luxus schienen der geheimnisvolle Osten und die unvordenkliche Vergangenheit sehr weit weg.

Der nächste Tag jedoch stürzte uns kopfüber und ergötzlich ins Herz der *Tausendundeinen Nacht*-Atmosphäre; und in den gewundenen Gäßchen und der exotischen Skyline Kairos schien das Bagdad von Harun-al-Rashid aufzuerstehen. Anhand unseres Baedekers waren wir ostwärts marschiert, vorbei am Ezbekiyeh-Park und die Mouski entlang, auf der Suche nach dem Eingeborenenviertel, und befanden uns bald in den Händen eines lärmenden Cicerone, der – ungeachtet späterer Entwicklungen – gewiß ein Meister seines Fachs war.

Ich merkte erst später, daß ich im Hotel um einen lizenzierten Führer hätte bitten sollen. Dieser Mann, ein glattrasierter, eigentümlich hohltönender und relativ sauberer Bursche, der wie ein Pharaone aussah und sich selbst »Abdul Reis el Drogman« titulierte, schien über andere seines Standes beträchtliche Macht zu besitzen; obwohl die Polizei hernach vorgab, ihn nicht zu kennen und andeutete, daß *reis* nur eine Bezeichnung für jedermann sei, der Macht ausübe, während »Drogman« offensichtlich nicht mehr sei als eine Verballhornung des Wortes für einen Führer von Touristengruppen – *dragoman.*

Abdul führte uns durch Wunder, von denen wir bislang nur gelesen und geträumt hatten. Alt-Kairo ist selber ein Märchenbuch und ein Traum – Labyrinthe enger Gäßchen, die den Duft aromatischer Geheimnisse verströmen; maurische Balkone und Erker, die sich über den Pflasterstraßen beinahe treffen; Maelströme orientalischen Verkehrs mit fremdartigen Rufen, knallenden Peitschen, rumpelnden Karren, klingender Münze und brüllenden Eseln; Kaleidoskope farbenbunter Gewänder, Schleier, Turbane und Fese; Wasserträger und Derwische, Hunde und Katzen, Wahrsager und Barbiere; und über allem das Gewinsel blinder, in Nischen gekauerter Bettler und der Singsang der Muezzin von den Minaretten, die zart vor einen unwandelbar tiefblauen Himmel gemalt sind.

Die überdachten, stilleren Bazare waren kaum weniger verführerisch. Spezereien, Parfüm, Weihrauchperlen, Teppiche, Seide und Messing – der alte Mahmoud Suleiman hockt im Schneidersitz zwischen seinen klebrigen Flaschen, während schwatzende Jugendliche im ausgehöhlten Kapitell einer uralten klassischen Säule Senfkörner zerstoßen – es ist eine römisch-korinthische, vielleicht aus dem benachbarten Heliopolis, wo Augustus eine seiner drei ägyptischen Legionen stationierte. Das Altertum beginnt sich mit Exotik zu vermischen. Und dann die Moscheen und das Museum – wir sahen alles und versuchten, unsere arabischen Lustbarkeiten nicht dem dunkleren Charme des pharaonischen Ägyptens erliegen zu lassen, den die unbezahlbaren Schätze des Museums aufboten. Dies sollte für uns der Höhepunkt sein, und für jetzt konzentrierten wir uns auf die mittelalterliche, sarazenische Pracht der Kalifen, deren großartige Grabmoscheen am Rand der Arabischen Wüste eine glitzernde, zauberische Nekropolis bilden.

Endlich führte uns Abdul über die Sharia Mohammed Ali zur alten Moschee von Sultan Hassan und der turmflankierten Babel-Azab, hinter der der steilgemauerte Weg zu der mächtigen Zitadelle hochsteigt, die Saladin mit den Steinen vergessener Pyramiden erbaute. Die Sonne ging unter, als wir dieses Kliff erklommen, die moderne Moschee von Mohammed Ali umkreisten und von der schwindelerregenden Brustwehr auf das mystische Kairo hinabschauten – das mystische Kairo, das mit seinen gemeißelten Kuppeln, seinen luftigen Minaretten und flammenden Gärten ganz golden glänzte.

Weit über der Stadt ragte die römische Kuppel des neuen Museums auf, und dahinter – jenseits des kryptisch-gelben Niles, des Vaters von Zeitaltern und Dynastien – lauerte der bedrohliche Sand der Libyschen Wüste, wogend und irisierend und böse vor alten Arkana.

Die rote Sonne sank tief und brachte die erbarmungslose Kälte der ägyptischen Abenddämmerung; und als sie auf dem Rand der Welt stillstand wie jene uralte Gottheit von Heliopolis – Re-Harakhte, die Horizont-Sonne – sahen wir vor ihrem purpurroten Brandopfer die schwarzen Umrisse der Pyramiden von Giseh silhouettiert – die alttertiären Gräber dort waren von Jahrtausenden altersgrau, als Tutenchamun im fernen oberägyptischen Theben seinen goldenen Thron bestieg. Da wußten wir, daß wir mit dem sarazenischen Kairo fertig waren und daß wir die tieferen Geheimnisse des uranfänglichen Ägypten kosten mußten – den schwarzen Kem von Re und Amen, Isis und Osiris.

Am nächsten Morgen besuchten wir die Pyramiden und rollten dazu in einer Viktoria-Chaise über die Insel Chizereh mit ihren wuchtigen Lebbakh-Bäumen und über die kleinere englische Brücke zum Westufer. Wir fuhren die Uferstraße hinunter, zwischen großen Reihen von Lebbakhs und vorbei an dem riesigen Zoologischen Garten in die Suburbs von Giseh, wo seitdem eine neue Brücke zum eigentlichen Kairo gebaut worden ist. Dann wandten wir uns entlang der Sharia-el-Halam landeinwärts und überquerten ein Gebiet glasklarer Kanäle und schäbiger Eingeborenendörfer, bis vor uns die Ziele unserer Unternehmung undeutlich aufragten, die die Nebel der Morgenfrühe zerrissen und in die Teiche am Wegrand umgekehrte Kopien legten. Vierzig Jahrhunderte blickten wahrhaftig auf uns herab, genauso wie es Napoleon hier seinen Mitstreitern gesagt hatte.

Die Straße stieg jetzt abrupt an, bis wir endlich die Stelle für den Transfer zwischen der Straßenbahnstation und dem Mena House Hotel erreicht hatten. Abdul Reis, der uns clever die Pyramidentikkets besorgte, schien in einem Einvernehmen zu stehen mit den umlagernden, keifenden und anstößigen Beduinen, die in einiger Entfernung ein schmutziges Lehmhüttendorf bewohnten und jeden Reisenden zudringlich bestürmten; denn er hielt sie hübsch ordentlich in Schach, sicherte uns ein ausgezeichnetes Paar Kamele, stieg selber auf einen Esel und übertrug die Aufsicht über unsere Tiere einer Gruppe von Männern und Knaben, die kostspieliger waren, als sie sich nützlich zeigten. Die zurückzulegende Strecke war so klein, daß man kaum Kamele brauchte, doch wir bedauerten es nicht, unserer Erfahrung diese mühselige Form der Wüstenschiffahrt hinzuzufügen.

Die Pyramiden stehen auf einem hohen Felsplateau, und diese Gruppe bildet beinahe die nördlichste von einer Reihe königlicher und aristokratischer Friedhöfe, die in der Nachbarschaft der erloschenen Hauptstadt Memphis gebaut wurden, die auf demselben Nilufer, ein wenig südlich von Giseh, lag und etwa zwischen 3400 und 2000 vor Christus in Blüte stand. Die größte der Pyramiden, die der modernen Straße am nächsten liegt, wurde von König Cheops oder Khufu um 2800 vor Christus errichtet und erhebt sich mehr als 137 Meter in lotrechter Höhe. Ihr folgen dann in südwestlicher Linie die zweite Pyramide, die eine Generation später König Chephren erbaute, und die, obwohl sie ein wenig kleiner ist, doch noch größer wirkt, weil sie auf einer höheren Ebene steht, sowie die deutlich kleinere dritte Pyramide von König Mykerinos, erbaut um 2700 vor Christus. Am Rand des Plateaus, und genau östlich von der zweiten Pyramide, steht, mit einem Antlitz, das wahrscheinlich zu einem kolossalen Porträt von Chephren, ihrem Wiederhersteller, verändert wurde, die monströse Sphinx, stumm, sardonisch und weiser als die Menschheit und die Erinnerung.

Kleinpyramiden und die Spuren zerfallener Kleinpyramiden finden sich mehrerenorts, und das ganze Plateau ist ausgehöhlt von den Gräbern der Würdenträger nicht königlichen Rangs. Letztere waren ursprünglich bei den tiefen Grabschächten durch *Mastabas* oder steinbankartige Bauten markiert, wie man sie in anderen memphischen Gräberanlagen gefunden und an Pernebs Grab im Metropolitan Museum in New York exzemplifiziert hat. In Giseh jedoch haben Zeit und Plünderungen all diese sichtbaren Zeichen weggewischt; und nur die in den Fels gehauenen Schächte, die entweder vom Sand aufgefüllt oder von Archäologen ausgeräumt sind, bleiben, um ihre vormalige Existenz zu bezeugen. Mit jedem Grab war eine Kapelle verbunden, in der Priester und Angehörige dem unsichtbar schwebenden *Ka* oder dem Lebensprinzip des Dahingegangenen Speisen und Gebete darbrachten. Bei den kleinen Gräbern befinden sich die Kapellen mit in den steinernen Mastabas oder Überbauten, doch die Grabkapellen der Pyramiden, wo königliche Pharaonen lagen, waren gesonderte Tempel, die jeweils im Osten der betreffenden Pyramide standen und durch einen Dammweg mit einer wuchtigen Torkapelle, einem Propylon, am Rande des Felsplateaus verbunden waren.

Die Torkapelle, die zur zweiten Pyramide führt, die der Flugsand fast begraben hat, gähnt unterirdisch südöstlich der Sphinx. Nach einer beharrlichen Tradition wird sie der »Tempel der Sphinx« tituliert; und sie wird vielleicht mit Recht so genannt, falls die Sphinx wirklich Chephren, den Erbauer der zweiten Pyramide, darstellt. Es kursieren unerfreuliche Geschichten über die Sphinx vor Chephrens Zeit – aber welche Züge sie auch immer früher getragen haben mag, der Monarch ersetzte sie durch seine eigenen, damit die Menschen den Koloß ohne Furcht anschauen konnten.

In dem großen Tortempel fand man die lebensgroße Dioritstatue von Chephren, die sich jetzt im Kairoer Museum befindet; eine Statue, vor der ich ehrfürchtig stand, als ich sie sah. Ich bin mir nicht sicher, ob das ganze Bauwerk inzwischen ausgegraben ist, doch 1910 war noch das meiste davon unter der Erde, und der Eingang war nachts schwer verbarrikadiert. Deutsche leiteten damals die Arbeiten, und der Krieg oder andere Gründe haben sie die Arbeit vielleicht einstellen lassen. Ich gäbe viel darum, angesichts meiner Erfahrung und gewisser Gerüchte der Beduinen, die man in Kairo nicht glaubt oder nicht weiß, zu erfahren, was sich in Verbindung mit einem bestimmten Schacht in einem Quergang ergeben hat, wo man Statuen des Pharao in einer eigenartigen Nebeneinanderstellung mit den Statuen von Pavianen fand.

Die Straße, die wir an jenem Morgen auf unseren Kamelen nahmen, bog hinter der Holzbaracke der Polizei, dem Postamt, dem Drugstore und Geschäften linker Hand scharf ab und stieg in südöstlicher Richtung auf in einem vollen Bogen, der das Felsplateau erklomm und uns direkt ins Angesicht der Wüste im Schutz der Großen Pyramide brachte. Wir ritten vorbei an Zyklopenmauern, umrundeten die Ostfassade und blickten geradeaus hinunter in ein Tal mit Kleinpyramiden, hinter denen im Osten der ewige Nil glitzerte und im Westen die ewige Wüste schillerte. In allernächster Nähe ragten die drei Hauptpyramiden auf, die größte bar des Außenmantels, zeigte ihren Rumpf aus gewaltigen Steinen, doch die anderen bewahrten hier und dort die sauber ausgeführte Umkleidung, die sie zu ihrer Zeit glatt und vollendet gemacht hatte.

Bald stiegen wir zur Sphinx hinab und saßen schweigend unter dem Bann jener schrecklichen, blinden Augen. Auf der ungeheueren, gewaltigen Steinbrust erkannten wir schwach das Emblem von Re-Harakhte, für dessen Bildnis die Sphinx in einer späten

Dynastie fälschlich gehalten wurde; und obwohl Sand die Tafel zwischen ihren großen Pranken deckte, erinnerten wir uns daran, was Thutmosis IV. darauf schrieb, und an den Traum, den er als Prinz hatte. Damals war es, daß uns das Lächeln der Sphinx mißfiel und wir uns Gedanken machten über die Legenden von unterirdischen Gängen unter dem monströsen Wesen, die hinabführten, hinab, in Tiefen, die keiner andeuten durfte – Tiefen, die mit älteren Geheimnissen verbunden sind als das dynastische Ägypten, das wir ausgraben, und die einen finsteren, düsteren Bezug haben zu der Beharrlichkeit abnormer, tierköpfiger Götter im uralten Pantheon des Nils. Damals auch war es, daß ich mir eine müßige Frage stellte, deren gräßliche Bedeutung mir erst nach vielen Stunden aufgehen sollte.

Andere Touristen begannen uns jetzt zu überholen, und wir strebten weiter zum vom Sand begrabenen Tempel der Sphinx, fünfzig Yards in südöstlicher Richtung entfernt, von dem ich vorhin schon als dem großen Tor des Dammwegs zur Grabkapelle der zweiten Pyramide auf dem Plateau gesprochen habe. Der Großteil war noch unterirdisch, und obwohl wir absaßen und durch einen modernen Gang zu ihrem Alabasterkorridor und ihrer Säulenhalle hinunterstiegen, spürte ich, daß uns Abdul und der hiesige Deutsche nicht alles gezeigt hatten, was es zu sehen gab.

Anschließend absolvierten wir die übliche Umrundung des Pyramidenplateaus, begutachteten die zweite Pyramide und die eigenartigen Ruinen ihres Totentempels im Osten, die dritte Pyramide mit ihren südlich gelegenen Miniaturtrabanten und der verfallenen Kapelle im Osten, die Felsgräber und die Waben der 4. und 5. Dynastie, und das berühmte Campbell-Grab, dessen schattenhafter Schacht steile dreiundfünfzig Fuß tief zu einem düsteren Sarkophag absinkt, den einer unserer Kameltreiber nach einem schwindelerregenden Abstieg am Seil von dem hinderlichen Sand befreite.

Jetzt stürmten Rufe von der Großen Pyramide auf uns ein, wo Beduinen eine Touristengruppe mit Offerten belagerten, den einsamen Auf- und Abstieg schnell zu vollbringen. Sieben Minuten, heißt es, sind der Rekord für Hinauf und Hinab, doch viele rüstige Sheiks und Sheiksöhne versicherten uns, die Zeit auf 5 Minuten verkürzen zu können, falls sie den dazu nötigen Ansporn durch ein großzügiges Bakschisch bekämen. Sie bekamen diesen Ansporn nicht, doch wir ließen uns von Abdul hinaufbringen und kamen so in den Genuß einer beispiellos prächtigen Aussicht, die nicht nur das ferne und glitzernde Kairo mit seinem zitadellengekrönten Hintergrund goldvioletter Berge einschloß, sondern auch alle Pyramiden des memphischen Gebiets, von Abu Roash im Norden bis zur Dashur im Süden. Die Sakkara-Stufenpyramide, die die Entwicklung der niedrigen Mastaba zur richtigen Pyramide kennzeichnet, zeigte sich deutlich und verlockend in der sandigen Ferne. Ganz in der Nähe dieses Monuments des Übergangs wurde das sagenhafte Grab von Perneb gefunden – mehr als vierhundert Meilen nördlich des thebanischen Felstales, wo Tut-Ankh-Amen schläft. Erneut verstummte ich aus schierer Ehrfurcht. Der Anblick solcher Altertümer und die Geheimnisse, die jedes altersgraue Monument zu bergen und hüten schien, erfüllten mich mit einer Ehrerbietung und einem Gefühl der Unermeßlichkeit, wie sie mir etwas anderes nie einflößte.

Erschöpft von unserer Kletterpartie und angewidert von den zudringlichen Beduinen, deren Betragen jeder Anstandsregel zu trotzen schien, schenkten wir uns das mühsame Geschäft, die beengten Innengänge irgendeiner Pyramide zu betreten, wenngleich wir sahen, wie sich mehrere der kühnsten Touristen für das erstickende Durchkriechen von Cheops' mächtigstem Denkmal bereit machten. Als wir unseren hiesigen Leibwächter entließen und überbezahlten und in der Nachmittagssonne mit Abdul Reis nach Kairo zurückfuhren, bedauerten wir halb, was wir ausgelassen hatten. Es gab so faszinierende Gerüchte über noch tiefere Pyramidengänge, über die in den Reiseführern nichts stand; Gänge, deren Eingänge von gewissen nicht mitteilsamen Archäologen, die sie gefunden und zu erforschen begonnen hatten, hastig blockiert und verborgen worden waren.

An der Oberfläche betrachtet, entbehrten diese Gerüchte natürlich jeder Grundlage; doch es war schon eigenartig, wenn man sich vorstellte, wie beharrlich es Besuchern verboten wurde, die Pyramiden nachts zu betreten oder die untersten Gruben und Krypten der Großen Pyramide zu besichtigen. Im letzteren Fall fürchtete man vielleicht die psychologische Wirkung – die Wirkung, daß sich der Besucher unter einer gigantischen Welt soliden Mauerwerks zusammengepreßt fühlte; mit dem Leben, das er gekannt hatte, bloß durch eine Röhre verbunden, in der er nur kriechen und die ein Zufall oder eine böse Absicht blockieren konnte. Die ganze Sache schien so unheimlich und verlockend, daß wir beschlossen, dem Pyramidenplateau bei der nächsten sich bietenden Gelegenheit einen neuerlichen Besuch abzustatten. Mir bot sich diese Gelegenheit viel früher als erwartet.

Da sich die Mitglieder unserer Gruppe nach dem strapaziösen Tagesprogramm ein wenig ermüdet fühlten, unternahm ich an jenem Abend mit Abdul Reis allein einen Spaziergang durch das pittoreske Araberviertel. Obwohl ich es am Tag gesehen hatte, wollte ich die Gassen und Bazare doch auch in der Abenddämmerung studieren, wenn dichte Schatten und milder Lichtschein ihre Pracht und phantastische Illusion noch verstärken würden. Die Scharen der Einheimischen dünnten aus, waren aber noch immer sehr lärmend und zahlreich, als wir im Suken-Nahhasin oder dem Bazar der Kupferschmiede auf eine Traube feiernder Beduinen trafen. Ihr offensichtlicher Anführer, ein unverschämter junger Bursche mit groben Zügen und keck aufs Ohr geschobenem Fez, schenkte uns einige Beachtung und erkannte eindeutig ohne große Freundlichkeit meinen fähigen, doch zugegebenermaßen hochmütigen und zum Spott geneigten Führer.

Vielleicht, so dachte ich, störte ihn jene sonderbare Wiedergabe des Sphinxlächelns, das mir oft mit amüsierter Irritation aufgefallen war; oder vielleicht gefiel ihm der hohle Grabesklang von Abduls Stimme nicht. Jedenfalls gestaltete sich der Austausch ererbter Schmähreden sehr lebhaft; und es dauerte nicht lange, da begann Ali Ziz, wie er genannt wurde, wenn ihm gerade kein Schimpfname zufiel, ungestüm an Abduls Gewand zu zerren, eine Handlung, die sogleich Vergeltung fand und zu einem munteren Handgemenge führte, in dessen Verlauf beide Streithähne ihres heilig gehüteten Kopfputzes verlustig gingen und in noch schlimmere Verfassung geraten wären, hätte ich nicht eingegriffen und sie mit aller Gewalt auseinandergebracht.

Meine Einmischung, die zuerst beiden Seiten unerwünscht schien, zeitigte zumindest den Erfolg einer Kampfpause. Mürrisch glätteten die beiden Opponenten ihren Zorn und ihr Gewand, und mit würdevollem Gebaren, das ebenso tief war, wie es plötzlich kam, schlossen die zwei einen seltsamen Ehrenpakt, der, wie ich bald erfuhr, in Kairo eine uralthergebrachte Sitte ist – ein Pakt zur Beilegung ihrer Differenzen vermittels eines nächtlichen Faustkampfes auf der Spitze der Großen Pyramide, lange nach der Abfahrt des letzten Mondscheintouristen. Jeder Duellant sollte sich eine Gruppe von Sekundanten zusammentrommeln, und die Sache sollte um Mitternacht beginnen und rundenweise und so zivilisiert wie möglich vonstatten gehen.

An dieser ganzen Planung erregte einiges mein Interesse. Der Kampf an sich schon versprach einzigartig und spektakulär zu werden, während der Gedanke an die Szene auf jenem altersgrauen Gebäudekoloß, der das vorsintflutliche Plateau von Giseh unter dem schwindenden Mond der frühen Morgenstunden überschaute, jede Faser meiner Phantasie anreizte. Meine Bitte, mich zu seiner Sekundantengruppe zuzulassen, fand Abdul höchst gewillt; so daß ich ihn für den Rest des frühen Abends in verschiedene Spelunken in den gesetzlosesten Vierteln der Stadt begleitete – zumeist nördlich des Ezbekiyek-Parks – wo er sich, einen nach dem anderen, eine erlesene und formidable Bande ebenbürtiger Halsabschneider als Hintergrund für seinen Boxkampf zusammenstellte.

Kurz nach neun bestieg unsere Gesellschaft Esel mit so königlichen oder touristischen Namen wie »Ramses«, »Mark Twain«, »J. P. Morgan« und »Minnehaha«, schob sich durch sowohl morgenländische wie abendländische Straßenlabyrinthe, überquerte bei der Brücke der Bronzelöwen den schlammigen und mastenbewaldeten Nil und kanterte philosophisch zwischen den Lebbakhs auf der Straße nach Giseh. Der Ausflug dauerte etwas länger als zwei Stunden, und gegen Ende kamen wir an den letzten heimkehrenden Touristen vorbei, grüßten die letzte stadtwärts fahrende Straßenbahn und waren allein mit der Nacht, der Vergangenheit und dem gespenstischen Mond.

Dann sahen wir am Ende des Wegs die gewaltigen Pyramiden, ghoulenhaft und von einer undeutlichen atavistischen Bedrohlichkeit, die mir bei Tage nicht aufgefallen zu sein schien. Sogar die kleinste von ihnen barg einen Hauch des Gräßlichen – denn war in ihr nicht in der sechsten Dynastie Königin Nitocris lebendig begraben worden; die feinsinnige Königin Nitocris, die einmal alle ihre Feinde zu einem Fest in einen Tempel unter dem Nil einlud und sie alle ertränkte, indem sie die Wassertore öffnete? Ich entsann mich, daß die Araber Geschichten über Nitocris munkeln und bei gewissen Mondphasen die dritte Pyramide meiden. Thomas Moore muß an sie gedacht haben, als er etwas schrieb, worüber die memphischen Bootsführer murmeln:

»The subterranean nymph that dwells
'Mid sunless gems and glories hid –
lady of the Pyramid!«

Obwohl wir sehr zeitig dran waren, erwarteten uns Ali Ziz und seine Gruppe bereits; denn wir sahen die Umrisse ihrer Esel vor dem Wüstenplateau in Kafrel-Haram; wir hatten den Umweg über diese schmutzige Arabersiedlung in der Nähe der Sphinx genommen, anstatt der regulären Straße zum Mena House zu folgen, wo uns vielleicht einige der schläfrigen und untüchtigen Polizisten beobachtet und angehalten haben würden. Hier, wo dreckige Beduinen Kamele und Esel in den Felsengräbern von Chephrens Höflingen unterstellten, wurden wir die Felsen hinauf und über den Sand hinweg zur Großen Pyramide geführt, deren abgenutzte Seiten die Beduinen emsig hochschwärmten; Abdul Reis bot mir seine Unterstützung an, die ich nicht brauchte.

Wie die meisten Reisenden wissen, ist die eigentliche Spitze dieses Bauwerks längst abgetragen und einer leidlich ebenen, zwölf Yard im Quadrat großen Plattform gewichen. Auf dieser unheimlichen Zinne wurde jetzt ein Viereck gebildet, und nach wenigen Augenblicken blickte der sardonische Wüstenmond hämisch auf einen Kampf herab, der abgesehen von der Beschaffenheit der Schreie außerhalb des Rings, ohne weiteres in irgendeinem kleinen Sportklub in Amerika hätte stattfinden können. Beim Zuschauen merkte ich, daß auch einige unserer weniger wünschenswerten Einrichtungen nicht fehlten; denn jeder Hieb, jede Finte und jede Verteidigung verriet meinem nicht unerfahrenen Auge, daß hier nur mit halber Kraft gekämpft wurde. Es war rasch vorbei, und trotz meiner Zweifel an der Methode empfand ich so etwas wie Besitzerstolz, als Abdul Reis zum Sieger erklärt wurde.

Die Versöhnung erfolgte phänomenal rasch, und inmitten der sangesfreudigen Verbrüderung und Trinkerei fiel mir die Vorstellung schwer, daß es überhaupt jemals einen Streit gegeben hatte. Merkwürdigerweise schien ich selbst viel mehr Mittelpunkt des Interesses zu sein als die Gegner; und mit meinem stümperhaften Arabisch konnte ich beurteilen, daß sie über meine beruflichen Auftritte und Befreiungskunststücke aus jeder Handfessel und jedem Gefängnis diskutierten, und zwar auf eine Weise, die nicht nur ein überraschendes Wissen über mich zeigte, sondern auch eine deutliche Feindseligkeit und Skepsis, was meine Entfesselungskunststücke anbetraf. Es dämmerte mir allmählich, daß die uralte Magie Ägyptens nicht ging, ohne Spuren zu hinterlassen, und daß Bruchstücke seltsamer Geheimlehren und priesterlicher Kultpraktiken heimlich unter den Fellachen überlebt haben, und das in einem Grad, daß die Meisterschaft eines fremden *hahwi* oder Magiers verübelt und bestritten wird. Ich dachte daran, wie sehr mein hohlstimmiger Führer Abdul Reis wie ein altägyptischer Priester, ein Pharao oder eine lächelnde Sphinx aussah ... und wunderte mich.

Plötzlich geschah etwas, was die Korrektheit meiner Überlegungen blitzartig bewies und mich über die Beschränktheit fluchen ließ, mit der ich in den Ereignissen dieser Nacht etwas anderes gesehen hatte, als das bare und üble Komplott, als das sie sich jetzt erwiesen. Ohne Warnung, und zweifellos auf ein kleines Zeichen von Abdul hin, stürzte sich die ganze Beduinenbande auf mich; sie brachten dicke Seile zum Vorschein und hatten mich bald so fest verschnürt, wie ich nur je im Laufe meines Lebens, sei es nun auf der Bühne oder nicht, verschnürt worden war.

Zuerst kämpfte ich noch, sah dann aber bald, daß ein Mann gegen eine Bande von über zwanzig sehnigen Barbaren keinen Stich machen konnte. Die Hände wurden mir hinter dem Rücken zusammengebunden, meine Knie bis zum äußersten gebeugt und meine Handgelenke und Knöchel derb mit unnachgiebigen Schnüren zusammengezurrt. Man zwängte mir einen erstickenden Knebel in den Mund und verband mir fest die Augen. Als mich die Araber dann auf ihre Schultern luden und einen rüttelnden und schüttelnden Pyramidenabstieg begannen, hörte ich die Schmähungen meines gewesenen Führers Abdul, der mit seiner hohlen Stimme entzückt höhnte und spottete und mir versicherte, daß meine »magischen Kräfte« bald auf die entscheidende Probe gestellt werden würden, die mir schnell jede Selbstgefälligkeit austreiben würde, die ich mir vielleicht durch meine Triumphe über alle mir in Europa und Amerika gestellten Proben zugelegt hätte. Ägypten, so erinnerte er mich, sei sehr alt und voller innerer Geheimnisse und uralter Mächte, die nicht einmal den heutigen Experten vorstellbar wären, deren Mittel es so einheitlich verfehlt hätten, mich gefangenzusetzen.

Wie weit oder in welche Richtung ich getragen wurde, kann ich nicht sagen; denn die Umstände standen alle gegen eine akkurate Urteilsbildung. Ich weiß jedoch, daß es keine große Entfernung gewesen sein kann; denn meine Träger gingen nie schneller als im Schrittempo und trugen mich doch nur eine überraschend kurze Zeit auf den Schultern. Diese verblüffende Kürze läßt mich immer beinahe erschauern, wenn ich an Giseh und sein Plateau denke –

denn die geahnte Nähe dessen, was damals existierte und was noch immer existieren muß zu den alltäglichen Touristenrouten, bedrückt einen.

Die boshafte Abnormalität, von der ich spreche, zeigte sich anfangs nicht. Meine Überwältiger setzten mich auf einen Untergrund, der mir eher wie Sand als Fels erschien, legten mir ein Seil um die Brust und schleppten mich ein paar Fuß weit zu einer zerklüfteten Öffnung im Boden, in die sie mich gleich ohne große Rücksichtnahme bei der Behandlung hinunterließen. Scheinbar äonenlang schlug ich gegen die unregelmäßigen Steinwände eines engausgehauenen Schachts, den ich für einen der zahlreichen Begräbnisschächte des Plateaus hielt, bis mir seine ungeheuere, fast unglaubliche Tiefe alle Grundlagen zur Spekulation raubte.

Das Grauen dieser Erfahrung verstärkte sich mit jeder sich dahinschleppenden Sekunde. Daß irgendein Abstieg durch schieres, solides Gestein so ungeheuer sein konnte, ohne den Planetenkern zu erreichen, oder daß irgendein von Menschen gemachtes Seil so lang sein konnte, daß es mich in diesen unheiligen und scheinbar unermeßlichen Tiefen baumeln lassen konnte, dies waren so groteske Vorstellungen, daß es leichter fiel, meinen überreizten Sinnen zu mißtrauen, als sie zu akzeptieren. Ich bin sogar jetzt unsicher, denn ich weiß wie trügerisch das Zeitgefühl wird, wenn man weggeschleppt oder irregeleitet wird. Doch bin ich mir ganz sicher, daß ich bis dahin mein logisches Denkvermögen behielt; daß ich zumindest nicht noch ausgewachsene Phantome meiner Einbildung einem in seiner Realität an sich schon scheußlichen Bild hinzufügte, das durch einen Typus der zerebralen Illusion erklärbar ist, dem es an echter Halluzination weitgehend mangelt.

All dies war nicht die Ursache für meine erste Ohnmacht. Die schockierende Zerreißprobe steigerte sich, und die späteren Schrecken begannen mit einer merklichen Beschleunigung meines Hinabsinkens. Sie gaben das unendlich lange Seil jetzt ganz rasch aus, und ich schürfte grausam an den rauhen und beengten Schachtwänden entlang, während ich rasend in die Tiefe schoß. Meine Kleider waren in Fetzen, und ich spürte trotz der wachsenden und quälenden Schmerzen überall an mir das Blut herunterrinnen. Auch meine Nasenlöcher wurden von einer kaum definierbaren Bedrohung attackiert: von einem kriechenden Geruch von Dumpfigkeit und Schalheit, der eigentümlich nichts glich, was ich je gerochen hatte, und der einen leichten Beigeschmack von

Gewürzen und Weihrauch trug, der ihm etwas geradezu Höhnisches gab.

Dann kam der mentale Katazyklismus. Es war grauenhaft – über jede verständliche Beschreibung hinaus gräßlich, denn es war rein seelisch und ohne beschreibbare Einzelheit. Es war die Ekstase eines Alptraums und die Summe des Teuflischen. Die Plötzlichkeit davon war apokalyptisch und dämonisch – im einen Moment tauchte ich, mit dem Tode ringend, in diesen engen Schacht millionenfacher Marter, doch im nächsten schwebte ich auf Fledermausflügen in den Höllenschlünden; schwang frei dahin und schoß durch unermeßliche Meilen grenzenlosen muffigen Raums hernieder; stieg schwindelnd zu maßlosen Zinnen gefrierenden Äthers auf und stürzte dann atemberaubend in einsaugende Nadire gefräßiger, übelkeiterregender, tieferer Vakua ... Ich danke Gott für die Gnade, die jene krallenden Furien des Bewußtseins, die mich halb um den Verstand brachten und harpyiengleich an meinem Geist rissen, in die Vergessenheit aussperrte! Diese eine Ruhepause gab mir, so kurz wie sie war, die Stärke und Normalität, jene noch größeren Sublimationen kosmischer Panik zu ertragen, die auf dem Weg voraus lauerten und schnatterten.

II

Nach diesem schauerlichen Flug durch stygischen Raum, kehrten mir die Sinne nur ganz allmählich wieder. Der Prozeß war unendlich schmerzhaft und von phantastischen Träumen gefärbt, in denen mein gefesselter und geknebelter Zustand eigentümlich verkörpert wurde. Die genaue Natur dieser Träume war sehr klar, während ich sie erlebte, verschwamm aber beinahe unmittelbar danach in meiner Erinnerung und reduzierte sich bald zum bloßen Umriß der schrecklichen – realen oder imaginären – Ereignisse, die folgten. Ich träumte, daß ich mich im Griff einer großen und grauenhaften Tatze befand; einer gelben, haarigen, fünfkralligen Tatze, die sich aus der Erde gestreckt hatte, um mich zu zermalmen und zu verschlingen. Und als ich innehielt, um mir zu überlegen, was diese Tatze war, da schien es mir, daß sie Ägypten war. In dem Traum blickte ich auf die Ereignisse der vorangegangenen Wochen zurück und sah mich selbst, wie ich von irgendeinem höllischen Ghoulen-Gespenst der älteren Nilmagie Stück um Stück, unmerklich und heimtückisch, umgarnt und verlockt wurde; von irgendeinem Gespenst, das lange vor dem Menschen in Ägypten war und dort sein wird, wenn der Mensch nicht mehr ist.

Ich sah das Grauen und das heillose Alter Ägyptens und die grauslige Allianz, die es immer zu den Gräbern und Tempeln der Toten besessen hatte. Ich sah Phantomprozessionen von Priestern mit den Köpfen von Stieren, Falken, Katzen und Ibissen; Phantomprozessionen, die endlos durch unterirdische Labyrinthe und titanische Säulenhallen marschierten, neben denen der Mensch eine Mücke ist, und unbeschreiblichen Göttern unnennbare Opfer darbrachten. Steinkolosse marschierten in nicht endender Nacht und trieben Herden grinsender Androsphinxe zu den Ufern unermeßlicher stockender Pechflüsse. Und hinter allem sah ich die unsägliche Verruchtheit uranfänglicher Nekromantie, schwarz und amorph, und in der Dunkelheit mir hinterhertappend, um dem Geist das Maul zu stopfen, der es gewagt hatte, sie mit seinem Wetteifer zu verhöhnen.

In meinem schlafenden Gehirn formierte sich ein Melodrama von finsterem Haß und Verfolgung, und ich sah wie die schwarze Seele Ägyptens mich aussonderte und mit unhörbarem Geflüster rief; wie sie mich rief und anlockte, mich mit dem Glanz und der Glorie einer sarazenischen Oberfläche weiterführte, mich dabei aber immer hinabzog in die wahnsinnig-alten Katakomben und Schrecken seines *toten* und abgrundtiefen Pharaonenherzens.

Dann gewannen die Traumgesichter menschliche Züge, und ich sah meinen Führer Abdul Reis in den Roben eines Königs, mit dem Hohnlächeln der Sphinx auf dem Gesicht. Und ich wußte, daß dies das Gesicht von Chephren dem Großen war, der die zweite Pyramide errichtete, über das Antlitz der Sphinx sein eigenes meißeln ließ und jenen gigantischen Tortempel erbaute, dessen Myriaden Korridore die Archäologen aus dem kryptischen Sand und dem verschwiegenen Fels gegraben zu haben glauben. Und ich blickte auf die lange, dürre, starre Hand von Chephren; die lange, dürre, starre Hand, wie ich sie an der Dioritstatue im Kairoer Museum gesehen hatte – jener Statue, die man in dem schrecklichen Tortempel fand –, und wunderte mich, daß ich nicht aufgeschrien hatte, als ich sie bei Abdul Reis sah . . . Diese Hand! Sie war gräßlich kalt, und sie zermalmte mich; sie war die Kälte und Klammer der Sarkophage . . . der Eishauch und die Beklemmung des unvordenklichen Ägypten. . . . Sie war das umnachtete, nekropolische Ägypten selbst ... diese gelbe Pranke ... und die Gerüchte, die über Chephren kursieren ...

Doch zu diesem Zeitpunkt begann ich zu erwachen – oder wenigstens in einen Zustand zu kommen, der weniger tief dem Schlaf verbunden war als der eben vorangegangene. Ich entsann mich des Kampfes auf dem Pyramidengipfel, der verräterischen Beduinen und ihres Überfalls, meines entsetzlichen Niedersinkens am Seil durch endlose Felstiefen und meines irren Schwebens und Niederschießens in einer frostigen Leere, die aromatische Fäulnis verströmte. Ich stellte fest, daß ich jetzt auf einem feuchten Felsboden lag und daß sich meine Fesseln noch immer mit unverminderter Heftigkeit einschnitten. Es war sehr kalt, und mir war, als spürte ich einen schwachen Strom widerwärtiger Luft über mich hinstreichen. Die Schnitte und Abschürfungen, die mir die zerklüfteten Wände des Felsschachtes beigebracht hatten, schmerzten mich jämmerlich, und irgendein beißender Stoff in dem schwachen Luftzug steigerte ihre Wundheit zu einer stechenden oder brennenden Schärfe, und der bloße Vorgang des Michherumwälzens genügte, um meinen ganzen Körper in unvorstellbarer Agonie pochen zu lassen.

Beim Umdrehen spürte ich von oben einen Ruck und folgerte daraus, daß das Seil, an dem ich herabgelassen wurde, noch immer an die Oberfläche reichte. Ob es die Araber noch festhielten oder nicht, war mir schleierhaft; ebenso schleierhaft war mir, wie tief ich mich im Inneren der Erde befand. Ich wußte, daß die mich umgebende Dunkelheit so gut wie total war, denn durch meine Augenbinde drang kein Mondstrahl; doch ich vertraute meinen Sinnen nicht genug, um das Gefühl von der langen Zeitspanne, die mein Hinuntersinken gedauert zu haben schien, als Beweis für eine extreme Tiefe zu werten. Da ich zumindest wußte, daß ich mich in einem beträchtlich großen Raum befand, den man durch eine Felsöffnung in der Oberfläche direkt über mir erreichte, vermutete ich vage, daß mein Gefängnis vielleicht die begrabene Torkapelle des alten Chephren war – der Tempel der Sphinx –, vielleicht ein innerer Korridor, den mir die Führer während meines Morgenbesuches nicht gezeigt hatten, und aus dem ich mühelos entkommen könnte, wenn ich den Weg zu dem verbarrikadierten Eingang fand. Es würde ein Gang durch ein Labyrinth sein, aber kein schlimmerer als durch andere, aus denen ich in der Vergangenheit herausgefunden hatte.

Als erstes mußte ich mich von Fesseln, Knebel und Augenbinde befreien; und dies, so wußte ich, würde nicht schwierig sein, da im Laufe meiner langen und abwechslungsreichen Karriere als Entfesselungskünstler subtilere Experten als diese Araber jede bekannte Fesselungsart an mir ausprobiert hatten, ohne jedoch meine Methode jemals erfolgreich geschlagen zu haben.

Dann fiel mir ein, daß mir die Araber vielleicht am Eingang angriffsbereit auflauerten, falls sie irgendeinen Beweis für mein mögliches Freikommen aus den bindenden Seilen erhielten, so wie ihn z. B. jede heftige Bewegung des Seils liefern würde, das sie wahrscheinlich noch festhielten. Dies setzte natürlich voraus, daß mein Gefängnis wirklich Chephrens Tempel der Sphinx war. Die direkte Öffnung im Dach, wo immer es sich befinden mochte, konnte nicht außerhalb bequemer Reichweite des modernen Eingangs in der Nähe der Sphinx sein; wenn es denn auf der Oberfläche wirklich eine große Entfernung ausmachte, denn das den Besuchern bekannte Gesamtgebiet ist keineswegs gewaltig. Während meiner Pilgerfahrt bei Tage war mir eine solche Öffnung zwar nicht aufgefallen, aber ich wußte, daß man solche Dinge in dem treibenden Sand leicht übersieht.

Wie ich so zusammengekrümmt und gebunden auf dem Felsboden lag und alles durchdachte, vergaß ich beinahe die Schrecken abgrundtiefen Hinuntersinkens und höhlenartigen Pendelns, die mich erst vor kurzem in einen Dämmerzustand versetzt hatten. Mein momentaner Gedanke war nur, die Araber zu überlisten, und demgemäß beschloß ich, mich so schnell als möglich zu befreien und dabei jeden Ruck an dem herunterhängenden Seil zu vermeiden, der einen erfolgreichen oder selbst problematischen Befreiungsversuch verraten könnte.

Dies jedoch war leichter beschlossen als ausgeführt. Ein paar probeweise Versuche machten deutlich, daß ohne beträchtliche Bewegung nichts zu erreichen war; und es überraschte mich nicht, als ich nach einem besonders energischen Ansatz die fallenden Seilschlingen fühlte, die sich um mich und auf mir auftürmten. Offensichtlich hatten die Beduinen, so dachte ich, meine Bewegungen bemerkt und ihr Seilende losgelassen; und hasteten jetzt zweifellos zum richtigen Eingang des Tempels, um mir in mörderischer Absicht aufzulauern.

Die Aussicht war nicht gerade angenehm – doch ich hatte in meinem Leben Schlimmeres bestanden, ohne mit der Wimper zu zucken, und würde auch jetzt nicht zurückschrecken. Ich mußte mich jetzt zuerst einmal von meinen Fesseln befreien und dann auf meinen Erfindungsgeist vertrauen, um unverletzt aus dem Tempel zu entkommen. Es ist eigenartig, wie ich stillschweigend zu der Annahme gelangt war, daß ich mich in dem alten Tempel von Chephren neben der Sphinx und nur ein kleines Stück unter der Erde befand.

Diese Überzeugung wurde zertrümmert und alle vormalige Vorstellung von übernatürlicher Tiefe und dämonischen Geheimnissen durch einen Umstand neu belebt, dessen Grauen und Bedeutung wuchs, gerade als ich mir meinen philosophischen Plan zurechtlegte. Ich habe gesagt, daß sich das fallende Seil neben mir und auf mir aufhäufte. Jetzt bemerkte ich, daß es sich fortlaufend weiter auftürmte, so wie es kein Seil normaler Länge je tun konnte. Seine Wucht nahm zu und wurde zu einer Hanflawine, die sich wie ein Gebirge auf dem Boden auftürmte und mich unter seinen rasch zunehmenden Windungen halb begrub. Bald war ich total verschüttet und schnappte nach Luft, während mich die anwachsenden Windungen überhäuften und erstickten.

Meine Sinne wankten erneut, und ich versuchte vergebens gegen eine schreckliche und unentrinnbare Bedrohung anzukämpfen. Nicht nur, daß ich über alles menschliche Ertragen gemartert wurde – nicht nur, daß mir Leben und Atem langsam ausgepreßt wurden –, es war auch das Wissen darum, was diese unnatürlichen Seillängen bedeuteten, und das Bewußtsein darum, welch unermeßliche Schlünde des Erdinnern mich in diesem Augenblick umgeben mußten. Mein endloses Herabsinken und der Schwebeflug durch gnomischen Raum mußten also wirklich gewesen sein, und auch jetzt mußte ich hilflos in irgendeiner namenlosen Höhlenwelt nahe dem Kern des Planeten liegen. Eine so plötzliche Bestätigung des ultimaten Grauens war nicht zu ertragen, und ich sank ein zweites Mal in ein gnädiges Vergessen.

Wenn ich Vergessen sage, schließe ich damit nicht ein, daß ich frei von Träumen war. Im Gegenteil, mein Abwesendsein von der bewußten Welt war von Visionen der allerunaussprechlichsten Scheußlichkeit gekennzeichnet. Gott! . . . Hätte ich nur nicht so viel Ägyptologie gelesen, bevor ich in dieses Land kam, das die Quelle aller Finsternis und Schrecken ist! Dieser zweite Ohnmachtsanfall erfüllte meinen schlafenden Sinn erneut mit dem schaudernden Innewerden des Landes und seiner archaischen

Geheimnisse, und durch einen fluchwürdigen Zufall wandten sich meine Träume den uralten Vorstellungen von den Toten und ihren seelischen und körperlichen Aufenthalten jenseits jener mysteriösen Gräber zu, die mehr Häuser als Gräber waren. Ich entsann mich, in Traumbildern, an die ich mich glücklicherweise nicht mehr erinnere, der eigenartigen und ausgeklügelten Konstruktion ägyptischer Grabmäler; und der höchst eigenartigen und entsetzlichen Doktrinen, die diese Konstruktion bestimmten.

Diese Leute dachten nur an den Tod und die Toten. Sie glaubten an die buchstäbliche Auferstehung des Körpers, und dies ließ sie ihn mit verzweifelter Sorgfalt mumifizieren und alle lebenswichtigen Organe in Kanopen neben dem Körper aufbewahren; außer an den Körper glaubten sie noch an zwei weitere Elemente, an die Seele, die, nachdem Osiris sie gewogen und gutgeheißen hatte, im Land der Gesegneten weilte, und an den obskuren und mächtigen *Ka* – das Lebensprinzip –, der durch die oberen und unteren Welten wandert, in schrecklicher Weise gelegentlich Zugang in die aufbewahrten Körper verlangt, die Speiseopfer verzehrt, die Priester und fromme Angehörige in die Totenkapelle brachten, und manchmal – wie die Menschen flüstern – von dem Körper oder dem hölzernen Doppel, das immer neben ihm begraben wird, Besitz ergreift und auf besonders widerlichen Botengängen verderblich umgeht.

Tausende von Jahren ruhten diese prachtvoll eingesargten Körper und starrten glasig vor sich hin, wenn sie vom *Ka* nicht aufgesucht wurden, und warteten auf den Tag, an dem Osiris ihnen sowohl den *Ka* wie die Seele zurückgeben und die steifen Legionen der Toten aus den versunkenen Häusern des Schlafes führen würde. Es hätte eine glorreiche Wiedergeburt werden sollen – doch nicht alle Seelen wurden gutgeheißen, und auch nicht alle Gräber waren unversehrt, so daß auf gewisse groteske *Fehler* und teuflische *Abnormitäten* zu achten war. Sogar heute noch wispern die Araber von unheiligen Zusammenkünften und heillosen Gottesdiensten in vergessenen tiefen Abgründen, an denen nur geflügelte unsichtbare *Kas* und seelenlose Mumien teilnehmen und von dort unverletzt zurückkehren dürfen.

Die vielleicht tückischsten und bluterstarrendsten Legenden sind jene, die sich auf gewisse perverse Produkte dekadenter Priesterschaft beziehen – auf *zusammengesetzte Mumien*, die in Nachahmung der Götter aus der künstlichen Vermengung menschlicher

Rümpfe und Gliedmaßen mit den Köpfen von Tieren gemacht wurden. In allen Geschichtsstadien wurden die heiligen Tiere mumifiziert, damit heilige Stiere, Katzen, Ibisse, Krokodile und dergleichen mehr eines Tages in größerem Ruhm wiederkehren könnten. Doch nur in der Dekadenz vermischten sie den Menschen und das Tier in der gleichen Mumie – nur in der Dekadenz, als sie die Rechte und Privilegien des *Ka* und der Seele nicht begriffen.

Was aus diesen zusammengesetzten Mumien wurde, ist nicht überliefert – zumindest nicht öffentlich –, und es ist gewiß, daß kein Ägyptologe je eine fand. Die Gerüchte der Araber sind sehr wild, und man kann sich auf sie nicht verlassen. Sie deuten sogar an, daß der alte Chephren – der der Sphinx und der zweiten Pyramide und des gähnenden Tortempels – verheiratet mit der Ghoulenprinzessin Nitocris tief unter der Erde lebt und über die Mumien regiert, die weder Mensch noch Tier sind. Von ihnen – von Chephren und seiner Gattin und seinen sonderbaren Armeen hybrider Toter – träumte ich, und deswegen bin ich froh, daß die genauen Traumbilder aus meiner Erinnerung verblaßt sind. Meine grauenhafteste Vision hing mit der müßigen Frage zusammen, die ich mir am Vortag gestellt hatte, als ich auf das große gemeißelte Rätsel der Wüste blickte und mir überlegte, mit welcher unbekannten Tiefe der Tempel in seiner Nähe vielleicht in geheimer Verbindung stand. Diese damals so unschuldige und grillenhafte Frage gewann in meinem Traum eine Bedeutung frenetischen und hysterischen Wahnsinns ... *welche gewaltige und abscheuliche Abnormität sollte die Sphinx ursprünglich darstellen*?

Mein zweites Erwachen – wenn es ein Erwachen war – ist mir eine nackte Gräßlichkeit, der sonst nichts in meinem Leben – abgesehen von einer Sache, die später folgte – gleichkommt; und dieses Leben ist erfüllter und abenteuerlicher gewesen als das der meisten Menschen. Erinnern Sie sich daran, daß ich das Bewußtsein verloren hatte, während ich unter der Kaskade des fallenden Seils begraben wurde, dessen Ungeheuerlichkeit die katazyklistische Tiefe meiner gegenwärtigen Lage enthüllte. Als ich jetzt die Wahrnehmung wiedererlangte, spürte ich, daß das Gewicht gänzlich verschwunden war; und merkte beim Herumrollen, daß, obwohl ich noch immer gefesselt, geknebelt und blindgemacht war, *irgendeine Macht den erstickenden Erdrutsch aus Hanf restlos entfernt hatte, der mich überwältigt hatte*. Die Bedeutung dieses Umstands erwuchs mir natürlich nur allmählich; doch trotzdem denke ich, daß dies mir eine neuerliche Ohnmacht beschert haben würde, hätte ich nicht inzwischen einen solchen Zustand emotionaler Erschöpfung erreicht, in dem ein neues Grauen auch keinen nennenswerten Unterschied mehr machen konnte. Ich war allein . . . *womit*?

Bevor ich mich mit irgendeiner neuen Überlegung martern oder einen frischen Entfesselungsversuch unternehmen konnte, manifestierte sich ein zusätzlicher Umstand. Vorher nicht gekannte Schmerzen rasten in meinen Armen und Beinen, und ich schien von einer Menge getrockneten Bluts überzogen zu sein, die nicht von meinen vorherigen Schnittwunden und Aufschürfungen herrühren konnte. Auch schien meine Brust von hundert Wunden durchbohrt, als hätte ein bösartiger, titanischer Ibis an ihr herumgehackt. Die Macht, die das Seil entfernt hatte, war ganz gewiß feindlich und hatte begonnen, mir schreckliche Verletzungen beizubringen, als sie irgendwie gezwungen wurde, von mir abzulassen. Trotzdem waren meine Empfindungen in diesem Moment das ganze Gegenteil von dem, was man erwarten könnte. Statt in eine bodenlose Verzweiflung zu sinken, wurde ich zu neuem Mut und neuer Tat angeregt; denn jetzt spürte ich, daß die bösen Mächte physische Dinge waren, denen sich ein furchtloser Mann auf gleicher Ebene stellen könnte.

Im Vertrauen auf diesen Gedanken zerrte ich wieder an meinen Banden und setzte alle während eines Lebens erworbene Kunst ein, um mich zu befreien, wie ich es so oft im Glanz der Scheinwerfer unter dem Applaus großer Menschenmengen getan hatte. Die vertrauten Einzelheiten des Entfesselungsvorgangs begannen mich in Anspruch zu nehmen und jetzt, da das lange Seil verschwunden war, gewann ich meine Überzeugung halb wieder, daß diese höchsten Schrecken doch nur Halluzinationen waren und daß es nie irgendeinen entsetzlichen Schacht, einen unermeßlichen Abgrund und ein endloses Seil gegeben hatte. Befand ich mich denn überhaupt in dem Tortempel von Chephren neben der Sphinx, und hatten sich die nichtswürdigen Araber hereingeschlichen, um mich zu foltern, während ich dort hilflos lag? Ich mußte auf jeden Fall freikommen. Ich mußte nur aufrecht stehen, ungefesselt, ungeknebelt und mit unverbundenen Augen, damit ich jeden Lichtschimmer, der von irgendwoher einsickerte, wahrnehmen konnte, dann würde mich der Kampf gegen schlimme und verräterische Feinde sogar ergötzen!

Wie lange ich brauchte, um meine Fesseln abzuschütteln, kann ich nicht sagen. Es muß länger gedauert haben als bei irgendeiner meiner Vorführungen, denn ich war verletzt, erschöpft und von den Erlebnissen, die ich durchgemacht hatte, entnervt. Als ich schließlich frei war und in tiefen Zügen eine eiskalte, dumpfige, übelgewürzte Luft einsog, die um so gräßlicher war, wenn man ihr ohne den Schutz des Knebels und der Augenbinde begegnete, merkte ich, daß ich zu verkrampft und ermüdet war, um mich gleich zu bewegen. Da lag ich unbestimmte Zeit und versuchte meinen verkrümmten und zerschundenen Körper zu strecken und strengte meine Augen an, um die Spur eines Lichtstrahls zu erhaschen, der mir etwas Aufklärung über meine Lage verschaffen würde.

Nach und nach kehrten meine Kraft und Flexibilität zurück, doch meine Augen erschauten nichts. Als ich stolpernd auf die Füße kam, spähte ich sorgfältig in jede Richtung, traf jedoch nur auf eine ebenholzfarbene Schwärze, die so groß war wie jene, die ich unter der Augenbinde gekannt hatte. Ich testete meine unter den zerfetzten Hosen blutverkrusteten Beine und stellte fest, daß ich laufen konnte; doch ich vermochte nicht zu entscheiden, in welche Richtung ich gehen sollte. Es lag auf der Hand, daß ich nicht aufs Geratewohl losmarschieren durfte, da ich mich so vielleicht genau von dem gesuchten Eingang entfernte; deswegen hielt ich inne, um die Richtung festzustellen, aus der der kalte, stinkende, nach Natron riechende Luftzug kam, den ich die ganze Zeit über immer gespürt hatte. Ich erachtete seinen Ursprungsort für den möglichen Eingang in den Abgrund und bemühte mich, diesem Wegweiser zu folgen und stetig auf ihn zuzugehen.

Ich trug Streichhölzer und sogar eine kleine elektrische Taschenlampe bei mir; aber die Taschen meiner zerrissenen und zerfetzten Kleidung waren natürlich schon lange von allen schweren Gegenständen entleert. Als ich vorsichtig in der Schwärze ging, verstärkte sich der Luftzug und wurde ekelerregender, bis ich in ihm schließlich nur mehr einen greifbaren Strom abscheulicher Dünste sehen konnte, die aus irgendeiner Öffnung drangen, wie der Rauch des Geistes aus dem Krug des Fischers in dem orientalischen Märchen. Der Orient . . . Ägypten . . . wahrhaftig, diese dunkle Wiege der Zivilisation war von jeher der Urquell unsäglicher Schrecken und Wunder!

Je mehr ich über die Beschaffenheit dieses Höhlenwinds nachsann, um so größer wurde meine Unruhe; denn obwohl ich trotz seines Geruchs seinen Ursprung doch zumindest als einen indirekten Fingerzeig zur Außenwelt gesucht hatte, sah ich jetzt deutlich ein, daß diese faulige Ausdünstung keine Beimengung von oder Verbindung mit der reinen Luft der Libyschen Wüste haben konnte, sondern im Grunde etwas sein mußte, was die noch tiefer liegenden finsteren Schlünde erbrachen. Ich war also in die falsche Richtung gegangen!

Nach einem Augenblick des Überlegens beschloß ich, nicht umzukehren. Ohne den Luftzug würde ich keinen Wegweiser haben, denn der in etwa ebene Felsboden wies keine besonderen Konfigurationen auf. Folgte ich jedoch dem seltsamen Strom, würde ich zweifellos zu irgendeiner Öffnung gelangen, von deren Pforte aus ich mich vielleicht an den Wänden entlang auf die gegenüberliegende Seite dieser zyklopischen und sonst undurchquerbaren Halle tasten konnte. Daß es mir fehlschlagen könnte, war mir wohl bewußt. Ich begriff, daß dies kein Teil von Chephrens Tortempel war, den Touristen kannten, und es durchfuhr mich, daß diese bestimmte Halle vielleicht sogar Archäologen unbekannt war und nur zufällig von den wißbegierigen und übelgesinnten Arabern gefunden wurde, die mich gefangengesetzt hatten. Wenn dem so war, gab es dann irgendeine Fluchttür zu den bekannten Teilen oder zur freien Luft?

Welchen Beweis besaß ich denn überhaupt, daß dies der Tortempel war? Für einen Moment brachen meine wildesten Spekulationen wieder über mich herein, und ich dachte an jene lebhafte Vermischung von Impressionen – Hinuntersinken, Hängen im Raum, das Seil, meine Wunden und die Träume, die auch wirklich Träume waren. Bedeutete dies das Ende meines Lebens? Oder wäre es fürwahr gnädig, wenn dieser Moment das Ende *wäre*? Ich konnte keine meiner eigenen Fragen beantworten, sondern fuhr einfach so fort, bis mich das Schicksal zum dritten Mal mit Ohnmacht umfing.

Diesmal gab es keine Träume, denn die Plötzlichkeit des Geschehens verschreckte mir alle bewußten und unterbewußten Gedanken. Als ich an einem Punkt, wo der ekelhafte Zug so stark wurde, daß er echten körperlichen Widerstand hervorrief, über eine unvermutet abwärts führende Stufe stolperte, wurde ich kopfüber eine schwarze gewaltige Steintreppenflucht hinunter und in einen

Schlund schonungsloser Scheußlichkeit hineingeschleudert.

Daß ich jemals wieder Atem schöpfte, ist ein Kompliment für die dem gesunden menschlichen Körper innewohnende Vitalität. Ich denke oft an diese Nacht zurück und empfinde angesichts der wiederholten Ohnmachtsanfälle tatsächlich einen Anflug von Belustigung; Ohnmachten, deren Nacheinander mich damals nur an die kruden Kinomelodramen aus jener Zeit erinnerte. Natürlich ist es möglich, daß diese wiederholten Ohnmachten nie stattfanden; und daß all die Bestandteile dieses unterirdischen Alptraums bloß die Träume eines einzigen langen Komas waren, das mit dem Schock meines Hinuntersinkens in jenen Abgrund begann und mit dem Heilbalsam der freien Luft und der aufgehenden Sonne endete, die mich auf dem Sand von Giseh, vor dem sardonischen und morgengeröteten Antlitz der Großen Sphinx hingestreckt fand.

Ich glaube lieber an letztere Erklärung so gut ich kann, deswegen war ich auch froh, als mir die Polizei mitteilte, daß man die Sperre zu Chephrens Tortempel geöffnet vorgefunden hatte, und daß in einer Ecke des noch begrabenen Teils tatsächlich ein an die Oberfläche reichender, ansehnlicher Spalt existierte. Ich war auch froh, als die Ärzte meine Wunden für solche erklärten, wie sie meine Gefangennahme, meine Augenbinde, mein Heruntergelassenwerden, mein Kampf mit den Fesseln, ein mittlerer Sturz – vielleicht in eine Vertiefung im Innengang des Tempels –, mein Krauchen zur äußeren Barriere und mein Entkommen daraus und ähnliche Ereignisse erwarten ließen . . . eine sehr tröstliche Diagnose. Und doch weiß ich, daß mehr dahinter sein muß, als die Oberfläche zu erkennen gibt. Dieses extreme Hinuntersinken ist mir eine zu lebhafte Erinnerung, um sie so einfach abzutun – und es ist merkwürdig, daß es keinem jemals gelungen ist, einen Mann zu finden, auf den die Beschreibung meines Führers paßte, Abdul Reis el Drogman – der Führer mit der Grabesstimme, der aussah und lächelte wie König Chephren.

Ich bin von meiner zusammenhängenden Erzählung abgeschweift – vielleicht in der eitlen Hoffnung, es zu vermeiden, jenes letzte Ereignis zu schildern; jenes Ereignis, das von allen am gewißlichsten eine Halluzination ist. Doch ich versprach, es zu berichten und ich breche Versprechungen nicht. Als ich wieder zu mir kam – oder zu mir zu kommen schien – nach diesem Sturz die schwarzen Steinstufen hinunter, war ich noch immer so allein und im Finstern wie zuvor. Der windige Gestank, der vorher schon übel genug gewesen war, war jetzt höllisch; dennoch war er mir inzwischen so vertraut geworden, daß ich ihn stoisch ertrug. Benommen begann ich von dem Ort wegzukriechen, von wo der Fäulniswind kam, und ich spürte mit meinen blutenden Händen die kolossalen Blöcke eines mächtigen Pflasters. Einmal schlug ich mit dem Kopf gegen einen harten Gegenstand, und als ich danach tastete, fühlte ich, daß es der Sockel einer Säule war – einer Säule unvorstellbarer Riesigkeit – dessen Oberfläche mit gigantischen eingemeißelten Hieroglyphen bedeckt war, die ich bei der Berührung sehr gut ausmachen konnte.

Ich kroch weiter und traf, in unbegreiflichen Abständen voneinander, auf weitere titanische Säulen; da wurde meine Aufmerksamkeit plötzlich von etwas gefangengenommen, das schon lange auf mein unbewußtes Hören eingewirkt haben mußte, ehe sich der bewußte Sinn darüber klar wurde.

Aus einem noch tieferen Abgrund in den Eingeweiden der Erde drangen gewisse *Geräusche*, gleichmäßig und bestimmt, wie ich ihresgleichen noch nie gehört hatte. Daß sie uralt und eindeutig zeremoniell waren, empfand ich fast intuitiv; und meine umfangreiche ägyptologische Lektüre brachte mich dahin, sie mit der Flöte, der Sambuka, dem Sistrum und dem Tympanum in Verbindung zu bringen. In ihrem rhythmischen Pfeifen, Dröhnen, Rasseln und Schlagen spürte ich ein Entsetzenselement, das alles bekannte Entsetzen der Erde übertraf – ein Entsetzen, das eigentümlich losgelöst von persönlicher Furcht war und die Form einer Art objektiven Mitleids mit unserem Planeten annahm, daß er in seinen Tiefen solche Schrecken bergen sollte, wie sie diesen aegipanischen Kakophonien zugrunde liegen mußten. Die Geräusche nahmen an Lautstärke zu, und ich spürte, daß sie sich näherten. Dann – und mögen alle Götter all der Pantheons sich vereinen, um meinen Ohren dergleichen noch einmal zu ersparen – begann ich, schwach und weit entfernt, das morbide und tausendjährige Getrampel der marschierenden Dinge zu hören.

Es war gräßlich, daß sich so verschiedene Schritte so perfekt im Takt bewegen sollten. Die Übung unheiliger Jahrtausende mußte hinter diesem Marsch der Monstrositäten des tiefsten Erdinnern liegen . . . sie tappten, klapperten, schritten, staksten, polterten, rumpelten, krochen . . . und das alles zu den abstoßenden Mißklängen jener höhnenden Instrumente. Und dann – Gott nehme mir die Erinnerung an diese Araberlegenden! – die Mumien ohne Seelen . . . der Treffplatz der umherschweifenden *Kas* . . . die Horden der dreimal verfluchten pharaonischen Toten aus vierzig Jahrhunderten . . . die *zusammengesetzten Mumien*, die König Chephren und seine Ghoulen-Königin Nitocris durch die äußersten Onyx-Leeren führten . . .

Das Getrampel kam näher – der Himmel bewahre mich vor dem Geräusch dieser Füße und Tatzen und Hufe und Pfoten und Klauen, als es an Unterscheidbarkeit zuzunehmen begann. Endlose Weiten sonnlosen Pflasters hinunter flickerte ein Lichtfunke in dem stinkenden Wind, und ich zog mich hinter den ungeheueren Umfang einer zyklopischen Säule zurück, damit ich eine Weile dem Grauen entkam, das millionenfüßig durch gigantische Säulenhallen unmenschlichen Schreckens und phobienhafter Altertümlichkeit auf mich zu pirschte. Das Flickern verstärkte sich und das Getrampel und der dissonante Rhythmus wurden widerlich laut. In dem zitternden orangefarbenen Licht schälte sich undeutlich eine Szene so versteinernder Ehrfurcht heraus, daß ich vor Erstaunen, das sogar die Angst und den Ekel besiegte, nach Luft schnappte. Sockel von Säulen, deren Mitten höher waren als man blicken konnte . . ., bloße Sockel von Dingen, von denen ein jedes den Eiffelturm zu zwergenhafter Bedeutungslosigkeit erniedrigen mußte . . . von undenkbaren Händen gemeißelte Hieroglyphen in Kavernen, wo das Tageslicht nur eine ferne Legende sein kann . . .

Ich würde die marschierenden Dinge *nicht* ansehen. Das beschloß ich verzweifelt, als ich ihre knarrenden Gelenke und ihr salpeterhaltiges Wiehern über die Totenmusik und das Totengetrampel hinweg vernahm. Es war gnädig, daß sie nicht sprachen . . . aber Gott! *Ihre wahnsinnigen Fackeln begannen Schatten auf die Oberfläche jener stupenden Säulen zu werfen. Nilpferde dürften keine menschlichen Hände haben und Fackeln tragen . . . Menschen nicht die Köpfe von Krokodilen . . .*

Ich versuchte mich abzuwenden, doch die Schatten und die Geräusche und der Gestank waren überall. Dann erinnerte ich mich an etwas, das ich als Junge in halbbewußten Alpträumen zu tun pflegte, und ich begann mir immer wieder zu wiederholen: »Dies ist ein Traum! Dies ist ein Traum.« Doch es hatte keinen Sinn, und ich konnte nur noch die Augen schließen und beten . . . wenigstens glaube ich, daß ich dies getan habe, denn bei Visionen ist man sich nie sicher – und ich weiß, daß dies nur eine gewesen sein kann. Ich fragte mich, ob ich die Welt je wieder erreichen würde, und öffnete manchmal verstohlen die Augen, um zu sehen, ob ich irgendein Merkmal des Ortes ausmachen konnte, außer dem Wind würziger Fäulnis, den gipfellosen Säulen und den thaumatropisch grotesken Schatten abnormalen Grauens. Jetzt leuchtete der blakende Glanz sich stetig vermehrender Fackeln, und wenn dieser höllische Ort nicht gänzlich ohne Wände war, mußte ich bald irgendeine Begrenzung oder ein Wegzeichen sehen können. Doch ich mußte die Augen wieder schließen, als ich merkte, wie viele der Dinge sich versammelten – und als ich ein gewisses Objekt erhaschte, das feierlich und gesetzt dahinschritt, *ohne über der Hüfte noch einen Körper zu besitzen.*

Ein teuflisches und heulendes Leichengegurgel oder Todesröcheln zerriß jetzt die Atmosphäre – die Beinhausatmosphäre, durch die giftige Naphtalin- und Erdpechschwälle wogten – in einem gesammelten Chor der ghoulischen Legion hybrider Blasphemien. Meine Augen, die widernatürlich aufgerissen wurden, starrten für einen Moment auf einen Anblick, den sich ein menschliches Wesen ohne Panik, Furcht und körperliche Erschöpfung nicht einmal vorzustellen vermag. Die Dinge hatten sich feierlich in eine Richtung begeben, in die Richtung des widerwärtigen Winds, wo das Licht ihrer Fackeln ihre gesenkten Köpfe zeigte – oder vielmehr die gesenkten Köpfe derer, die Köpfe hatten. Sie beteten vor einer großen, schwarzen, gestankrülpsenden Öffnung, die sich beinahe dem Blickfeld entzog, und die, wie ich sehen konnte, in rechten Winkeln von zwei riesigen Treppen flankiert wurde, deren Enden weit entfernt im Schatten lagen. Eine von ihnen war zweifellos jene Treppe, die ich hinabgefallen war.

Die Dimensionen des Lochs standen ganz im Einklang mit jenen der Säulen – ein gewöhnliches Haus hätte sich darin verloren, und ein durchschnittliches öffentliches Gebäude hätte leicht hinein- und hinausgeschoben werden können. Es war eine so gewaltige Fläche, daß man ihre Begrenzungen nur feststellen konnte, wenn man den Blick schweifen ließ ... so gewaltig, so gräßlich schwarz und von so aromatischem Übelgeruch ... Direkt vor diese gähnende Polyphem-Tür warfen die Dinge Gegenstände – augenscheinlich Opfer oder religiöse Gaben, wie sich ihren Gesten entnehmen ließ. Chephren war ihr Oberhaupt; der hohnlächelnde König Chephren *oder der Führer Abdul Reis*, gekrönt von einem goldenen Pshent und mit der hohlen Stimme der Toten endlose

Formeln intonierend. Neben ihm kniete die schöne Königin Nitocris, die ich einen Moment lang im Profil sah, wobei ich feststellte, daß ihr Ratten oder andere Ghoule die rechte Gesichtshälfte weggefressen hatten. Und ich schloß meine Augen wieder, als ich sah, was für Objekte als Opfergaben vor die stinkende Öffnung oder die ihr vielleicht innewohnende Gottheit geworfen wurde.

Mir schien, daß die verborgene Gottheit, nach der Sorgfalt dieses Anbetungsritus zu schließen, von beträchtlicher Wichtigkeit sein mußte. War es Osiris oder Isis, Horus oder Anubis oder ein gewaltiger unbekannter Gott der Toten, der noch wichtiger und noch erhabener war? Es gibt eine Legende, daß einem Unbekannten schreckliche Altäre und Kolosse errichtet wurden, ehe überhaupt noch die bekannten Götter verehrt wurden . . .

Und als ich mich jetzt stählte, die verzückte und grabesartige Anbetung dieser namenlosen Dinge zu beobachten, durchzuckte mich der Gedanke an ein Entkommen. Die Halle war düster und die Säulen von schweren Schatten umlagert. Wenn jedes Geschöpf dieser alptraumhaften Schar in schockierende Verzückung versunken war, könnte es mir gerade möglich sein, an ihnen vorbei zum Ende der weit entfernten Treppe zu kriechen und ungesehen hinaufzusteigen; und dann galt es dem Schicksal und der Erfindungsgabe zu vertrauen, um mich aus den oberen Regionen zu befreien. Wo ich war, wußte ich nicht und stellte auch keine ernsthaften Spekulationen darüber an – und einen Augenblick lang schien es mir amüsant, eine ernsthafte Flucht aus etwas zu planen, von dem ich wußte, daß es ein Traum war. War ich in einer verborgenen und unvermuteten tieferen Region von Chephrens Tortempel – jenem Tempel, der generationenlang beharrlich der Tempel der Sphinx genannt wurde? Ich konnte es nicht erraten, doch ich beschloß, zum Leben und Bewußtsein hinaufzusteigen, wenn mich Witz und Muskeln tragen konnten.

Endlich schaffte ich es, die Stufen zu erreichen und begann zu klettern; ich hielt mich dicht an der Wand, auf der ich Verzierungen der allergräßlichsten Art entdeckte, und vertraute zu meiner Sicherheit auf das versunkene, ekstatische Interesse, mit dem die Monstrositäten die übeldünstende Öffnung und die unheiligen Nahrungsobjekte beobachteten, die sie auf das Pflaster davor geschleudert hatten. Obwohl die Treppe gewaltig und steil war, aus riesigen Porphyrblöcken wie für die Füße eines Riesen gemacht, schien der Aufstieg wahrhaft endlos. Die Furcht vor Entdeckung und die Schmerzen, die diese neuerliche Körperanstrengung wieder in meinen Wunden toben ließ, bewirkten zusammen, daß dieses Hinaufkriechen eine quälende Erinnerung für mich ist. Ich hatte geplant, beim Erreichen des Absatzes sofort auf jeder Treppe weiterzukriechen, solange sie nur aufwärts führte; nicht für einen letzten Blick auf die aasigen Abscheulichkeiten zu verweilen, die etwa siebzig oder achtzig Fuß unter mir scharrten und die Knie beugten – doch eine plötzliche Wiederholung jenes donnernden Chors aus Leichengegurgel und Todesröcheln, der ertönte, als ich beinahe das obere Ende der Treppenflucht erklommen hatte, und der durch seinen feierlichen Rhythmus verriet, daß er kein Alarm für meine Entdeckung war, veranlaßte mich, innezuhalten und vorsichtig über die Brüstung zu spähen.

Die Monstrositäten riefen etwas an, das sich aus der widerwärtigen Öffnung geschoben hatte, um die ihm angebotene höllische Kost zu packen. Es war sogar von meiner Höhe aus gesehen etwas ziemlich Plumpes; etwas Gelbliches und Haariges und sich nervös Bewegendes. Es war vielleicht so groß wie ein ausgewachsenes Nilpferd, doch sehr eigenartig gebildet. Es schien keinen Hals zu haben, sondern fünf getrennte, zottige Köpfe, die in einer Reihe nebeneinander einem grob zylindrischen Rumpf entsprangen; der erste sehr klein, der zweite ansehnlich, der dritte und vierte gleich und am größten von allen, und der fünfte ziemlich klein, doch nicht so klein wie der erste.

Aus diesen Köpfen schnellten sonderbar starre Tentakel hervor, die gefräßig die ungeheuren Mengen unnennbarer Nahrung packten, die vor der Öffnung lagen. Dann und wann sprang das Ding hoch und manchmal zog es sich auf sehr befremdliche Art in seine Grube zurück. Seine Ortswechsel waren mir so unerklärlich, daß ich fasziniert hinstarrte und mir wünschte, es würde weiter aus dem höhlenartigen Lager unter mir herauskommen.

Dann *kam es heraus* ... es *kam* heraus, und bei dem Anblick wandte ich mich um und floh in die Dunkelheit, die höherführende Treppe hinauf, die sich hinter mir erhob; floh nichts mehr wissend unglaubliche Stufen und Leitern und schiefe Ebenen hinauf, zu denen mich weder menschlicher Gesichtssinn noch menschliche Logik führten, und die ich aus Mangel an jeglicher Bestätigung immer ins Reich der Träume verbannen muß. Es muß ein Traum gewesen sein, sonst hätte mich die Morgenfrühe nie atmend auf dem Sand von Giseh vor dem sardonischen, morgengeröteten Antlitz der Großen Sphinx gefunden.

Die Große Sphinx! Gott! – jene müßige Frage, die ich mir an jenem sonnengesegneten Morgen davor gestellt hatte ... *welche gewaltige und abscheuliche Abnormität sollte die Sphinx ursprünglich darstellen?* Verflucht ist der Anblick, der mir, sei es im Traum oder nicht, jenes höchste Grauen enthüllte – den unbekannten Gott der Toten, der sich in dem unvermuteten Abgrund die ungeheueren Lippen leckt, dem seelenlose Absurditäten, die nicht existieren dürften, gräßliche Leckerbissen füttern. Das fünfköpfige Monster, das herauskam ... jenes fünfköpfige Monster von der Größe eines Nilpferds ... das fünfköpfige Monster – *und das, von dem es nur die bloße Vorderpranke ist ...*

Doch ich überlebte, und ich weiß, es war nur ein Traum.

In den Mauern von Eryx

Bevor ich versuchen werde zu ruhen, will ich diese Notizen zur Vorbereitung für den fälligen Bericht aufzeichnen. Was ich gefunden habe, ist so einzigartig und steht allen früheren Erfahrungen und Erwartungen so entgegen, daß es eine sehr sorgfältige Beschreibung verdient.

Ich erreichte den Zentrallandeplatz auf der Venus am 18. März, Erdzeit; am 9. VI. nach planetarischer Zeitrechnung. Ich wurde der Hauptgruppe unter Miller zugeteilt, bekam meine Ausrüstung – die Uhr wurde der etwas schnelleren Rotation der Venus angeglichen – und durchlief den üblichen Maskendrill. Nach zwei Tagen erklärte man mich für diensttauglich.

Ich verließ die Handelsniederlassung der Crystal Company in Terra Nova in der Morgenfrühe des 12. VI. und folgte der südlichen Route, die Anderson aus der Luft kartographiert hatte. Der Weg war schlimm, denn nach einem Regen sind diese Dschungel hier immer halb undurchquerbar. Es muß die Feuchtigkeit sein, die den verflochtenen Ranken und Lianen diese ledrige Zähigkeit gibt; eine derartige Zähigkeit, daß man sie zehn Minuten mit dem Messer bearbeiten muß. Gegen Mittag war es trockener – die Vegetation wurde weich und gummiartig, und das Messer schnitt mühelos hindurch – doch selbst dann kam ich nicht schnell voran. Diese Carter-Sauerstoffmasken sind einfach zu schwer – allein schon das Tragen macht einen normalen Mann halb kaputt. Eine Dubois-Maske mit einem Schwammreservoir statt der Flasche würde einen mit genauso guter Luft versorgen, und das bei halbem Gewicht.

Der Kristalldetektor schien prima zu funktionieren und wies stetig in eine Richtung, die Andersons Bericht bestätigte. Es ist schon komisch, wie dieses Affinitätsprinzip klappt – und ganz ohne den Humbug der alten »Wünschelruten« daheim. Im Umkreis von tausend Meilen muß ein großes Kristallvorkommen sein, obwohl ich glaube, daß es diese schändlichen Eidechsenmenschen dauernd beobachten und bewachen. Vielleicht finden sie es von uns ebenso dämlich, daß wir auf die Venus kommen, um dem Zeugs nachzujagen, wie wir es von ihnen, daß sie immer gleich im Schlamm kriechen, wenn sie ein Stück davon sehen, und daß sie auf einem Podest in ihrem Tempel diesen Mordsbrocken davon aufbewahren. Ich wünschte, sie würden sich eine neue Religion zulegen, denn außer sie anzubeten können sie mit den Kristallen doch nichts anfangen. Wenn die Religion nicht wäre, würden sie uns soviel nehmen lassen wie wir wollten – und selbst wenn sie es lernen würden, ihnen die Energie abzuzapfen, wäre für ihren Planeten und die Erde obendrein mehr als genug da. Ich zum Beispiel habe es satt, auf die Hauptlager zu verzichten und bloß einzelne Kristalle aus Dschungelflußbetten zu klauben. Eines schönen Tages werde ich darauf dringen, daß diese schuppigen Bettler von einer tüchtigen Armee von zu Hause weggeputzt werden. Rund zwanzig Schiffe könnten genug Truppen hertransportieren, um zum Ziel zu kommen. Man kann diese verdammten Biester trotz all ihrer »Städte« und Türme doch nicht Menschen nennen. Außer Bauen können sie gar nichts – na, und noch mit Schwertern und Giftpfeilen umgehen – und ich glaube nicht, daß ihre sogenannten »Städte« mehr sind als Ameisenhaufen oder Biberdämme. Ich bezweifle, daß sie überhaupt eine richtige Sprache haben; das ganze Gerede über psychologische Kommunikation durch diese Tentakel vor ihrer Brust halte ich für Quatsch. Was die Leute irreführt, ist ihre aufrechte Körperhaltung; nichts weiter als eine zufällige körperliche Ähnlichkeit mit dem Erdenmenschen.

Ich möchte einmal durch einen Venusdschungel marschieren, ohne auf Schleichtrupps von ihnen zu achten oder mich vor ihren verfluchten Pfeilen zu ducken. Sie mögen ja ganz in Ordnung gewesen sein, bevor wir anfingen, die Kristalle zu nehmen, aber jetzt sind sie garantiert eine üble Landplage – mit ihrer Pfeileschießerei und dem Durchzwacken unserer Wasserleitungen. Ich glaube immer mehr, daß sie einen Spezialsinn haben, so ähnlich wie unsere Kristalldetektoren. Es hat noch niemand erlebt, daß sie einen Menschen belästigt haben – abgesehen von Schüssen aus dem Hinterhalt – der keine Kristalle bei sich hatte.

Gegen 1 p. m. riß mir ein Pfeil beinah den Helm herunter, und ich dachte eine Sekunde lang, daß eine meiner Sauerstoffflaschen ein Loch abbekommen hätte. Diese verschlagenen Teufel hatten kein Geräusch gemacht, doch drei von ihnen drangen auf mich ein. Ich erwischte sie alle durch einen Kreisschwenk mit meiner Flammenpistole, denn obwohl ihre Farbe mit dem Dschungel verschmolz, konnte ich doch die sich bewegenden Ranken ausmachen. Einer von ihnen war volle acht Fuß groß und hatte eine Schnauze wie ein Tapir. Die anderen zwei waren die üblichen sieben Fuß groß. Die halten sich auch bloß durch ihre schiere Menge – schon ein einziges Regiment Flammenwerfer könnte ihnen die Hölle heiß machen. Trotzdem seltsam, wie sie es geschafft haben, auf diesem Planeten zu dominieren. Es gibt hier keine höherentwickelten Lebensformen als die wriggelnden Akmans und Skorahs oder die fliegenden Tukahs auf dem anderen Kontinent – es sei denn natürlich, diese Löcher im Fliegenfallen-Plateau verbergen irgendwas.

Gegen zwei Uhr sprang mein Detektor nach Westen um und zeigte rechts voraus vereinzelte Kristalle an. Das stimmte mit Anderson überein, und dementsprechend setzte ich meinen Kurs. Der Weg wurde noch schlimmer – nicht nur weil das Gelände anstieg, sondern weil die Fauna und fleischfressende Flora üppiger wurden. Ich zerhieb laufend Ugrats und trat auf Skorahs, und meine Lederkombination war über und über von den platzenden Darohs gesprenkelt, die sie von allen Seiten angriffen. Das Sonnenlicht wurde vom Dunst auch nicht gerade besser und schien den Schlamm kein bißchen auszutrocknen. Bei jedem Schritt sanken meine Füße fünf oder sechs Zoll tief ein, und wenn ich sie herauszog, gab es jedesmal ein saugendes *Blubb*. Ich wünschte, irgend jemand würde mal für dieses Klima einen anderen sichereren Kleidungsstoff als Leder erfinden. Tuch würde natürlich verrotten; aber irgendein dünnes Metallgewebe, das unzerreißbar ist – so wie die Oberfläche dieser drehbaren verfallsicheren Berichtrolle – müßte doch eines Tages mal praktikabel sein.

Ich aß gegen 3:30 – wenn man das essen nennen kann, wenn ich mir diese miesen Nahrungstabletten durch meine Maske schiebe. Bald darauf bemerkte ich eine deutliche Veränderung in der Landschaft – die leuchtenden, giftig aussehenden Pflanzen wechselten die Farbe und wurden gespenstisch. Die Umrisse von allem schimmerten rhythmisch, und helle Lichtpunkte tauchten auf und tanzten in demselben langsamen, gleichförmigen Tempo. Danach schien die Temperatur in Einklang mit einem eigentümlich rhythmischen Getrommel zu fluktuieren.

Das ganze Universum schien in tiefen, regelmäßigen Pulsationen zu pochen, die jeden Winkel erfüllten und mir durch Kopf und Körper flossen. Ich verlor gänzlich den Gleichgewichtssinn und torkelte schwindelig herum, es half auch nichts, daß ich die Augen schloß und mir mit den Händen die Ohren zuhielt. Mein Verstand war immerhin noch klar, und nach ganz wenigen Minuten, begriff ich, was geschehen war.

Ich war zuletzt doch noch einer jener seltsamen *Fata-Morgana-Pflanzen* begegnet, über die so viele unserer Männer Geschichten erzählten. Anderson hatte mich vor ihnen gewarnt und ihr Aussehen sehr genau beschrieben – den struppigen Stengel, die stacheligen Blätter und die marmorierten Blüten, deren gasförmige, traumgebärende Ausdünstungen jeden bestehenden Maskentyp durchdringen.

Als ich mich erinnerte, was vor drei Jahren mit Bailey passiert war, geriet ich kurz in Panik und begann durch die irre, chaotische Welt, die die Ausdünstungen der Pflanze um mich gewoben hatten, zu stürzen und zu stolpern. Dann kam ich wieder zur Vernunft und begriff, daß ich mich nur von der gefährlichen Blüte zurückziehen mußte – mich von der Quelle der Pulsationen entfernen und mir blindlings einen Weg hauen – ohne Rücksicht auf das, was vielleicht um mich herumzuwirbeln schien – bis ich sicher aus dem Wirkungsradius der Pflanze heraus war.

Obwohl sich alles gefährlich drehte, versuchte ich, in der richtigen Richtung zu starten und mich durchzuhauen. Meine Route muß alles andere als gerade gewesen sein, denn es schien Stunden zu dauern, bis ich von dem durchdringenden Einfluß der Fata-Morgana-Pflanze frei war. Allmählich begannen die tanzenden Lichter zu verschwinden, und die schimmernde geisterhafte Szenerie gewann ein solides Aussehen zurück. Als ich wieder völlig klar war, schaute ich auf meine Uhr und stellte erstaunt fest, daß es erst 4:20 h war. Obwohl Ewigkeiten vergangen zu sein schienen, konnte die ganze Sache kaum länger als eine halbe Stunde gedauert haben.

Jede Verzögerung war jedoch lästig, und bei meinem Rückzug von der Pflanze hatte ich Boden verloren. Ich drängte jetzt in die berganführende Richtung, die der Kristalldetektor anzeigte und verwandte meine ganze Kraft darauf, zügiger voranzukommen. Der Dschungel war noch immer dicht, wenn auch weniger von tierischem Leben erfüllt. Einmal verschlang eine fleischfressende Pflanze meinen rechten Fuß und hielt ihn so fest gepackt, daß ich ihn mit dem Messer freihacken mußte und dabei die Blume in Fetzen hieb, ehe sie losließ.

Nach einer knappen Stunde sah ich, daß sich der Dschungelwuchs lichtete, und um fünf Uhr trat ich – nach der Durchquerung eines Farnbaumgürtels mit spärlichem Unterholz – auf ein weites, moosiges Plateau hinaus. Ich kam jetzt rasch vorwärts, und ich sah an dem Schwanken meiner Detektornadel, daß ich mich dem Kristall, den ich suchte, ziemlich näherte. Das war komisch, denn die meisten der verstreuten, eiähnlichen Sphäroide tauchten in Dschungelflüssen auf, die man hier auf diesem baumlosen Hochland wahrscheinlich nicht erwarten durfte.

Das Terrain stieg an und endete auf einem regelrechten Kamm. Ich erreichte den Gipfel etwa gegen 5:30 h und sah vor mir eine weit ausladende Ebene mit Forsten in der Ferne. Das war zweifellos das Plateau, das Matsugawa vor fünfzig Jahren aus der Luft kartographierte und das auf unseren Karten »Eryx« oder das »Eryzinäische Hochland« heißt. Doch was mein Herz höher schlagen ließ, war ein kleineres Detail, dessen Position nicht weit vom exakten Mittelpunkt des Plateaus liegen konnte. Es war dies ein einziger Lichtpunkt, der durch den Nebel flammte und eine stechende, konzentrierte Lumineszenz aus den gelblichen, dunststumpfen Sonnenstrahlen zu ziehen schien. Dies war ohne Zweifel der Kristall, den ich suchte – ein Ding, das vielleicht nicht größer war als ein Hühnerei und doch genug Energie barg, um eine Stadt ein ganzes Jahr zu beheizen. Als ich diesen fernen Glanz sah, konnte es mich kaum wundern, daß diese jämmerlichen Eidechsenmenschen solche Kristalle verehren. Und doch haben sie nicht die leiseste Ahnung von den Kräften, die sie bergen.

Ich sprintete im Eiltempo los und versuchte, den unerwarteten Fang so schnell wie möglich zu erreichen; und war verärgert, als das feste Moos einem dünnen, besonders widerlichen Schlamm Platz machte, in den ab und zu Inselchen mit Kriechpflanzen und Unkraut eingestreut waren. Doch ich platschte sorglos weiter – und es kam mir kaum in den Sinn, nach etwaigen umherschleichenden Eidechsenmenschen Ausschau zu halten. Auf diesem freien Feld war es unwahrscheinlich, daß ich überfallen wurde. Beim Näherkommen schien das Licht voraus an Größe und Brillanz zuzunehmen, und ich begann eine Eigentümlichkeit seiner Lage zu registrieren. Dies war eindeutig ein Kristall der höchsten Güte, und meine freudige Erregung wuchs mit jedem klatschenden Schritt.

An diesem Punkt muß ich anfangen, bei der Abfassung meines Berichts sorgfältig zu sein, denn was ich von nun an zu sagen haben werde, involviert unerhörte – wenn zum Glück auch beweisbare – Dinge. Ich stürmte mit wachsendem Feuereifer vorwärts und war bis auf etwa hundert Fuß an den Kristall herangekommen – dessen Position auf einer Art Erhebung in dem allgegenwärtigen Schleim sehr seltsam wirkte –, da schlug mir eine plötzliche und überwältigende Kraft vor die Brust und die Knöchel meiner geballten Fäuste und warf mich rücklings in den Schlamm. Das Klatschen meines Sturzes war ungeheuer, und auch der weiche Untergrund und die Gegenwart einiger schleimiger Kriechpflanzen und Unkräutlein vermochten meinem Kopf den verwirrenden Schock nicht zu ersparen. Ich lag einen Moment auf dem Rücken und konnte vor Verblüffung keinen Gedanken fassen. Dann stolperte ich halb mechanisch auf die Füße und begann den schlimmsten Dreck von meiner Lederkombination zu kratzen.

Ich hatte nicht die leiseste Ahnung, was mir da zugestoßen war. Ich hatte nichts gesehen, was den Schock hätte verursachen können, und auch jetzt sah ich nichts. War ich doch bloß im Schlamm ausgerutscht? Meine wunden Knöchel und meine schmerzende Brust wußten es besser. Oder war dieser ganze Zwischenfall eine von einer verborgenen Fata-Morgana-Pflanze bewirkte Illusion? Das erschien kaum wahrscheinlich, da ich keines der üblichen Symptome spürte und da es keinen Fleck in der Nähe gab, wo ein so buntes und typisches Gewächs unsichtbar lauern könnte. Hätte ich mich auf der Erde befunden, würde ich eine Barriere aus N-Kraft vermutet haben, die irgendeine Regierung verhängt hatte, um ein Sperrgebiet zu markieren, doch in dieser menschenleeren Gegend wäre eine solche Vorstellung nur absurd gewesen.

Ich raffte mich schließlich auf und beschloß eine vorsichtige Erforschung. Ich hielt mein Messer so weit wie möglich vor mich, damit es zuerst mit der seltsamen Kraft in Berührung kam, und machte mich erneut zu dem leuchtenden Kristall auf – wobei ich mich anschickte, Schritt für Schritt mit größtem Bedacht voranzugehen. Beim dritten Schritt bremste mich das Auftreffen der Messerspitze auf eine offenbar feste Fläche – eine feste Fläche da, wo meine Augen nichts sahen.

Nach einem kurzen Zurückschrecken wurde ich kühn. Ich streckte meine behandschuhte Linke aus und versicherte mich so des Vorhandenseins unsichtbarer, solider Materie – oder einer greifbaren Illusion solider Materie – vor mir. Als ich meine Hand bewegte, merkte ich, daß die Barriere stattliche Ausmaße aufwies und eine fast glasartige Glätte ohne Anzeichen dafür, daß hier Einzelblöcke verbunden waren. Ich stärkte mich für weitere Experimente, zog einen Handschuh aus und testete das Ding mit bloßer Hand. Es war in der Tat hart und glasartig und im Vergleich mit der umgebenden Luft von einer eigenartigen Kälte. Ich strengte meine Augen in dem Bemühen, irgendeine Spur der hemmenden Substanz zu erspähen, aufs äußerste an, konnte aber rein gar nichts ausmachen. So wie die Landschaft vor mir aussah, gab es nicht einmal einen Beweis für ein Brechungsvermögen. Das Fehlen einer Reflexionskraft wurde dadurch bewiesen, daß es nirgendwo ein glänzendes Abbild der Sonne gab.

Brennende Neugier begann alle anderen Gefühle zu verdrängen, und ich dehnte meine Untersuchungen nach Kräften aus. Mit den Händen erkundete ich, daß sich die Barriere vom Boden bis in eine Höhe erstreckte, die ich nicht mehr zu erreichen vermochte, und daß sie sich zu beiden Seiten unendlich ausdehnte. Es war also irgendeine Art von *Mauer* – obwohl alle Vermutungen betreffs ihres Materials und Zwecks mich überforderten. Ich dachte wieder an die Fata-Morgana-Pflanze und an die Träume, die sie einflößte, doch ein kurzes Nachdenken ließ mich den Gedanken verwerfen.

Ich hieb mit dem Heft meines Messers scharf gegen die Barriere und trat mit meinen schweren Stiefeln dagegen und versuchte die so erzeugten Geräusche zu interpretieren. Etwas in diesem Widerhall ließ an Zement oder Beton denken, obwohl die Oberfläche meinen Händen eher glasig oder metallisch vorgekommen war. Ich war hier unbedingt mit etwas konfrontiert, das an Seltsamkeit alle meine bisherigen Erfahrungen übertraf.

Der nächste logische Schritt mußte sein, mir einen Eindruck von den Dimensionen der Mauer zu verschaffen. Das Höheproblem würde haarig werden, wenn nicht gar unlösbar, doch das Länge- und Formproblem ließe sich eventuell leichter angehen. Ich breitete meine Arme aus und preßte mich eng an die Barriere und begann mich allmählich nach links zu schieben – wobei ich die Strecke, die vor mir lag, ganz genau ins Auge faßte. Nach mehreren Schritten schloß ich, daß die Wand nicht gerade war, sondern daß ich dem Teilstück eines riesigen Kreises oder einer Ellipse folgte. Und dann wurde meine Aufmerksamkeit von etwas ganz anderem in Anspruch genommen – von etwas, das mit dem noch fernen Kristall zusammenhing, der das Ziel meiner Suche dargestellt hatte.

Ich habe gesagt, daß selbst aus größerer Entfernung die Position des leuchtenden Objekts merkwürdig undefinierbar war – auf einem kleinen Erdhügel, der sich aus dem Schleim erhob. Jetzt – etwa hundert Yards entfernt – konnte ich trotz des verschlingenden Dunstes deutlich sehen, was das für ein Hügel war. Es war der Leichnam eines Mannes in einer Lederkombination der Crystal Company, er lag auf dem Rücken und seine Sauerstoffmaske halb im Schlamm begraben ein paar Zoll daneben. In der rechten Hand, die verkrampft auf seine Brust gepreßt lag, war der Kristall, der mich hierher geführt hatte – ein Sphäroid unglaublicher Größe, so groß, daß die toten Finger sich kaum über ihm schließen konnten. Selbst auf die besagte Entfernung konnte ich erkennen, daß die Leiche frisch war. Es gab so gut wie keine äußeren Anzeichen der Verwesung, und ich überlegte mir, daß in diesem Klima ein solcher Umstand besagte, daß der Tod höchstens vor einem Tag eingetreten sein konnte. Bald würden die verhaßten Farnoth-Fliegen anfangen, sich um die Leiche zu scharen. Ich fragte mich, wer der Mann war. Bestimmt niemand, den ich auf diesem Trip gesehen hatte. Es mußte einer der alten Hasen gewesen sein, der auf einem langen Einsatz unterwegs und unabhängig von Andersons Vermessung in diese spezielle Region gekommen war. Da lag er, war aus allem Schlamassel raus, und zwischen seinen steifen Fingern strömten die Strahlen des großen Kristalls hervor.

Volle fünf Minuten stand ich da und starrte verwirrt und besorgt hin. Eine seltsame Furcht bestürmte mich, und ich verspürte den unvernünftigen Drang wegzulaufen. Diese schleichenden Eidechsenmenschen konnten es nicht gewesen sein, denn er hielt noch immer den Kristall, den er gefunden hatte. Gab es irgendeine Verbindung zu der unsichtbaren Mauer? Wo hatte er den Kristall gefunden? Andersons Instrument hatte in dieser Ecke einen angezeigt, lange bevor dieser Mann umgekommen sein konnte. Ich begann die unsichtbare Barriere jetzt als etwas Sinistres zu betrachten und wich schaudernd vor ihr zurück. Doch ich wußte, daß ich dem Geheimnis auf den Grund gehen mußte, und das wegen dieser jüngsten Tragödie um so schneller und sorgfältiger.

Plötzlich – als ich meinen Geist auf das Problem zurückzwang, vor dem ich stand – fiel mir eine Möglichkeit ein, die Höhe der Mauer herauszubekommen, oder zumindest festzustellen, ob sie sich unendlich nach oben erstreckte oder nicht. Ich ergriff eine Handvoll Schlamm, ließ ihn abtropfen bis er ein wenig zusammenbackte und warf ihn dann in Richtung der absolut transparenten

Barriere hoch in die Luft. In einer Höhe von vielleicht vierzehn Fuß schlug er mit einem kräftigen Klatschen gegen die unsichtbare Fläche, zerplatzte sofort und tropfte mit erstaunlicher Geschwindigkeit in verschwindenden Bächen herunter. Die Mauer war eindeutig luftig. Eine zweite Handvoll, in noch steilerem Winkel geworfen, traf die Fläche etwa achtzehn Fuß über der Erde und verschwand so rasch wie die erste.

Ich bot jetzt meine ganze Kraft auf und machte mich bereit, eine dritte Handvoll so hoch zu werfen wie ich nur konnte. Ich ließ den Schlamm abtropfen, preßte ihn so trocken wie möglich und schleuderte ihn so steil empor, daß ich schon befürchtete, er könnte die hindernde Fläche überhaupt nicht erreichen. Er tat es indes, und diesmal überquerte er die Barriere und fiel mit einem heftigen Aufklatschen in den Schlamm dahinter. Endlich hatte ich eine grobe Vorstellung von der Höhe der Mauer, denn die Überquerung hatte offensichtlich runde zwanzig oder einundzwanzig Fuß hoch stattgefunden.

Bei einer neunzehn oder zwanzig Fuß hohen vertikalen Mauer von glasiger Flachheit, war ein Hochsteigen klarerweise unmöglich. Ich mußte also die Barriere weiter umkreisen, in der Hoffnung, ein Tor, ein Ende oder irgendeine Art Unterbrechung zu finden. Bildete das Hindernis eine völlig runde oder eine andere geschlossene Figur, oder war es nur ein Bogen oder Halbkreis? Ich führte meinen Entschluß aus und nahm meine langsame, linksgerichtete Umrundung wieder auf und glitt mit den Händen die unsichtbare Fläche hinauf und hinunter, um so vielleicht zufällig ein Fenster oder eine andere kleine Öffnung zu finden. Ehe ich losging, versuchte ich meine Position dadurch zu markieren, daß ich ein Loch in den Schlamm trat, doch der Schleim erwies sich als zu dünnflüssig, um irgendwelche Eindrücke zu bewahren. Ich schätzte die Stelle jedoch ungefähr dadurch ab, daß ich mir eine hohe Cycade in dem fernen Forst merkte, die genau in einer Linie mit dem hundert Yards entfernt strahlenden Kristall zu liegen schien. Ob weder Tor noch Durchbruch existierten, konnte ich nun entscheiden, wenn ich die Mauer vollständig umrundet hatte.

Ich war noch nicht weit gekommen, da entschied ich, daß die Krümmung auf eine kreisförmige Einfassung hindeutete, mit einem Durchmesser von etwa hundert Yard – vorausgesetzt, der Umkreis war regelmäßig. Dies würde bedeuten, daß der tote Mann dicht bei der Mauer an einem Punkt lag, der dem Gebiet beinahe gegenüberlag, in dem ich angefangen hatte. Lag er noch innerhalb oder schon außerhalb der Einfassung? Darüber würde ich bald Gewißheit haben.

Als ich die Barriere langsam umrundete, ohne ein Tor, Fenster oder eine andere Lücke zu finden, entschied ich, daß der Körper innerhalb lag. Bei näherem Hinsehen wirkten die Züge des toten Mannes irgendwie beunruhigend. Ich fand in seinem Ausdruck und in der Art, wie die glasigen Augen stierten, etwas Alarmierendes. Als ich ganz in seiner Nähe war, glaubte ich, in ihm Dwight zu erkennen, einen Veteranen, den ich nie gekannt hatte, der mir aber letztes Jahr in der Niederlassung gezeigt wurde. Der Kristall, den er hielt, war garantiert ein Fang – das größte Einzelstück, das mir je unter die Augen gekommen war.

Ich war der Leiche jetzt so nahe, daß ich sie – wäre die Barriere nicht gewesen – hätte berühren können, da traf meine forschende Hand auf eine Ecke in der unsichtbaren Fläche. In einer Sekunde wußte ich, daß dort eine drei Fuß breite Öffnung existierte, die höher hinaufging, als ich reichen konnte. Es gab keine Tür und auch keine Anzeichen von Türangelvertiefungen, die von einer ehemaligen Tür zeugten. Ohne auch nur einen Moment zu zögern, trat ich hindurch und machte zwei Schritte auf den hingestreckten Leichnam zu – der im rechten Winkel zu der Halle lag, die ich betreten hatte, und zwar in einem anscheinend türlosen Seitenkorridor. Es erneuerte meine Neugier, als ich feststellte, daß das Innere dieser gewaltigen Umfriedung in Unterabteilungen gegliedert war.

Ich beugte mich hinunter, um den Leichnam zu untersuchen und entdeckte, daß er keine Verletzungen aufwies. Dies überraschte mich kaum, denn der noch vorhandene Kristall sprach gegen die pseudo-reptilischen Eingeborenen. Als ich mich nach einer möglichen Todesursache umsah, fiel mein Blick auf die Sauerstoffmaske, die dicht bei den Füßen des Leichnams lag. Dies war nun wirklich von Bedeutung. Ohne dieses Hilfsmittel konnte kein menschliches Wesen die Venusluft länger als dreißig Sekunden atmen, und Dwight – wenn er es war – hatte seine offenbar verloren. Wahrscheinlich war sie nachlässig festgeschnallt gewesen, so daß das Gewicht der Flaschen die Riemen gelockert hatte – etwas was bei einer Dubois Schwammreservoir-Maske nicht passieren konnte. Die halbe Minute Gnadenfrist war zu kurz für den Mann gewesen, um sich zu bücken und seinen Atemschutz wieder anzulegen – vielleicht war der Zyan-Anteil der Luft zu dieser Zeit abnorm hoch gewesen. Wahrscheinlich war er vollauf damit beschäftigt gewesen, den Kristall zu bewundern – wo immer er ihn auch gefunden haben mochte. Er hatte ihn anscheinend gerade aus seiner Tasche in der Kombination geholt, denn sie war nicht zugeknöpft.

Ich ging jetzt daran, den riesigen Kristall aus den Fingern des toten Prospektors zu ziehen – ein Unterfangen, das sich durch die Steifheit des Körpers sehr schwierig gestaltete. Das Sphäroid war größer als eine Männerfaust und glühte in den rötlichen Strahlen einer sinkenden Sonne, so als sei es lebendig. Als ich die leuchtende Oberfläche berührte, erschauerte ich unwillkürlich – als hätte ich mir durch die Aneignung dieses kostbaren Objekts das Verhängnis übertragen, das seinen vorigen Besitzer ereilt hatte. Meine Skrupel legten sich jedoch bald, und ich knöpfte den Kristall sorgfältig in die Tasche meiner Lederkombination ein. Aberglauben hat nie zu meinen Schwächen gehört.

Ich stülpte den Helm des Mannes über sein totes, starres Gesicht, richtete mich auf und trat durch den unsichtbaren Durchgang zurück in die Eingangshalle der großen Einfriedung. Jetzt kehrte in mir alle Neugier über dieses seltsame Bauwerk zurück, und ich zermarterte mir das Gehirn mit Spekulationen über sein Material, seinen Ursprung und seinen Zweck. Daß es Menschenhände errichtet hatten, vermochte ich keinen Augenblick zu glauben. Unsere Schiffe erreichten die Venus zuerst vor zweiundsiebzig Jahren, und die einzigen menschlichen Wesen auf dem Planeten sind jene in Terra Nova gewesen. Das menschliche Wissen schließt auch keinen vollkommen transparenten, brechungsfreien Feststoff wie die Substanz dieses Gebäudes ein. Vorgeschichtliche menschliche Invasionen der Venus kann man so ziemlich ausschließen, so daß man sich dem Gedanken zuwenden muß, daß es sich um eine einheimische Konstruktion handelt.

Ist eine Rasse hochentwickelter Wesen den Eidechsenmenschen als Herrscher über die Venus vorausgegangen? Trotz ihrer kunstvoll gebauten Städte fiel es schwer, den Pseudo-Reptilien so etwas zuzuschreiben. Es muß vor Äonen eine andere Rasse gegeben haben, von der dies hier vielleicht das letzte Relikt ist. Oder wird man bei zukünftigen Expeditionen weitere Ruinen ähnlichen Ursprungs finden? Der *Sinn* eines solchen Bauwerks übersteigt alle Mutmaßungen – doch sein seltsames und scheinbar unzweckmäßiges Material deutet auf eine religiöse Nutzung.

Als mir meine Unfähigkeit, diese Probleme zu lösen, bewußt wurde, beschloß ich, daß ich nichts anderes tun konnte, als die unsichtbare Anlage selbst zu erforschen. Daß sich mehrere Räume und Korridore über die anscheinend undurchbrochene Schlammebene erstreckten, davon war ich überzeugt; und ich glaubte, daß die Kenntnis ihres Plans zu etwas Bedeutungsvollem führen könnte. Ich tastete mich also durch den Durchgang zurück, schob mich an dem Leichnam vorbei und begann längs des Korridors in jene Innenbezirke vorzudringen, woher der tote Mann vermutlich gekommen war. Später dann würde ich die Eingangshalle untersuchen, die ich verlassen hatte.

Trotz des dunstigen Sonnenlichts tappte ich wie ein Blinder und kam langsam voran. Bald bog der Korridor scharf ab und begann sich in immer enger werdenden Kurven ins Zentrum hineinzudrehen. Hin und wieder ertastete ich einen türlosen Quergang, und mehrmals traf ich auf Kreuzungen mit zwei, drei oder vier abzweigenden Wegen. In den letzteren Fällen folgte ich immer der innersten Route, die eine Fortsetzung derjenigen zu bilden schien, auf der ich gekommen war. Wenn ich die Hauptgebiete erreicht hatte und von dort wieder zurückkehrte, würde mir genug Zeit bleiben, diese Verästelungen zu erforschen. Ich kann das Sonderbare dieser Erfahrung kaum beschreiben – den unsichtbaren Wegen einer unsichtbaren Anlage nachzuspüren, die vergessene Hände auf einem fremden Planeten errichteten!

Endlich spürte ich, noch immer stolpernd und tastend, wie der Korridor in einem ansehnlichen freien Raum endete. Durch Umhertasten fand ich heraus, daß ich mich in einem kreisförmigen Zimmer von rund zehn Metern Durchmesser befand; und aus der Position des Toten, gemessen an gewissen fernen Waldlandmarken, schätzte ich, daß dieses Zimmer im oder nahe beim Zentrum des Bauwerks lag. Von ihm gingen fünf Korridore aus, außer dem einen, durch den ich hereingekommen war, doch diesen merkte ich mir dadurch, daß ich, als ich genau im Eingang stand, ganz sorgfältig über den Leichnam hinweg einen bestimmten Baum am Horizont anpeilte.

Den Raum zeichnete nichts aus – nur der Fußboden aus dünnem Schlamm, der überall war. Ich fragte mich, ob dieser Gebäudeteil ein Dach besaß und wiederholte mein Experiment mit einer hochgeschleuderten Handvoll Schlamm und fand sogleich heraus, daß keine Abdeckung existierte. Wenn es eine gegeben hatte, so mußte sie schon vor langer Zeit eingestürzt sein, denn meine Schritte wurden nie durch Verfallsspuren oder verstreute Blöcke behindert. Als ich darüber nachdachte, kam es mir doch ziemlich merkwürdig vor, daß die anscheinend vorgeschichtliche Anlage weder eingefallenes Mauerwerk, noch Risse in den Wänden, noch andere übliche Attribute der Baufälligkeit aufweisen sollte.

Was war es? Was war es bloß früher einmal gewesen? Woraus bestand es? Warum gab es in den glasigen, bestürzend homogenen Mauern keine Anzeichen von Einzelblöcken? Warum fehlte jede Spur einer Tür, innen wie außen? Ich wußte nur, daß ich in einem runden, dachlosen, türlosen Bauwerk aus irgendeinem harten, glatten, vollkommen transparenten, weder refraktiven noch reflektierenden Material war, hundert Yards im Durchmesser, mit vielen Korridoren und einem kleinen kreisförmigen Raum im Zentrum. Mehr als dies konnte ich durch direkte Nachforschung nie herausfinden.

Ich merkte jetzt, daß die Sonne langsam im Westen unterging – eine rotgoldene Scheibe, die in einem Teich aus Scharlach und Orange über den dunstverschleierten Bäumen des Horizonts schwamm. Ich mußte mich ganz eindeutig sputen, wenn ich mir noch vor der Dunkelheit einen trockenen Schlafplatz suchen wollte. Ich hatte schon lange zuvor beschlossen, die Nacht über auf dem festen, moosigen Rand des Plateaus in der Nähe des Kamms zu kampieren, von wo aus ich den leuchtenden Kristall zum ersten Mal erspäht hatte, und ich vertraute dabei auf mein übliches Glück, das mich vor einem Angriff der Eidechsenmenschen bewahren würde. Ich habe mich immer dafür eingesetzt, daß wir in Gruppen von zwei oder mehr Leuten unterwegs sein sollten, damit einer während der Schlafenszeit Wache halten kann, aber die wirklich geringe Anzahl nächtlicher Angriffe macht die Company in solchen Dingen leichtsinnig. Diese schuppigen Schufte haben Schwierigkeiten, nachts zu sehen, sogar mit eigenartigen Glühfackeln.

Nachdem ich wieder den Korridor herausgefunden hatte, durch den ich gekommen war, machte ich mich auf den Rückweg zum Eingang des Gebäudes. Weitere Erkundungen hatten bis morgen Zeit. Ich ertastete mir, so gut es ging, meinen Weg durch den Spiralkorridor – geleitet nur von einem allgemeinen Richtungssinn, der Erinnerung und dem vagen Wiedererkennen einiger der verworrenen Unkrautinseln auf der Ebene – und befand mich bald erneut in unmittelbarer Nähe des Leichnams. Über dem helmbedeckten Gesicht schwirrten jetzt ein paar Farnoth-Fliegen, und da wußte ich, daß die Verwesung begann. In sinnlosem, instinktiven Ekel hob ich die Hand, um die Vorhut der Aasfresser zu verscheuchen – da manifestierte sich etwas Seltsames und Erstaunliches. Eine unsichtbare Mauer, die den Schwung meines Arms bremste, sagte mir, daß ich – trotz meiner sorgfältigen Zurückverfolgung des Wegs – tatsächlich nicht in den Korridor zurückgekommen war, in dem der Leichnam lag. Statt dessen befand ich mich in einem Parallelkorridor und hatte zweifellos in den verzwickten Gängen hinter mir eine falsche Abzweigung oder Gabelung gewählt.

In der Hoffnung, einen Korridor zu der vor mir liegenden Ausgangshalle zu finden, ging ich weiter, stand jedoch sofort wieder vor einer blanken Wand. Ich würde also in den Zentralraum zurückkehren und meinen Kurs aufs neue steuern müssen. Wo genau ich meinen Fehler gemacht hatte, konnte ich nicht sagen. Ich blickte zu Boden, um zu sehen, ob durch irgendein Wunder leitende Fußspuren zurückgeblieben waren, merkte jedoch sogleich, daß der dünne Schlamm Abdrücke nur sekundenlang aufbewahrte. Es machte kaum Schwierigkeiten, wieder in das Zentrum zurückzufinden, und einmal dort angelangt, dachte ich sorgfältig über den richtigen, hinausführenden Weg nach. Ich hatte mich vorhin zu weit rechts gehalten. Diesmal mußte ich eine etwas weiter links führende Gabelung nehmen, irgendwo – wo genau, das konnte ich unterwegs entscheiden.

Als ich mich zum zweiten Mal vorwärts tastete, war ich ganz zuversichtlich, daß ich richtig lag, und bei einer Kreuzung, an die ich mich sicher zu erinnern glaubte, bog ich nach links ab. Die Spiralen setzten sich fort, und ich achtete darauf, nicht in einen der Quergänge abzuirren. Ich erkannte jedoch zu meinem Ärger bald, daß ich in beträchtlicher Entfernung an der Leiche vorbeiging; dieser Korridor mündete offensichtlich ein ganzes Stück hinter ihr auf die Außenmauer. In der Hoffnung, daß in der Hälfte der Wand, die ich bis jetzt noch nicht erkundet hatte, noch ein weiterer Ausgang existierte, drängte ich einige Schritte voran, stieß dann aber letztendlich wieder auf eine feste Barriere. Es lag auf der Hand, daß der Plan des Gebäudes sogar noch komplizierter war, als ich angenommen hatte.

Ich überlegte jetzt hin und her, ob ich ins Zentrum zurückkehren oder ob ich es mit einem der Seitenkorridore probieren sollte, die auf den Leichnam zuliefen. Wählte ich die zweite Alternative, lief ich Gefahr, meine geistige Orientierung zu verlieren; deswegen ließ ich es besser bleiben, solange mir nicht eine Möglichkeit einfiel, irgendwie eine sichtbare Spur hinter mir zurückzulassen. Nur wie ich eine Spur hinterlassen sollte, würde ein arges Problem werden, und ich zermarterte mir das Gehirn nach einer Lösung. Ich schien nichts bei mir zu haben, womit ich irgendwo eine Markierung hinterlassen konnte und auch kein Material, das ich ausstreuen konnte – oder minutiös zerkleinern und dann ausstreuen.

Mein Schreibzeug blieb auf der unsichtbaren Wand wirkungslos, und mit meinen kostbaren Nahrungstabletten konnte ich keine Kette legen. Selbst wenn ich gewillt gewesen wäre, auf sie zu verzichten, wären es nicht einmal annähernd genug gewesen – außerdem wären die kleinen Pillen in dem dünnen Schlamm sofort versunken. Ich durchsuchte meine Taschen nach einem altmodischen Notizbuch – das auf der Venus häufig inoffiziell benutzt wurde, trotz des in der Atmosphäre des Planeten schnell verfaulenden Papiers – dessen Seiten ich zerreißen und verstreuen konnte, doch ich fand keins. Es war ganz eindeutig unmöglich, das dünne, zähe Metall dieser rotierenden, faulsicheren Berichtrolle zu zerreißen, und auch meine Kleidung bot da keine Möglichkeit. In der eigenartigen Venusatmosphäre konnte ich guten Gewissens nicht auf meine derbe Lederkombination verzichten, und Unterwäsche war wegen des Klimas gestrichen.

Ich versuchte, Schlamm auf den glatten, unsichtbaren Wänden zu verschmieren, nachdem ich ihn zuvor so trocken wie möglich ausgepreßt hatte, doch er entschwand dem Blick ebenso rasch wie die Brocken, die ich früher beim Höhentest geworfen hatte. Schließlich zückte ich mein Messer und versuchte, eine Linie auf die glasige Phantomfläche zu kratzen – etwas, was ich mit der Hand erkennen konnte, auch wenn ich dabei nicht den Vorteil hatte, es zu sehen. Es war jedoch sinnlos, denn die Klinge hinterließ nicht die geringste Schramme auf dem verblüffenden, unbekannten Material.

Nachdem alle meine Versuche, eine Spur zu legen, gescheitert waren, suchte ich aus der Erinnerung wieder den runden Zentralraum. Es schien einfacher zu sein, in diesen Raum zurückzukommen, als einen festgelegten, vorherbestimmten Kurs von ihm weg zu steuern, und es bereitete mir kaum Schwierigkeiten, ihn erneut zu finden. Diesmal verzeichnete ich auf meiner Berichtrolle jede Biegung, die ich nahm – zeichnete ein grobes hypothetisches Diagramm meiner Route und markierte alle abzweigenden Korridore. Es war natürlich eine wahnsinnig langsame Arbeit, bei der alles nach dem Tastsinn entschieden werden mußte, und die Fehlerquellen waren unendlich; doch ich glaubte daran, daß es sich auf die Dauer auszahlen würde.

Die lange Dämmerung der Venus war dicht, als ich den Zentralraum erreichte, doch ich hatte noch immer Hoffnung, vor der Dunkelheit ins Freie zu gelangen. Als ich mein frisches Diagramm mit früheren Erinnerungen verglich, glaubte ich, meinen ursprünglichen Fehler gefunden zu haben, deshalb machte ich mich noch einmal zuversichtlich auf den Weg durch die unsichtbaren Gänge. Ich schwenkte weiter links ab als bei meinen früheren Versuchen, und bemühte mich, meine Abbiegestellen auf der Berichtrolle festzuhalten, für den Fall, daß ich noch immer falsch ging. In der wachsenden Dämmerung konnte ich die trübe Linie des Leichnams sehen, der jetzt Mittelpunkt einer ekelhaften Wolke von Farnoth-Fliegen war. Es würde bestimmt nicht mehr lange dauern, bis die im Schlamm hausenden Sificlighs hereinschwärmen würden, um das grausige Werk zu vollenden. Ich näherte mich dem Leichnam widerstrebend und machte mich bereit, über ihn hinwegzusteigen, da sagte mir eine plötzliche Kollision mit einer Wand, daß ich wieder in die Irre gelaufen war.

Mir kam jetzt deutlich zum Bewußtsein, daß ich mich verlaufen hatte. Die Kompliziertheit dieses Gebäudes war für eine Stegreiflösung zu groß, und ich würde wahrscheinlich ein tüchtiges Stück sorgfältiger Überprüfungsarbeit leisten müssen, ehe ich hoffen durfte, herauszukommen. Trotzdem lag mir viel daran, festen Boden unter den Füßen zu haben, bevor es total dunkel wurde; deswegen kehrte ich noch einmal ins Zentrum zurück und startete ein recht zielloses Herumprobieren – und machte mir im Schein meiner elektrischen Lampe Notizen. Als ich sie benutzte, bemerkte ich mit Interesse, daß sie keine Reflexion – nicht einmal das schwächste Glitzern – auf den mich umschließenden, transparenten Wänden hervorrief. Darauf war ich indes vorbereitet; denn die Sonne hatte zu keiner Zeit ein glänzendes Abbild auf dem seltsamen Material erzeugt.

Als völlige Finsternis herrschte, tappte ich noch immer umher. Ein dichter Nebel verfinsterte die meisten Sterne und Planeten, doch die Erde war deutlich zu sehen, ein leuchtender blaugrüner Punkt im Südosten. Sie war gerade aus der Opposition heraus und durch ein Teleskop hätte sie einen grandiosen Anblick geboten. Ich konnte sogar den Mond neben ihr ausmachen, wann immer sich die Nebel für einen Moment lichteten. Es war jetzt unmöglich, die Leiche zu sehen – meinen einzigen Wegweiser –, und so kehrte ich nach mehrmaligen falschen Abzweigen in den Zentralraum zurück. Nun würde ich die Hoffnung auf einen trockenen Schlafplatz doch aufgeben müssen. Vor Tagesanbruch ließ sich nichts erreichen, und ich konnte ebensogut hier das Beste daraus machen. Mich in den Schlamm zu legen, würde nicht angenehm sein, doch in meiner Lederkombination ließ es sich machen. Bei früheren Expeditionen hatte ich sogar unter noch schlechteren Bedingungen geschlafen, und jetzt würde mir die schiere Erschöpfung helfen, den Ekel zu überwinden.

Da hocke ich also im Schlick des Zentralraums und mache mir beim Licht der elektrischen Lampe diese Notizen auf meine Berichtrolle. Meine sonderbare, beispiellose Misere hat beinahe schon etwas Belustigendes an sich. Verirrt in einem Gebäude ohne Türen – in einem Gebäude, das ich nicht sehen kann! Ich werde zweifellos morgen in aller Frühe heraus sein und sollte eigentlich mit dem Kristall am Spätnachmittag zurück in Terra Nova sein. Er ist schon ein Prachtstück – selbst im schwachen Licht dieser Lampe zeigt er einen überraschenden Glanz. Ich hatte ihn gerade zur Untersuchung draußen. Trotz meiner Müdigkeit läßt der Schlaf auf sich warten, deswegen schreibe ich auch so ausführlich. Ich muß jetzt Schluß machen. Kaum zu befürchten, daß mir diese verfluchten Eingeborenen hier an diesem Ort Scherereien machen werden. Am wenigsten behagt mir noch die Leiche – doch zum Glück erspart mir meine Sauerstoffmaske die schlimmsten Auswirkungen. Mit den Chloratwürfeln gehe ich sehr sparsam um. Werde jetzt ein paar Nahrungstabletten schlucken und mich dann aufs Ohr legen. Später mehr.

Später – 13. VI., nachmittags

Es hat mehr Schwierigkeiten gegeben als erwartet. Ich bin noch immer in dem Gebäude und werde rasch und klug ans Werk gehen müssen, wenn ich heute nacht im Trockenen schlafen will. Es hat lange gedauert, bis ich einschlafen konnte, und ich wachte heute erst beinahe gegen Mittag auf. Und ich hätte sogar noch länger geschlafen, wäre die Sonne nicht so grell durch den Dunst gedrungen. Der Leichnam bot ein ziemlich scheußliches Bild – er wimmelte vor Sificlighs, und eine Wolke Farnoth-Fliegen umschwärmte ihn. Irgend etwas hatte ihm den Helm vom Gesicht gestoßen, und man sah besser nicht hin. Wenn ich mir die Situation vorstellte, war ich um meine Sauerstoffmaske doppelt froh.

Schließlich schüttelte und bürstete ich mich trocken, nahm ein paar Nahrungstabletten und steckte einen neuen Kaliumchloratwürfel in das Elektrolysegerät. Ich verbrauche diese Würfel langsam, wünschte mir aber einen größeren Vorrat davon zu haben. Nach dem Schlaf fühlte ich mich erheblich besser und erwartete eigentlich, in Kürze aus dem Gebäude herauszukommen.

Als ich die Notizen und Skizzen durchsah, die ich aufs Papier geworfen hatte, war ich von der Komplexität der Korridore beeindruckt und von der Möglichkeit, daß ich einen fundamentalen Fehler begangen hatte. Von den sechs Öffnungen, die aus dem Zentralraum herausführten, hatte ich einen bestimmten gewählt, durch den ich hereingekommen zu sein glaubte – wobei ich mich durch die Methode einer Visierlinie leiten ließ. Wenn ich genau in der Öffnung stand, lag die fünfzig Yard entfernte Leiche in einer exakten Linie mit einem bestimmten Schuppenbaum des fernen Waldes. Jetzt schien sich herauszustellen, daß dieses Anvisieren nicht mit genügend Akkuratesse erfolgt sein könnte – die Entfernung der Leiche ließ den Richtungsunterschied in Relation zum Horizont verhältnismäßig gering werden, betrachtete man sie von den Öffnungen her, die direkt neben meinem ersten Zugang lagen. Überdies unterschied sich auch der Baum nicht *so* deutlich von anderen Schuppenbäumen am Horizont.

Ich unterzog die Sache einer Probe und fand zu meinem Verdruß, daß ich nicht sicher sein konnte, welche der drei Öffnungen die richtige war. War ich bei jedem Versuch durch eine andere Reihe von Windungen gegangen? Diesmal wollte ich sichergehen. Es fuhr mir durch den Sinn, daß ich trotz der Unmöglichkeit des

Spurlegens doch eine Markierung zurücklassen konnte. Wenn ich auch auf meine Kombination nicht verzichten konnte, so konnte ich doch – wegen meines dichten Haupthaars – den Helm entbehren; und der war groß und leicht genug, um über dem dünnen Schlamm sichtbar zu bleiben. Folglich setzte ich das etwa halbkugelförmige Ding ab und legte es vor den Eingang eines der Korridore – vor den rechten der drei, die ich ausprobieren mußte.

Ich würde diesem Gang unter der Voraussetzung folgen, daß er der richtige war; die Abzweigungen wiederholen, an die ich mich richtig zu erinnern schien, und laufend alte Notizen nachsehen und neue machen. Kam ich nicht hinaus, würde ich systematisch alle möglichen Variationen erschöpfen; und schlug dies fehl, würde ich bei den Korridoren, die von der nächsten Öffnung ausgingen, genauso vorgehen – und dies nötigenfalls bei der dritten fortsetzen. Früher oder später mußte ich zwangsläufig auf den richtigen Weg zum Ausgang stoßen, doch ich mußte eben Geduld aufbringen. Selbst schlimmstenfalls könnte es mir kaum fehlschlagen, die freie Ebene noch rechtzeitig für ein trockenes Nachtschlafplätzchen zu erreichen.

Die unmittelbaren Resultate waren ziemlich entmutigend, obwohl sie mir halfen, die Öffnung rechter Hand in wenig mehr als einer Stunde auszuschließen. Nur eine Aneinanderreihung von Sackgassen, die alle in großer Entfernung von der Leiche endeten, schien von diesem Gang auszugehen; und ich merkte sehr bald, daß er bei meinen Streifzügen des Vornachmittags überhaupt keine Rolle gespielt hatte. Es fiel mir jedoch immer, wie schon früher, relativ leicht, mich zu dem Zentralraum zurückzutasten.

Gegen 1 p.m. schob ich meine Helmmarkierung zur nächsten Öffnung und begann, die Gänge dahinter zu erforschen. Zuerst glaubte ich die Windungen wiederzuerkennen, fand mich jedoch bald in einer gänzlich unvertrauten Serie von Korridoren. Ich konnte dem Leichnam nicht näher kommen und schien diesmal auch noch von dem Zentralraum abgeschnitten zu sein, obwohl ich dachte, daß ich jede meiner Bewegungen aufgezeichnet hatte. Es schien knifflige Verdrehungen und Kreuzungen zu geben, die zu subtil waren, um sie in meinen grobschlächtigen Diagrammen fixieren zu können, und allmählich entwickelte sich in mir eine Mischung aus Wut und Entmutigung. Natürlich würde mich Geduld schließlich ans Ziel bringen, doch ich merkte, daß meine Suche peinlichst genau, rastlos und ausdauernd würde sein müssen.

Um zwei Uhr wanderte ich noch immer vergeblich durch fremde Korridore – ertastete mir immerzu den Weg, blickte abwechselnd auf meinen Helm und die Leiche und warf mit schwindender Zuversicht Daten auf meine Berichtrolle. Ich verfluchte die Dummheit und eitle Neugierde, die mich in dieses Gewirr unsichtbarer Mauern gezogen hatte – und dachte daran, daß ich jetzt in Terra Nova in Sicherheit sein würde, wenn ich die Finger von der Sache gelassen und mich gleich auf den Rückweg gemacht hätte, nachdem ich der Leiche den Kristall abgenommen hatte.

Plötzlich schoß es mir durch den Sinn, daß ich mich mit meinem Messer vielleicht unter den unsichtbaren Wänden hindurchgraben könnte und so eine Abkürzung nach draußen – oder zu einem auswärtsführenden Korridor – schaffen könnte. Ich konnte nicht wissen, wie tief die Fundamente des Gebäudes reichten, doch der allgegenwärtige Schlamm wies darauf hin, daß es nur den Fußboden aus Erde gab. Angesichts des fernen und immer gräßlicher werdenden Leichnams, begann ich mit der breiten, scharfen Klinge fiebrig zu graben.

Zuerst kamen etwa sechs Zoll des halbflüssigen Schlamms, darunter nahm die Festigkeit der Erde enorm zu. Diese tiefere Erdschicht schien eine andere Frabe zu besitzen – ein grauer Lehm, mehr in der Art wie die Formationen in der Nähe des Nordpols der Venus. Als ich dicht an der unsichtbaren Barriere tiefer drang, merkte ich, wie der Grund immer härter wurde. Wässeriger Schlamm schoß so schnell in das Loch wie ich den Lehm herausholte, doch ich tauchte mit den Händen hindurch und arbeitete weiter. Wenn ich nur irgendeine Art von Passage unter der Mauer hindurchbohren konnte, würde der Schlamm mein Hinauswinden nicht verhindern.

Bei etwa drei Fuß Tiefe jedoch hinderte die Härte der Erde mein Graben ernstlich. Ihre Festigkeit übertraf alles was mir bislang – sogar auf diesem Planeten – begegnet war, und mit ihr verband sich eine anormale Schwere. Mein Messer mußte den fest zusammengepreßten Lehm spalten und zerschnipseln, und die Brocken, die ich herausholte, waren wie solide Steine oder Metallstückchen. Schließlich wurde sogar das Spalten und Zerschnipseln unmöglich, und ich mußte meine Arbeit einstellen, ohne ein unteres Ende der Mauer erreicht zu haben.

Der stundenlange Versuch war verschwenderisch und auch fruchtlos, denn er verbrauchte einen Großteil meiner Energiereserven und zwang mich, sowohl eine extra Nahrungstablette zu nehmen, als auch einen zusätzlichen Chloratwürfel in die Sauerstoffmaske zu tun. Er hat ebenfalls eine Unterbrechung des Herumtastens gebracht, denn ich bin immer noch zu erschöpft, um zu laufen. Nachdem ich mir Hände und Arme vom ärgsten Schlamm gesäubert hatte, setzte ich mich hin, um diese Aufzeichnungen zu machen – angelehnt an eine unsichtbare Mauer und von dem Leichnam abgewandt.

Dieser Körper ist jetzt einfach nur noch eine vor Parasiten wimmelnde Masse – der Gestank hat begonnen, einige der schleimigen Akmans aus dem weitentfernten Dschungel anzulocken. Ich merke, daß zahlreiche Efjeh-Pflanzen auf der Ebene ihre aasfressenden Fühler nach dem Ding ausstrecken; aber ich bezweifle, daß welche davon lang genug sind, um es zu erreichen. Ich wünschte, es würden ein paar wirklich fleischfressende Organismen wie die Skorahs auftauchen, denn dann würden sie mich vielleicht wittern und durch das Gebäude einen Weg zu mir herwinden. Solche Dinger haben einen unheimlichen Richtungssinn. Ich könnte sie beobachten, wie sie herankommen und ihre ungefähre Route aufzeichnen, falls sie es nicht schaffen sollten, eine fortlaufende Linie zu bilden. Selbst das wäre eine große Hilfe. Wenn ich auf welche träfe, würde die Pistole kurzen Prozeß mit ihnen machen.

Doch soviel kann ich mir fast nicht erhoffen. Jetzt, wo ich diese Aufzeichnungen gemacht habe, werde ich noch ein Weilchen ausruhen und später noch ein bißchen umhertappen. Sowie ich wieder in den Zentralraum zurückkomme – was eigentlich recht leicht sein sollte – werde ich es mit der ganz linken Öffnung probieren. Vielleicht komme ich bis zur Dämmerung ja doch noch raus.

Nachts – 13. VI.

Neuer Ärger. Mein Entkommen wird ungemein schwierig werden, denn es sind Elemente aufgetaucht, mit denen ich nicht gerechnet hatte. Noch eine Nacht hier in dem Schlamm, und morgen steht mir dann ein Kampf bevor. Ich verkürzte meine Ruhepause und war um vier Uhr wieder auf den Beinen und tastete herum. Nach etwa fünfzehn Minuten erreichte ich den Zentralraum und verschob meinen Helm, um den letzten der drei möglichen Ausgänge zu markieren. Als ich durch diese Öffnung aufbrach, schien mir der Weg vertraut zu sein, doch nach kaum fünf Minuten ließ mich ein Anblick erstarren, der mich mehr schockierte, als ich sagen kann.

Es war eine Gruppe von vier oder fünf dieser abscheulichen Eidechsenmenschen, die aus dem weit hinter der Ebene liegenden Forst heraustraten. Ich konnte sie auf diese Distanz nicht deutlich sehen, glaubte aber, daß sie innehielten und sich den Bäumen zuwandten, um dort zu gestikulieren, worauf sich zu ihnen noch ein volles Dutzend mehr gesellte. Der verstärkte Trupp begann jetzt langsam auf das unsichtbare Gebäude zuzukommen, und als sie näher kamen, studierte ich sie eingehend. Außerhalb der dämpfigen Schatten des Dschungels hatte ich die Wesen noch nie aus der Nähe gesehen.

Die Ähnlichkeit mit Reptilien war merklich, obwohl ich wußte, daß sie nur scheinbar war, denn diese Geschöpfe haben keinen Berührungspunkt mit terrestrischem Leben. Als sie näher rückten, wirkten sie wahrhaftig weniger reptilisch – nur der platte Kopf und die grüne, schleimige Froschhaut ließen einen auf die Idee kommen. Sie gingen aufrecht auf ihren komischen, dicken Stummelbeinen, und ihre Saugscheiben machten in dem Schlamm seltsame Geräusche. Es waren Durchschnittsexemplare, rund sieben Fuß groß und mit vier langen, klebrigen Tentakeln. Die Bewegungen dieser Tentakel zeigten an – wenn die Theorien von Fogg, Ekberg und Janat stimmen, was ich früher bezweifelte, doch jetzt mehr bereit bin zu glauben –, daß sich die Wesen angeregt unterhielten.

Ich zog meine Flammenpistole und war für einen harten Kampf gerüstet. Die Chancen standen schlecht, doch die Waffe verschaffte mir einen gewissen Vorteil. Wenn die Wesen dies Gebäude kannten, würden sie mir durch es hindurch folgen und mir auf diese Weise einen Schlüssel zum Entkommen liefern; genauso, wie es die fleischfressenden Skorahs vielleicht getan hätten. Daß sie mich angreifen würden, schien gewiß; denn obwohl sie den Kristall in meiner Tasche nicht sehen konnten, konnten sie seine Präsenz mit ihrem erwähnten Spezialsinn erspüren.

Doch überraschenderweise griffen sie mich nicht an. Statt dessen verteilten sie sich und bildeten einen riesigen Kreis um mich – in einer Entfernung, die anzeigte, daß sie sich dicht an die unsichtbare Mauer preßten. Die Wesen standen dort in einem Ring und starrten mich schweigend und forschend an, schwenkten ihre

Tentakel, nickten manchmal mit den Köpfen und gestikulierten mit den oberen Extremitäten. Nach einer Weile sah ich weitere aus dem Forst dringen, und sie kamen heran und gesellten sich zu der neugierigen Menge. Diejenigen in der Nähe des Leichnams schenkten ihm einen flüchtigen Blick, ließen ihn aber ansonsten in Ruhe. Es war ein gräßlicher Anblick, trotzdem wirkten die Eidechsenmenschen ganz unberührt. Ab und zu verscheuchte einer von ihnen mit den Extremitäten oder Tentakeln die Farnoth-Fliegen, oder zerquetschte mit den Saugscheiben an seinen Stummelbeinen einen wriggelnden Sificligh oder Akman oder eine sich vorstrekkende Efjeh-Ranke.

Als ich auf diese grotesken und unerwarteten Störenfriede zurückstarrte und mich unbehaglich wunderte, warum sie mich nicht gleich angriffen, verlor ich für den Augenblick die Willenskraft und Nervenstärke, um meine Suche nach einem Ausweg fortzusetzen. Ich lehnte mich statt dessen schlaff gegen die unsichtbare Wand des Gangs, in dem ich stand, und ließ meine Verwunderung allmählich in eine Kette der wildesten Spekulationen übergehen. Hundert Geheimnisse, die mich vorher verwirrt hatten, gewannen ganz plötzlich eine neue und düstere Bedeutung, und ich zitterte so heftig vor Angst, wie noch nie in meinem Leben.

Ich glaubte zu wissen, warum diese widerlichen Geschöpfe mich erwartungsvoll umlagerten. Ich glaubte auch endlich das Geheimnis dieser transparenten Anlage zu kennen. Der verlockende Kristall, den ich an mich genommen hatte, die Leiche des Mannes, der ihn vor mir an sich genommen hatte – all diese Dinge zeigten sich jetzt in einem dunklen und bedrohlichen Licht.

Ich hatte mich nicht durch eine gewöhnliche Reihe von Mißgeschicken in diesem dachlosen, unsichtbaren Gewirr von Korridoren verlaufen. Weit gefehlt. Dieser Ort war ganz ohne Zweifel ein echter Irrgarten – ein Labyrinth, das diese höllischen Wesen, deren Geschicklichkeit und Mentalität ich so übel unterschätzt hatte, absichtlich erbauten. Hätte ich darauf nicht eher kommen sollen, wo ich doch ihr unheimliches architektonisches Geschick kannte? Der Zweck war nur allzu offensichtlich. Es war eine Falle – eine Falle, aufgestellt, um Menschen zu fangen, und der Kristall war der Köder. Diese reptilischen Wesen hatten sich in ihrem Krieg gegen die Kristallsammler auf Strategie verlegt und schlugen uns mit unserer eigenen Habgier.

Dwight – wenn dies wirklich seine verwesende Leiche war – war ein Opfer. Er muß schon vor einiger Zeit in die Falle gegangen sein und hatte es nicht geschafft, wieder herauszufinden. Wassermangel hatte ihn zweifellos in den Irrsinn getrieben, und vielleicht waren ihm auch die Chloratwürfel ausgegangen. Seine Maske war wahrscheinlich gar nicht zufällig verrutscht. Selbstmord war da schon wahrscheinlicher. Um sich nicht einem langen Dahinsiechen auszusetzen, hatte er die Sache dadurch gelöst, daß er absichtlich die Maske abnahm und die tödliche Atmosphäre gleich ihre Arbeit tun ließ. Die gräßliche Ironie seines Schicksals lag in seiner Position – nur wenige Fuß entfernt von dem rettenden Ausgang, den er nicht gefunden hatte. Er hätte bloß noch eine Minute suchen müssen und wäre gerettet gewesen.

Und jetzt war ich genauso gefangen wie er. Gefangen und dazu diese Horde neugieriger Gaffer, die mich kreisförmig umgaben, um über mein Dilemma zu spotten. Der Gedanke machte einen rasend, und als er sich in mir festsetzte, ergriff mich plötzlich ein Anfall von Panik, und ich rannte ziellos durch unsichtbare Korridore. Für einige Augenblicke war ich im wesentlichen ein Verrückter – der stolperte und strauchelte, sich an den unsichtbaren Wänden prellte und schließlich als keuchender, mißhandelter, geistloser, blutender Fleischkloß im Schlamm zusammenbrach.

Der Sturz ernüchterte mich ein wenig, so daß ich, als ich mich langsam auf die Beine kämpfte, Beobachtungen anstellen und meinen Verstand gebrauchen konnte. Die mich umringenden Beobachter schwenkten ihre Tentakel auf eine merkwürdige, regellose Weise, die an ein verschlagenes, fremdartiges Gelächter denken ließ, und beim Aufstehen drohte ich ihnen wild mit der Faust. Meine Geste schien ihre scheußliche Fröhlichkeit nur noch zu steigern – und einige ahmten sie mit ihren grünlichen, oberen Extremitäten plump nach. Beschämt zur Räson gebracht, versuchte ich meine Sinne zu sammeln und die Situation in Augenschein zu nehmen.

Immerhin war ich nicht so schlimm dran wie Dwight. Im Gegensatz zu ihm war mir die Situation klar – und ich war im voraus gerüstet. Ich besaß den Beweis, daß der Ausgang letzten Endes zu erreichen war und würde seine ungeduldige Verzweiflungstat nicht wiederholen. Den Körper – oder das Skelett, das er bald sein würde – hatte ich als ständigen Führer zu der gesuchten Öffnung vor mir, und verbissene Geduld würde mich gewiß dorthin führen, wenn ich nur lange und intelligent genug arbeitete.

Ich hatte jedoch den Nachteil, von diesen reptilischen Teufeln umringt zu sein. Jetzt, wo mir die Art der Falle klargeworden war – deren unsichtbares Material von einem der Erde himmelhoch überlegenen Stand der Wissenschaft und Technologie zeugte –, konnte ich die Mentalität und die Fähigkeiten meiner Feinde nicht länger außer acht lassen. Sogar mit meiner Flammenpistole würde es eine böse Sache für mich werden, mit heiler Haut davonzukommen – obwohl ich mich letzten Endes doch mit Kühnheit und Schnelligkeit durchbringen würde.

Doch zuerst mußte ich nach draußen gelangen – es sei denn, ich konnte einige der Geschöpfe dazu verlocken oder provozieren, zu mir zu kommen. Als ich meine Pistole einsatzbereit machte und meinen reichlichen Vorrat an Munition abzählte, kam es mir in den Sinn, die Wirkung ihrer Stöße an den unsichtbaren Wänden zu erproben. Hatte ich eine Entkommensmöglichkeit übersehen? Mir fehlte jeder Hinweis auf die chemische Zusammensetzung der transparenten Barriere, und denkbarerweise bestand sie aus etwas, durch das eine Flammenzunge wie durch Käse schnitt. Ich wählte eine Ecke in Richtung des Leichnams, feuerte aus allernächster Nähe sorgfältig die Pistole ab und untersuchte mit meinem Messer die Stelle, auf die der Flammenstoß gezielt gewesen war. Alles unverändert. Ich hatte gesehen, wie sich die Flamme ausbreitete, als sie auf die Fläche traf, und jetzt begriff ich, daß meine Hoffnung eitel gewesen war. Nur eine lange, ermüdende Suche nach dem Ausgang würde mich jemals nach draußen bringen.

Ich schluckte also noch eine Nahrungstablette, steckte noch einen Würfel in den Elektrolyseur meiner Maske und nahm die lange Suche wieder auf; ging zurück in den Zentralraum und begann aufs neue. Ich konsultierte laufend meine Aufzeichnungen und Skizzen und machte neue – ich nahm eine falsche Abzweigung nach der anderen, stolperte aber verzweifelt weiter herum, bis das Nachmittagslicht sehr trüb wurde. Während ich meine Suche fortsetzte, blickte ich von Zeit zu Zeit auf den stummen Kreis der höhnischen Gaffer und stellte einen allmählichen Austausch in ihren Reihen fest. Ab und zu kehrten einige in den Forst zurück, und dafür trafen andere ein, um ihre Plätze einzunehmen. Je länger ich über ihre Taktik nachdachte, desto weniger behagte sie mir, denn sie gab mir Aufschluß über die möglichen Motive der Geschöpfe. Diese Teufel hätten jederzeit vorrücken und mich angreifen können, doch sie schienen es vorzuziehen, meinen Entkommenskampf zu beobachten. Ich konnte nur den Schluß ziehen, daß sie das Schauspiel genossen – und dies ließ mich doppelt stark vor der Aussicht, ihnen in die Hände zu fallen, zurückschrecken.

Mit der Dunkelheit stellte ich mein Suchen ein und setzte mich in den Schlamm, um auszuruhen. Ich schreibe jetzt im Licht meiner Lampe, und werde bald versuchen, ein wenig zu schlafen. Ich hoffe, ich werde morgen draußen sein; denn meine Feldflasche geht zur Neige, und Lakoltabletten sind ein jämmerlicher Ersatz für Wasser. Ich würde mich kaum trauen, die Feuchtigkeit in dem Schlick hier zu kosten, denn in den Schlammgegenden kann man das Wasser nur destilliert trinken. Deswegen legen wir ja auch so lange Pipelines in die gelben Lehmgebiete – oder sind vom Regenwasser abhängig, wenn diese Teufel unsere Rohre finden und kaputtmachen. Ich habe auch nicht mehr allzuviele Chloratwürfel und muß versuchen, meinen Sauerstoffverbrauch so weit wie möglich zu drosseln. Mein Untertunnelungsversuch vom frühen Nachmittag und mein späteres panisches Herumgerenne haben gefährlich viel Luft verbrannt. Morgen werde ich die körperlichen Anstrengungen so lange auf das äußerste Minimum reduzieren, bis ich auf die Reptilien treffe und mit ihnen fertig werden muß. Ich brauche einen anständigen Würfelvorrat für den Weg zurück nach Terra Nova. Meine Feinde sind noch immer zur Stelle; ich sehe einen Kreis ihrer matten Glühfackeln um mich her. Diese Lichter bergen ein Grauen, das mich wach halten wird.

Nachts – 14. VI.

Wieder einen ganzen Tag gesucht, und immer noch kein Ausweg! Ich fange an, mir über das Wasserproblem ernsthaft Sorgen zu machen, denn mittags war meine Feldflasche leer. Am Nachmittag gab es einen Regenguß, und ich ging in den Zentralraum wegen des Helms zurück, den ich als Markierung dort gelassen hatte – ich benutzte ihn als Auffangschale und bekam so ungefähr zwei Tassen Wasser. Das meiste trank ich, doch den kleinen Rest habe ich in meine Feldflasche gefüllt. Lacoltabletten helfen wenig gegen echten Durst, und ich hoffe, es wird nachts noch mehr regnen. Ich lasse den Helm umgedreht liegen, damit er jeden Tropfen auffängt. Nahrungstabletten habe ich auch nicht gerade üppig, aber doch so viel, daß es nicht gefährlich ist. Ich werde meine Rationen von jetzt an halbieren. Die Chloratwürfel machen mir echte Sorgen, denn sogar ohne gewaltige Anstrengungen hat das Harumlatschen den Tag über eine gefährliche Menge verbrannt. Ich fühle mich von meinem forciert sparsamen Sauerstoffbedarf und von meinem dauernd stärker werdenden Durst geschwächt. Wenn ich die Nahrungsaufnahme drossele, werde ich mich vermutlich noch schwächer fühlen.

Irgend etwas Verdammenswertes – irgend etwas Unheimliches – umgibt dieses Labyrinth. Ich könnte schwören, daß ich gewisse Abzweigungen durch die Kartenskizzen ausgeschlossen hatte, und doch straft jeder neue Versuch irgendeine Annahme, die ich für erwiesen gehalten hatte, Lügen. Mir ist nie vorher klargeworden, wie hilflos wir doch ohne sichtbare Landmarken sind. Ein Blinder käme vielleicht besser zurecht – doch für die meisten von uns ist das Sehvermögen die Krone der Sinne. All dies fruchtlose Herumirren zeitigt eine tief entmutigende Wirkung bei mir. Ich verstehe jetzt, wie dem armen Dwight zumute gewesen sein muß. Sein Leichnam ist jetzt ein bloßes Skelett, und die Sificlighs und Akmans und Farnoth-Fliegen sind verschwunden. Die Efjeh-Ranken nibbeln die Lederkombination entzwei, denn sie sind länger und schneller gewachsen als ich erwartet hatte. Und die ganze Zeit über stehen diese neuen Schichten tentakelbewehrter Gaffer glotzend um die Barriere herum und lachen mich aus und weiden sich an meinem Elend. Noch ein Tag, und ich drehe durch, wenn ich nicht vor Erschöpfung tot umfalle.

Es gibt jedoch nur eins, und das ist Durchhalten. Dwight wäre rausgekommen, wenn er noch eine Minute weitergemacht hätte. Es ist gut möglich, daß mich bald jemand aus Terra Nova suchen wird, obwohl ich erst den dritten Tag draußen bin. Meine Muskeln tun schrecklich weh, und wenn ich mich in diesen widerlichen Schlamm lege, scheine ich gar nicht ruhen zu können. Letzte Nacht schlief ich trotz meiner schrecklichen Erschöpfung nur unregelmäßig, und heute nacht wird es, fürchte ich, nicht besser sein. Ich lebe in einem nicht endenden Alptraum – hänge zwischen Wachen und Schlaf und bin doch nie richtig wach oder schlafe. Meine Hände zittern, ich kann im Moment nicht weiterschreiben. Der Kreis der matten Glühfackeln ist gräßlich.

Spätnachmittags – 15. VI.

Echter Fortschritt! Sieht gut aus. Sehr schwach und bis Tagesanbruch kaum geschlafen. Döste dann bis mittags, ohne jedoch auch nur ein bißchen ausgeruht zu sein. Kein Regen, Durst schwächt mich arg. Aß extra Nahrungstablette, um mich in Gang zu halten, nutzt nicht viel ohne Wasser. Ich traute mich nur einmal, ein wenig von dem Schlammwasser zu probieren, wurde mir aber nur speiübel davon und war noch durstiger als vorher. Muß Chloratwürfel sparen, ersticke deswegen halb an Sauerstoffmangel. Kann die meiste Zeit nicht laufen, schaffe es aber, im Schlamm zu kriechen. Glaubte gegen 2 p.m. ein paar Gänge wiederzuerkennen und kam der Leiche – oder dem Skelett – wirklich näher. Ich geriet einmal in eine Sackgasse, fand jedoch anhand meiner Karte und Aufzeichnungen die Hauptroute wieder. Das Schlimme an diesen hingeworfenen Notizen ist, daß es so viele sind. Sie müssen drei Fuß der Berichtrolle füllen, und ich muß lange stehenbleiben, um sie zu entwirren. Mein Kopf ist dumm von Durst, Atemnot und Erschöpfung, und ich verstehe nicht alles, was ich aufgeschrieben habe. Diese verdammten grünen Dinger gaffen immerzu und lachen mit ihren Tentakeln, und manchmal gestikulieren sie in einer Art, die mich denken läßt, daß sie sich gemeinsam über irgendeinen gräßlichen Witz amüsieren, den ich nicht kapiere.

Es war drei Uhr, als ich richtig in Fahrt kam. Da war ein Korridor, den ich meinen Aufzeichnungen zufolge noch nie betreten hatte; und als ich ihn ausprobierte, stellte ich fest, daß ich umständlich auf das rankenumschlungene Skelett zukriechen konnte. Die Route war eine Art Spirale, ganz ähnlich der, auf der ich zuerst den Zentralraum erreichte. Immer wenn ich an einen Seitenkorridor oder eine Kreuzung kam, behielt ich den Kurs bei, der am besten jenen ursprünglichen Marsch zu wiederholen schien. Als ich meinen grusligen Wegweiser immer dichter umkreiste, verstärkten die Beobachter draußen ihre rätselhaften Gesten und ihr sardonisches, stummes Gelächter. Sie sahen in meinem Vorankommen offenbar etwas grimmig Erheiterndes – weil ihnen zweifellos klar war, wie hilflos ich bei einer Begegnung mit ihnen sein würde. Ich überließ sie bereitwillig ihrer Fröhlichkeit; denn obwohl mir meine ungemeine Schwäche bewußt war, zählte ich auf die Flammenpistole und die zahlreichen Ersatzmagazine, die mich schon durch diese widerwärtige Phalanx der Reptilien bringen würden.

Die Hoffnung beflügelte mich, doch ich versuchte nicht, auf die Beine zu kommen. Besser jetzt kriechen und meine Kraft für das bevorstehende Treffen mit den Eidechsenmenschen aufsparen. Mein Vorwärtskommen war sehr schleppend, und die Gefahr, in irgendeine Sackgasse abzuirren, sehr groß, aber nichtsdestoweniger schien ich mich stetig meinem knöchernen Ziel zuzuwinden. Die Aussicht verlieh mir neue Kraft, und für den Moment hörte ich auf, mir wegen meiner Schmerzen, meinem Durst und meinem kärglichen Würfelvorrat Sorgen zu machen. Die Wesen rotteten sich jetzt alle beim Eingang zusammen – gestikulierend, hüpfend und mit ihren Tentakeln lachend. Bald, überlegte ich, würde ich mich der ganzen Horde stellen müssen – und vielleicht auch noch der Verstärkung, die sie aus dem Forst erhalten würde.

Ich bin jetzt nur ein paar Yards von dem Skelett entfernt und pausiere, um diese Eintragung zu machen, ehe ich dann hinausgehe und diesen verderblichen Ring von Kreaturen durchbreche. Ich bin zuversichtlich, daß ich sie mit meiner letzten Unze Kraft trotz ihrer Anzahl in die Flucht schlagen kann, denn die Reichweite dieser Pistole ist ungeheuer. Dann ein Lager auf dem trockenen Moos am Rand des Plateaus und am Morgen ein ermüdender Gang durch den Dschungel nach Terra Nova. Ich werde heilfroh sein, wieder leibhaftige Männer und menschliche Gebäude zu sehen. Die Zähne dieses Schädels schimmern und grinsen gräßlich.

Gegen Abend – 15. VI.

Grauen und Verzweiflung. Wieder getäuscht! Nachdem ich die vorangegangene Eintragung gemacht hatte, näherte ich mich dem Skelett noch mehr, traf jedoch plötzlich auf eine Trennwand. Ich war erneut betrogen worden und befand mich offenkundig wieder dort, wo ich vor drei Tagen gewesen war, bei meinem ersten vergeblichen Versuch, das Labyrinth zu verlassen. Ob ich laut schrie, weiß ich nicht – vielleicht war ich zu schwach, um ein Geräusch von mir zu geben. Ich lag bloß lange Zeit wie betäubt im Schlamm, während draußen die grünlichen Dinger hüpften und lachten und gestikulierten.

Nach einer Weile kam ich wieder mehr zu Bewußtsein. Mein Durst und meine Schwäche und meine Atemnot übermannten mich zusehends, und mit letzter Kraft steckte ich einen neuen frischen Würfel in den Elektrolyseur – unbekümmert, und ohne an den Bedarf für meine Reise nach Terra Nova zu denken. Der frische Sauerstoff belebte mich etwas und erlaubte mir, mich reger umzusehen.

Es schien, als sei ich von Dwight geringfügig weiter weg, als bei der ersten Enttäuschung, und ich überlegte mir dumpf, ob ich wohl in irgendeinem, eine Spur weiter entfernten Korridor sein konnte. Mit diesem schwachen Schatten einer Hoffnung schleppte ich mich weiter – endete aber, wie schon das vorige Mal, nach wenigen Fuß in einer Sackgasse.

Das also war das Ende. Drei Tage hatten mich nichts erreichen lassen, und meine Kräfte waren erschöpft. Ich würde vor Durst bald wahnsinnig werden, und ich verfügte nicht mehr über genügend Würfel, um zurückzukommen. Ich wunderte mich matt darüber, daß sich die Wesen so dicht um den Eingang geschart hatten, während sie mich verhöhnten. Wahrscheinlich war das ein Teil der Verhöhnung – mich glauben zu machen, daß ich mich einem Ausgang näherte, von dem sie wußten, daß er nicht existierte.

Ich werde es nicht lange machen, obwohl ich entschlossen bin, die Sache nicht zu beschleunigen, so wie Dwight. Sein grinsender Schädel hat sich mir gerade zugewandt, herumgedreht von einer der Efjeh-Ranken, die seine Lederkombination verzehren. Das ghoulische Starren dieser leeren Augenhöhlen ist schlimmer als das Starren der Eidechsenscheusale. Es verleiht diesem toten, weißzahnigen Grinsen eine grausige Bedeutung.

Ich werde ganz still im Schlamm liegen und soviel Kräfte sammeln wie möglich. Dieser Bericht – von dem ich hoffe, daß er die, die nach mir kommen, erreichen und warnen möge – wird bald abgeschlossen sein. Wenn ich zu schreiben aufgehört habe, werde ich lange ruhen. Dann, wenn es für diese fürchterlichen Kreaturen zum Sehen zu dunkel ist, werde ich meine letzten Kraftreserven aufbieten und versuchen, die Berichtrolle über die Mauer und den dazwischenliegenden Korridor hinweg nach draußen auf die Ebene zu schleudern. Ich werde mich bemühen, sie nach links zu werfen, wo sie die hüpfende Horde höhnischer Belagerer nicht trifft. Vielleicht wird sie für immer in dem dünnen Schlamm verlorengehen – aber vielleicht wird sie auch auf irgendeinem ausgedehnten Unkrautflecken landen und schließlich in die Hände von Menschen gelangen.

Wenn sie überdauert und gelesen wird, hoffe ich, daß sie mehr tun wird, als die Menschen vor dieser Falle zu warnen. Ich hoffe, sie lehrt unsere Rasse, diese leuchtenden Kristalle dort zu lassen wo sie sind. Sie gehören allein der Venus. Unser Planet braucht sie nicht wirklich, und ich glaube, wir haben gegen irgendein obskures und mysteriöses Gesetz verstoßen – gegen ein Gesetz, das tief in den Arkana des Kosmos begraben liegt – Mit unseren Versuchen, sie fortzunehmen. Wer vermag zu sagen, welch dunklen, mächtigen und weitreichenden Kräfte diese reptilischen Geschöpfe anspornen, die ihren Schatz so seltsam hüten? Dwight und ich haben bezahlt, so wie andere bezahlt haben und bezahlen werden. Doch es mag sein, daß diese vereinzelten Tode nur das Vorspiel zukünftiger größerer Schrecken sind. Lassen wir der Venus, was allein der Venus gehört.

* * *

Ich bin dem Tode jetzt sehr nahe und fürchte, daß ich die Rolle nicht werde werfen können, wenn die Dämmerung kommt. Wenn ich es nicht kann, werden die Eidechsenmenschen sie sich vermutlich holen, denn sie werden wahrscheinlich merken, was es ist. Sie werden nicht wollen, daß irgend jemand vor diesem Labyrinth gewarnt wird – und sie werden nicht wissen, daß meine Botschaft ein Plädoyer für ihre Sache enthält. Mit dem nahenden Ende empfinde ich freundlicher für die Wesen. Wer kann sagen, welche Spezies auf der Leiter des kosmischen Seins höher steht, oder einer weltallweiten organischen Norm näher kommt – ihre oder meine?

* * *

Ich habe eben den großen Kristall aus meiner Tasche geholt, um ihn während meiner letzten Augenblicke anzuschauen. Er leuchtet wild und bedrohlich in den roten Strahlen des sinkenden Tages. Die hüpfende Horde hat es bemerkt, und ihre Gesten haben sich in einer Weise verändert, die ich nicht verstehen kann. Ich frage mich, warum sie sich noch immer um den Eingang drängen, statt sich auf einen noch näheren Punkt in der transparenten Mauer zu konzentrieren.

* * *

Meine Glieder werden taub, und ich kann nicht mehr viel schreiben. Alles wirbelt um mich herum, trotzdem verliere ich nicht das

Bewußtsein. Kann ich dies über die Mauer werfen? Der Kristall glüht so sehr, und trotzdem verdichtet sich das Zwielicht.

* * *

Dunkel. Sehr schwach. Sie hüpfen und lachen noch immer bei dem Eingang und haben diese höllischen Glühfackeln angemacht.

* * *

Gehen sie fort? Mir träumte, ich hörte ein Geräusch . . . Licht im Himmel.

. . .

Bericht von Wesley P. Miller, Supt. Gruppe A, Venus Crystal Co.

(Terra Nova auf der Venus – 16. VI.)

Unser Agent A-49, Kenton J. Stanfield aus Richmond, Va., 5317 Marshall Street, verließ Terra Nova in der Frühe des 12. VI. zu einem indikatorgelenkten Kurztrip. Wurde am 13. oder 14. zurückerwartet. Erschien bis zum Abend des 15. nicht, deshalb startete Erkundungsflugzeug FR-58 mit fünf Mann unter meinem Kommando um 8 p.m., um der Route per Detektor zu folgen. Nadel zeigte keine Abweichungen von früheren Peilungen.

Folgten Nadel zum Eryzinäischen Hochland, ließen den ganzen Weg starke Suchscheinwerfer spielen. Flammenkanonen dreifacher Reichweite und D-Strahlungs-Zylinder hätten alle normalen Feindkräfte der Eingeborenen oder jede gefährliche Ballung fleischfressender Skorah auseinandertreiben können.

Über der freien Ebene von Eryx sichteten wir eine Gruppe sich bewegender Lichter, die wir als Glühfackeln der Eingeborenen erkannten. Als wir näher kamen, zerstreuten sie sich in den Forst. Alles in allem wahrscheinlich fünfundsiebzig bis hundert Stück. Detektor zeigte Kristall dort an, wo sie gewesen waren. Glitten tief über diese Stelle, und unsere Scheinwerfer fanden Objekte auf dem Boden. Rankenumschlungenes Skelett und vollständigen Körper in zehn Fuß Entfernung davon. Landeten Flugzeug in der Nähe der Körper, und Tragflächenecke prallte gegen unsichtbares Hindernis.

Näherten uns Körpern zu Fuß, und kamen vor einer glatten, unsichtbaren Barriere zum Stehen, die uns enorm verblüffte. Als wir in der Nähe des Skeletts an ihr entlangtasteten, trafen wir auf eine Öffnung, hinter der ein Raum mit einer weiteren Öffnung war, die zu dem Skelett führte. Neben letzterem lag einer der numerierten Metallhelme der Company, sonst aller Kleidung durch Ranken beraubt. Es war Agent B-9, Frederic N. Dwight aus Koenigs Abteilung, der Terra Nova vor zwei Monaten auf einer langen Mission verlassen hatte.

Zwischen diesem Skelett und dem ganzen Körper schien eine weitere Mauer zu sein, doch wir konnten den zweiten Mann leicht als Stanfield identifizieren. Er hatte eine Berichtrolle in der linken Hand und einen Schreiber in der rechten und schien geschrieben zu haben, als er starb. Keine Spur von einem Kristall, doch der Detektor zeigte ein Riesenexemplar bei Stanfields Leiche an.

Wir hatten große Schwierigkeiten, zu Stanfield zu gelangen, schafften es aber schließlich. Die Leiche war noch warm, und neben ihr lag, vom seichten Schlamm bedeckt, ein großer Kristall. Wir studierten sofort die Berichtrolle in seiner Linken und leiteten auf Grund der Daten gewisse Schritte ein. Der Inhalt der Rolle ist die lange Erzählung, die diesem Bericht vorangestellt ist; eine Erzählung, deren Hauptbeschreibungen wir verifiziert haben und dem, was wir gefunden haben, zur Erklärung hinzufügen. Die letzten Teile dieses Berichts zeigen geistigen Verfall, aber es besteht kein Grund, das Ganze zu bezweifeln. Stanfield starb offensichtlich an einer Kombination aus Durst, Herzbelastung und psychischer Depression. Seine Maske saß richtig und spendete trotz eines alarmierend geringen Würfelvorrats reichlich Sauerstoff.

Da unser Flugzeug beschädigt war, schickten wir einen Funkspruch los und riefen Anderson mit Reparaturmaschine FG-7, einer Mannschaft Abbrucharbeiter und einer Ladung Sprengstoff. Am Morgen war die FH-58 repariert und flog unter Anderson mit den beiden Leichen und dem Kristall zurück. Wir werden Dwight und Stanfield auf dem Friedhof der Company begraben und den Kristall mit dem nächsten Transporter, der zur Erde fliegt, nach Chicago verschiffen. Später werden wir Stanfields Anregung aufgreifen – die vernünftige, aus dem normalen, frühen Teil seines Berichts – und genug Truppen herschaffen, um die Eingeborenen mit Stumpf und Stiel auszurotten. Wenn wir freie Bahn haben, ist der Menge der Kristalle, die wir uns verschaffen können, kaum eine Grenze gesetzt.

Am Nachmittag studierten wir das unsichtbare Gebäude oder die Falle mit großer Sorgfalt, erforschten es mit Hilfe langer Führseile und fertigten eine komplette Karte davon für unsere Archive an. Wir waren tief beeindruckt von der Anlage und werden Teile der Substanz zur chemischen Analyse aufbewahren. All dies Wissen wird uns nützen, wenn wir die diversen Städte der Eingeborenen übernehmen. Unsere Diamantbohrer vom Typ C schafften es, sich in das unsichtbare Material zu fräsen, und jetzt legen die Abbrucharbeiter für eine gründliche Sprengung das Dynamit. Wenn wir fertig sind, wird nichts mehr übrig sein. Das Bauwerk stellt eine echte Gefahr für den Luft- und sonstigen Verkehr dar.

Wenn man sich den Plan des Labyrinths vornimmt, beeindruckt einen nicht nur die Ironie von Dwights Schicksal, sondern auch die von Stanfields. Als wir vom Skelett aus versuchten, die zweite Leiche zu erreichen, konnten wir auf der rechten Seite keinen Einlaß finden, doch Markheim fand in dem ersten Innenraum einen Durchgang, etwa fünfzehn Fuß hinter Dwight und vier oder fünf hinter Stanfield. Jenseits davon war ein langer Flur, den wir erst später erkundeten, doch auf der rechten Seite dieses Flurs war ein weiterer Durchgang, der direkt zu der Leiche führte. Stanfield hätte den Außeneingang mit zweiundzwanzig oder dreiundzwanzig Schritten erreichen können, wenn er die Öffnung gefunden hätte, die genau *hinter* ihm lag – eine Öffnung, die er in seiner Erschöpfung und Verzweiflung übersah.

Originaltitel und Copyrightangaben

In der Gruft (In the Vault)
Kühle Luft (Cool Air)
Der Schreckliche Alte Mann (The Terrible Old Man)
aus: *H. P. Lovecraft, The Dunwich Horror, © August Derleth and Donald Wandrei, Sauk City 1939, 1945*

Polaris (Polaris)
Jenseits der Mauer des Schlafes (Beyond the Wall of Sleep)
Das Verderben, das über Sarnath kam (The Doom that Came to Sarnath)
Vom Jenseits (From Beyond)
Der Baum (The Tree)
Das Mond-Moor (The Moon-Bog)
Die Anderen Götter (The Other Gods)
Iranons Suche (The Quest of Iranon)
Hypnos (Hypnos)
Das Unnennbare (The Unnamable)
Der boshafte Geistliche (The Evil Clergyman)
Das Tier in der Höhle (The Beast in the Cave)
Der Alchimist (The Alchemist)
Das Grab (The Tomb)
Gefangen bei den Pharaonen (Imprisoned with the Pharaohs)
In den Mauern von Eryx (In the Walls of Eryx)
aus: *H. P. Lovecraft, Dagon and other Macabre Tales, © August Derleth and Donald Wandrei, Sauk City 1939, 1945*

Die Aussage des Randolph Carter (The Statement of Randolph Carter)
aus: *H. P. Lovecraft, The Outsider and Others, © August Derleth and Donald Wandrei, Sauk City 1939, 1945*

Phantastische Bibliothek
in den suhrkamp taschenbüchern

»Phantastische Bibliothek« – das ist Verzauberung der Phantasie, keine Betäubung der Sinne, sondern Öffnen der Augen als Blick über den nächsten Horizont ins Hypothetisch-Virtuelle. Der Zukünftige verbindet sich mit dem Zeitlosen, rationales Kalkül steht neben poetischer Vision, denkbare Wirklichkeit und analytischer Blick in menschliche Abgründe neben Wunsch- und Alptraum. Anregend und unterhaltsam ist es immer.

Arche Noah. Herausgegeben von Franz Rottensteiner. PhB 242. st 1674
Bädekerl: Die Frau der Träume. PhB 273. st 1829
Ballard: Die Betoninsel. PhB 283. st 1953
– Billennium. PhB 96. st 896
– Die Dürre. PhB 116. st 975
– Der ewige Tag und andere Science-fiction-Erzählungen. PhB 56. st 727
– Der Garten der Zeit. PhB 256. st 1752
– Hallo Amerika! PhB 95. st 895
– Hochhaus. PhB 288. st 1559
– Karneval der Alligatoren. PhB 191. st 1373
– Das Katastrophengebiet. PhB 103. st 924
– Kristallwelt. PhB 75. st 818
– Mythen der nahen Zukunft. PhB 154. st 1167
– Die tausend Träume von Stellavista. PhB 79. st 833
– Der tote Astronaut. PhB 107. st 940
– Traum GmbH. PhB 164. st 1222
– Der vierdimensionale Alptraum. PhB 127. st 1014
– Die Zeitgräber. PhB 138. st 1082
Beheim-Schwarzbach: Die Goldmacher. PhB 217. st 1719
Beherrscher der Zeit. PhB 176. st 1274
Bergengruen: Der Basilisk. PhB 205. st 1499
– Das Gesetz des Atum. PhB 196. st 1441
Bester: Aller Glanz der Sterne. PhB 278. st 1955
Bioy Casares: Die fremde Dienerin. PhB 113. st 962
– Morels Erfindung. PhB 106. st 939
Blackwood: Besuch von Drüben. PhB 10. st 411
– Die gefiederte Seele. PhB 229. st 1620
– Der Griff aus dem Dunkel. PhB 28. st 518
– Das leere Haus. PhB 12. st 30
– Der Tanz in den Tod. PhB 83. st 848
Blaß sei mein Gesicht. PhB 267. st 1799
Braun / Braun: Der Irrtum des großen Zauberers. PhB 74. st 807
– Das Kugeltranszendentale Vorhaben. PhB 109. st 948
– Professor Mittelzwercks Geschöpfe. PhB 269. st 1813

252/1/4.92

252/2/4.92

Phantastische Bibliothek in den suhrkamp taschenbüchern

Frey: Solneman der Unsichtbare. PhB 241. st 1667
Gardner: Grendel. PhB 227. st 1611
Grabiński: Dunst. PhB 228. st 1612
Grin: Der Rattenfänger. PhB 168. st 1239
– Wogengleiter. PhB 274. st 1830
Gruber: Die gläserne Kugel. PhB 123. st 997
– Zwischenstation. PhB 216. st 1555
Hasselblatt: Marija und das Tier. PhB 209. st 1511
Hodgson: Geisterpiraten. PhB 188. st 1352
Hoffmann, E. T. A.: Der Magnetiseur. PhB 190. st 1366
Horstmann: Das Glück von Omb'assa. PhB 141. st 1088
Der Insektenmann. PhB 240. st 1666
Ist Gott ein Taoist? Und andere Rätsel. PhB 162. st 1214
James: Dreizehn Geistergeschichten. PhB 247. st 1705
Jarzębski: Zufall und Ordnung. PhB 180. st 1290
Jenseits der Träume. PhB 224. st 1595
Kellermann: Der Tunnel. PhB 179. st 1283
Kornbluth: Der Altar um Mitternacht. PhB 189. st 1359
– Der Gedankenwurm. PhB 195. st 1434
Krispien: Die verborgene Stunde. PhB 254. st 1744
Lao She: Die Stadt der Katzen. PhB 151. st 1154
Lem: Also sprach GOLEM. PhB 175. st 1266
– Altruizin und andere kybernetische Beglückungen. PhB 163. st 1215
– Die Astronauten. PhB 16. st 441
– Frieden auf Erden. PhB 220. st 1574
– Der futurologische Kongreß. PhB 29. st 534
– Imaginäre Größe. PhB 47. st 658
– Irrläufer. PhB 285. st 1890
– Die Jagd. PhB 18. st 302
– Das Katastrophenprinzip. PhB 125. st 999
– Lokaltermin. PhB 200. st 1455
– Mehr phantastische Erzählungen des Stanisław Lem. PhB 232. st 1636
– Memoiren, gefunden in der Badewanne. PhB 25. st 508
– Memoiren, gefunden in der Badewanne. Der Schnupfen. PhB 226. st 1604
– Eine Minute der Menschheit. PhB 110. st 955
– Mondnacht. PhB 57. st 729
– Nacht und Schimmel. PhB 1. st 356
– Phantastik und Futurologie I. PhB 122. st 996
– Phantastik und Futurologie II. PhB 126. st 1013
– Die phantastischen Erzählungen. PhB 210. st 1525
– Provokationen. PhB 263. st 1773
– Die Ratte im Labyrinth. PhB 73. st 806

252/3/4.92

Phantastische Bibliothek in den suhrkamp taschenbüchern

Lem: Reisen und Erinnerungen des Sternfahrers Ijon Tichy. st 534/459/1455/1574 in Kass.
– Robotermärchen. PhB 85. st 856
– Der Schnupfen. PhB 33. st 570
– Sterntagebücher. PhB 20. st 459
– Die Stimme des Herrn. PhB 97. st 907
– Terminus und andere Geschichten des Piloten Pirx. PhB 61. st 740
– Die Untersuchung. PhB 14. st 435
– Waffensysteme des 21. Jahrhunderts. PhB 124. st 998
– Wie die Welt noch einmal davonkam. PhB 158. st 1181
Lem / Bereś: Lem über Lem. PhB 245. st 1996
Über Stanisław Lem. PhB 36. st 586
Levett: Verirrt in den Zeiten. PhB 178. st 1282
London: Phantastische Erzählungen. PhB 243. st 1675
Lovecraft: Azathoth. PhB 230. st 1627
– Berge des Wahnsinns. PhB 258. st 1780
– Cthulhu. PhB 19. st 29
– Das Ding auf der Schwelle. PhB 2. st 357
– Der Fall Charles Dexter Ward. PhB 8. st 391
– Der Fall Charles Dexter Ward. PhB 260. st 1782
– Der Flüsterer im Dunkeln. PhB 259. st 1781
– Das Grauen im Museum. PhB 136. st 1067
– In der Gruft und andere makabre Erzählungen. PhB 71. st 779
– Die Katzen von Ulthar. PhB 43. st 625
– Lovecraft-Lesebuch. PhB 184. st 1306
– Der Schatten aus der Zeit. PhB 281. st 1939
– Schatten über Innsmouth. PhB 261. st 1783
– Stadt ohne Namen. PhB 52. st 694
– Die Traumsuche nach dem unbekannten Kadath. PhB 287. st 1556
Lovecraft / Derleth: Die dunkle Brüderschaft. PhB 173. st 1256
Der Einsiedler von Providence. H. P. Lovecrafts ungewöhnliches Leben. PhB 290. st 1626
Marginter: Königrufen. PhB 215. st 1546
Maupassant: Die Totenhand. PhB 134. st 1040
Das namenlose Grabmal. PhB 169. st 1240
Neuwirth: In den Gärten der Nacht. PhB 255. st 1745
Phantastische Aussichten. PhB 160. st 1188
Phantastische Begegnungen. PhB 250. st 1741
Phantastische Welten. PhB 137. st 1068
Phantastische Zeiten. PhB 185. st 1307
Polaris 9. PhB 155. st 1168

252/4/4.92

Phantastische Bibliothek in den suhrkamp taschenbüchern

Polaris 10. PhB 171. st 1248
Quiroga: Geschichten von Liebe, Irrsinn und Tod. PhB 248. st 1711
Ray: Malpertuis. PhB 165. st 1223
– Das Storchenhaus. PhB 182. st 1299
Renard: Die blaue Gefahr. PhB 225. st 1596
Der rote Mond. PhB 213. st 1536
Schattschneider: Singularitäten. PhB 129. st 1021
Scheerbart: Das große Licht. PhB 194. st 1400
– Die große Revolution. PhB 159. st 1182
– Immer mutig! PhB 257. st 1759
– Der Kaiser von Utopia. PhB 218. st 1565
– Kometentanz. PhB 236. st 1652
– Lesabéndio. PhB 183. st 1300
Schefner: Bescheidene Genies. PhB 246. st 1704
Seltsame Labyrinthe. PhB 198. st 1443
Die Sirene. PhB 253. st 1688
Słonimski: Zweimal Weltuntergang. PhB 166. st 1229
Smith: Das Haupt der Medusa. PhB 221. st 1575
Smith: Herren im All. PhB 280. st 1932
– Sternträumer. PhB 193. st 1393
Springer: Leonardos Dilemma. PhB 271. st 1821
Steinmüller: Der Traum vom Großen Roten Fleck. PhB 147. st 1131
Steinmüller / Steinmüller: Pulaster. PhB 204. st 1490
Strugatzki / Strugatzki: Die bewohnte Insel. PhB 282. st 1946
– Der ferne Regenbogen. PhB 111. st 956
– Fluchtversuch. PhB 89. st 872
– Die gierigen Dinge des Jahrhunderts. PhB 79. st 827
– Die häßlichen Schwäne. PhB 177. st 1275
– Der Junge aus der Hölle. PhB 238. st 1658
– Das lahme Schicksal. PhB 262. st 1766
– Eine Milliarde Jahre vor dem Weltuntergang. PhB 186. st 1338
– Montag beginnt am Samstag. PhB 72. st 780
– Picknick am Wegesrand. PhB 49. st 670
– Die Schnecke am Hang. PhB 13. st 434
– Die Wellen ersticken den Wind. PhB 206. st 1598
– Die zweite Invasion der Marsianer. PhB 139. st 1081
Tekinay: Der weinende Granatapfel. PhB 249. st 1720
Turner: Sommer im Treibhaus. PhB 272. st 1822
Viktorianische Gespenstergeschichten. PhB 187. st 1345
Wakefield: Der Triumph des Todes. PhB 181. st 1291
Weiss: Das Haus mit den tausend Stockwerken. PhB 235. st 1644
Weisser: DIGIT. PhB 90. st 873
– SYN-CODE-7. PhB 67. st 764

252/5/4.92

Phantastische Bibliothek
in den suhrkamp taschenbüchern

Wharton: Gespenstergeschichten. PhB 268. st 1806
Whitehead: Der Zombie. PhB 172. st 1255
Wolfe: Limbo. PhB 239. st 1659
Wolfkind: Die Boten des Frühlings. PhB 167. st 1230
Wyndham: Die Kobaltblume. PhB 202. st 1474
– Kuckuckskinder. PhB 265. st 1893
– Wenn der Krake erwacht. PhB 212. st 1535
– Wiedergeburt. PhB 192. st 1386
Zondergeld: Lexikon der phantastischen Literatur. PhB 91. st 880
»Zum Roten Drachen«. PhB 265. st 1791

252/6/4.92

suhrkamp taschenbuch 779

Howard Phillips Lovecraft wurde am 20. August 1890 in Providence, Rhode Island, geboren. Er führte das Leben eines Sonderlings, der den Kontakt mit der Außenwelt scheute und mit seinen Freunden und gleichgesinnten Autoren fast nur schriftlich verkehrte. Er starb am 15. März 1937, und sein hinterlassenes Werk ist nicht umfangreich. Zu seinen Lebzeiten erschien nur ein einziges Buch, *The Shadow over Innsmouth*, 1936. Etwa 40 Kurzgeschichten und 12 längere Erzählungen veröffentlichte er in Magazinen, vor allem in der Zeitschrift »Weird Tales« (Unheimliche Geschichten). Lovecrafts Ruhm als Meister des Makabren ist ständig gewachsen, und seine unheimlichen Geschichten wurden inzwischen in viele Sprachen übersetzt. In dem amerikanischen Verlag für phantastische Literatur, Arkham House, erschienen u. a. *The Outsider and Others* (1939), *Beyond the Wall of Sleep, The Dunwich Horror and Others* (1963), *Dagon and Other Macabre Tales* (1965). In deutscher Sprache liegen nunmehr alle seine Erzählungen und zahlreiche Essays bei Suhrkamp vor.

Dieser Band enthält alle jene Erzählungen Lovecrafts, die in seinen früheren Sammelbänden in den *suhrkamp taschenbüchern* nicht enthalten waren, darunter zwei Jugenderzählungen und zwei Geschichten, die er mit anderen Verfassern zusammen schrieb. Lovecrafts wesentlichste Geschichten gehören dem Cthulhu-Mythos an, einem nur lose und keineswegs konsistent entworfenen Konstrukt kosmischen Schreckens, das mehr durch die Kraft der Heraufbeschwörung von Gefühlen des Abscheus und des Ekels als durch logische Konstruktion überzeugt und in seinen äußeren Formen ebenso archaisch ist wie modern in der Totalität der kosmischen Bedrohung.

Archetypische Zeitlosigkeit, Fehlentwicklungen der Evolution, die Ungeheuer gebären, Dekadenz, der Eingriff jenseitiger Mächte in das Weltgeschehen – dadurch zeichnen sich Lovecrafts bekannteste und typischste Erzählungen aus. Er feiert wahre Orgien des Grauens. Daneben schrieb er aber, vor allem in jüngeren Jahren, kürzere fabelhafte Erzählungen, die andeuten und anklingen lassen, was er später intensiv darstellte.

H. P. Lovecraft
In der Gruft

und andere
makabre Erzählungen

Phantastische Bibliothek
Band 71

Suhrkamp

Redaktion und Beratung: Franz Rottensteiner
Deutsch von Michael Walter
Umschlagzeichnung: Thomas Franke

suhrkamp taschenbuch 779
Erste Auflage 1982
Originaltitel und Copyrightvermerk
der einzelnen Geschichten
am Schluß des Bandes

Satz und Druck: Ebner Ulm · Printed in Germany
Umschlag nach Entwürfen von
Willy Fleckhaus und Rolf Staudt

5 6 7 8 9 – 95 94 93